人文叢書 文學類

池邊影事

杜忠誥 著

三民書局

國家圖書館出版品預行編目資料

池邊影事／杜忠誥著.－－修訂二版二刷.－－臺北市:
三民, 2016
面; 公分.－－(人文叢書.文學類10)

ISBN 978-957-14-5299-9 (平裝)

855

© 池邊影事

著作人	杜忠誥
發行人	劉振強
發行所	三民書局股份有限公司
	地址 臺北市復興北路386號
	電話 (02)25006600
	郵撥帳號 0009998-5
門市部	(復北店) 臺北市復興北路386號
	(重南店) 臺北市重慶南路一段61號
出版日期	初版一刷 2010年1月
	修訂二版一刷 2014年1月
	修訂二版二刷 2016年8月
編號	S 857160

行政院新聞局登記證局版臺業字第〇二〇〇號

ISBN 978-957-14-5299-9 (平裝)

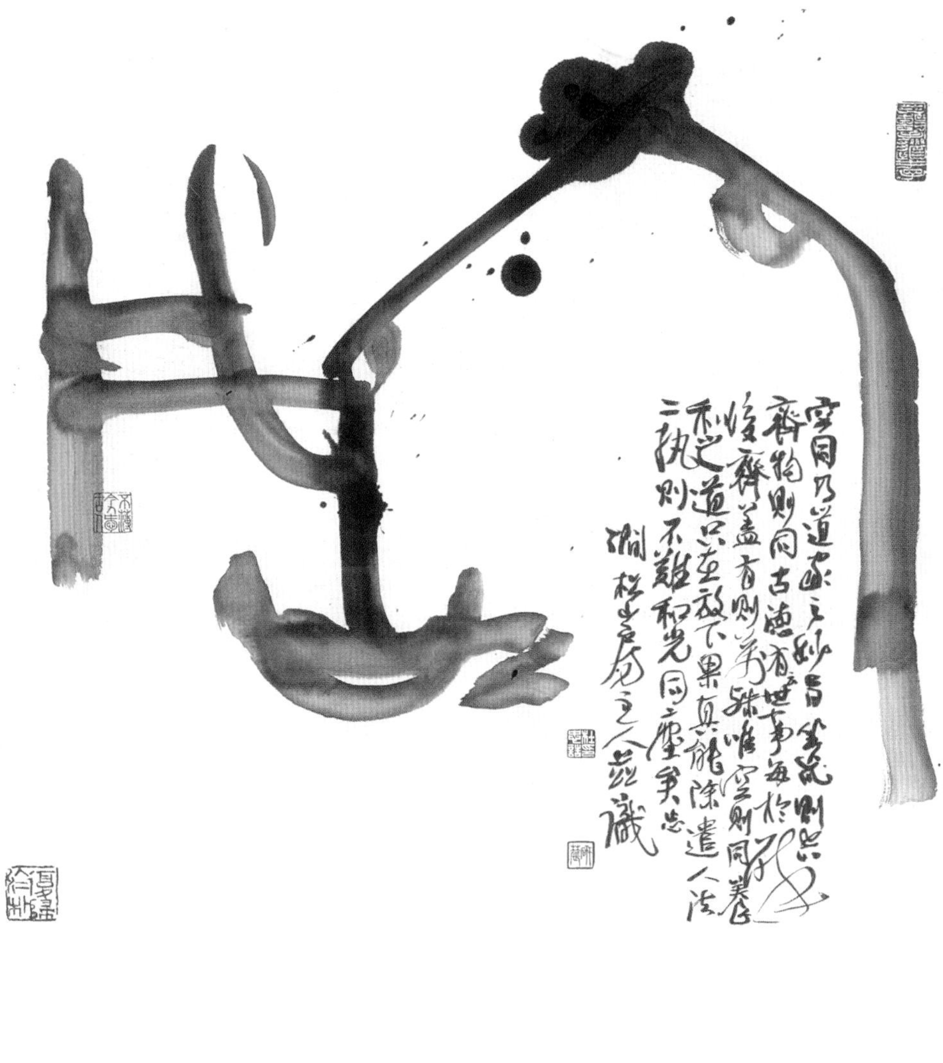

空同　杜忠誥作　2008

此件係將「空」、「同」二字析解為「穴」、「工」、「凡」、「口」四個造形元素，再重新結構成此圖樣。寫成後，覺得右下方空白過大，於是用行草體略述「空同」的道家妙旨，藉以補白。

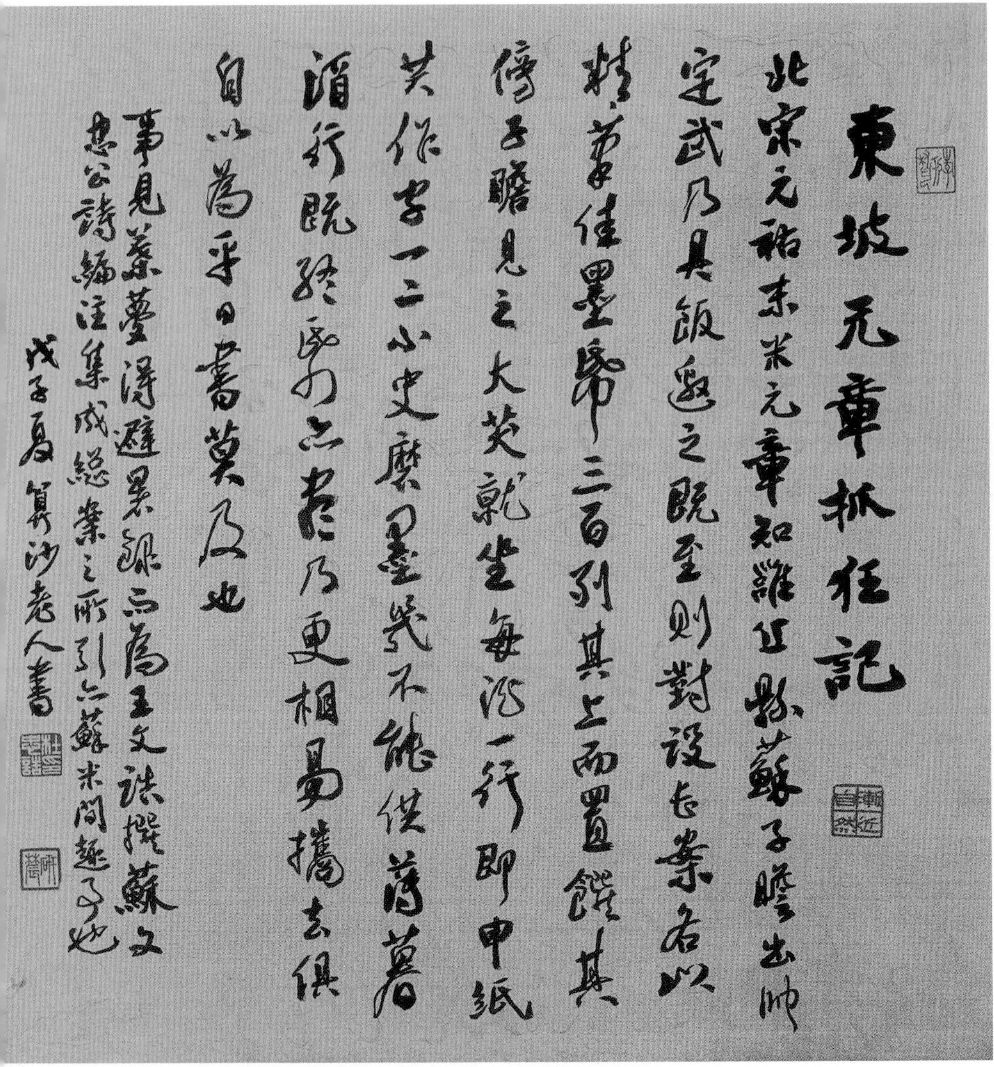

東坡元章抓狂記　杜忠誥作　2008

此件用行草書錄寫葉夢得《避暑錄》一則，內容敘述蘇東坡與米元章藉酒助興，相對揮毫的趣事。

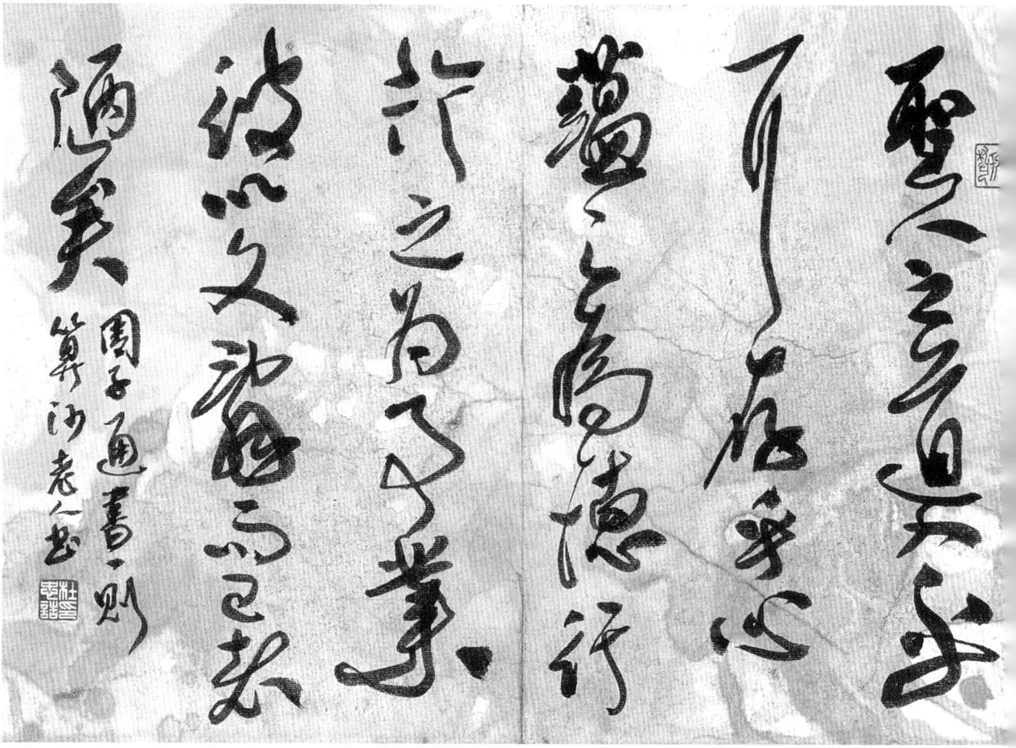

周敦頤《通書》一則　杜忠誥作　2008

聖人之道，入乎耳，存乎心。蘊之為道德，行之為事業。彼以文辭而已者，陋矣。周子通書一則。算沙老人書。

此件係利用書敗的冊頁餘紙，先書寫而後以國畫顏料敷染所成。書法「文本」像是歌唱，後加製作的花紋及色彩，如同伴奏。比起一般白紙寫黑字的「清唱」來，似乎別有一番風味。

東西橫貫公路一隅　傅狷夫作　1977

此作描繪橫貫公路深秋光景，重巒疊瀑，筆墨俊爽而靈動，傅彩濃芳而脫俗。

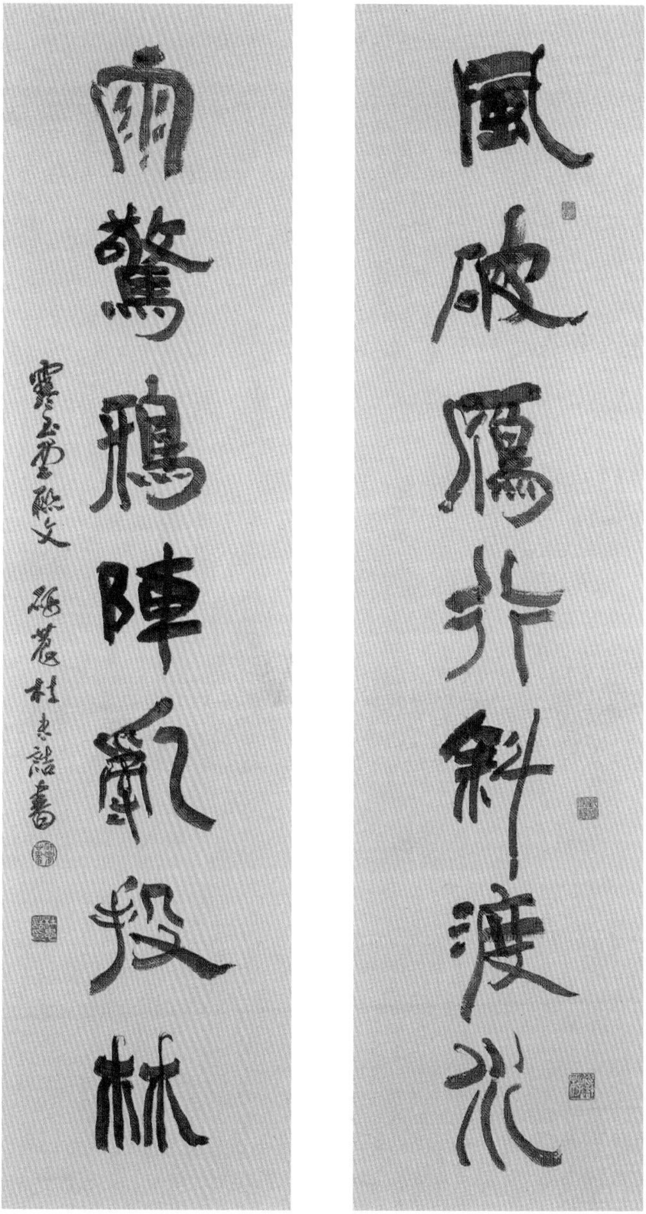

「風破・雨驚」古隸七言聯　杜忠誥作　2008

風破雁行斜渡水，雨驚鴉陣亂投林。

此聯係溥心畬所製，喜其意象鮮活，用篆、隸合參的古隸簡帛體書寫，自覺有疏放之致。

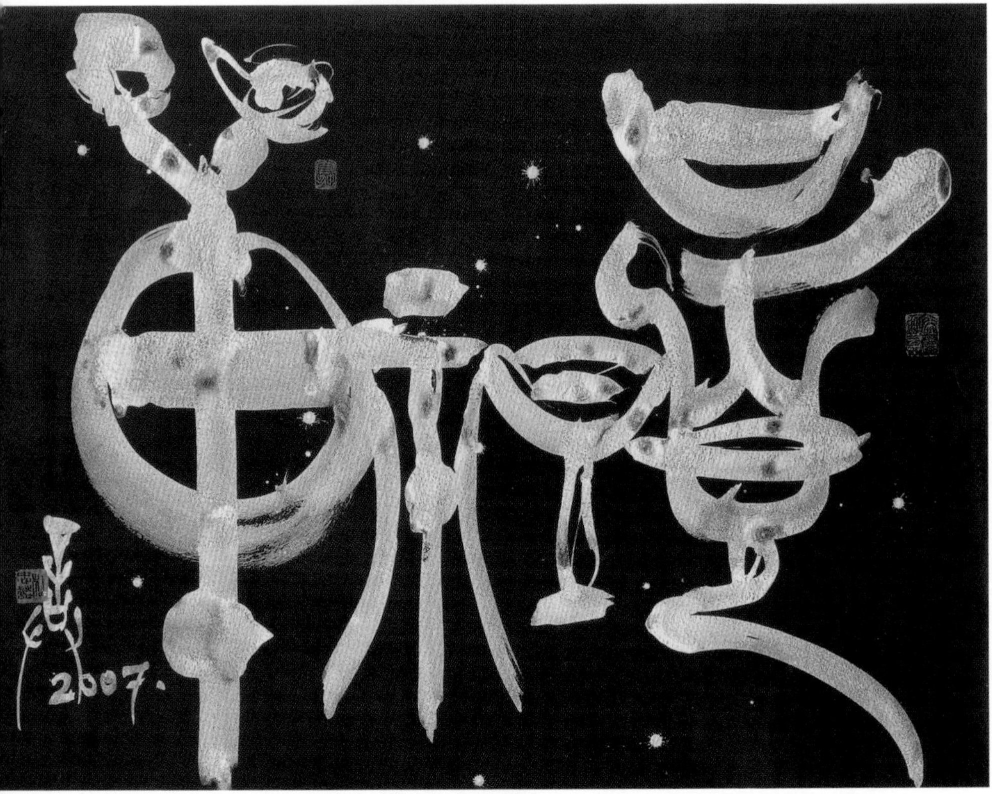

口頭禪　杜忠誥作　2007

此作係用金色壓克力原料，書寫在以墨塗黑的水彩紙上。把「口頭禪」三字拆解成「口」、「豆」、「頁」、「示」、「單」五個基元，進行錯綜組構之稿樣設計，經多次實驗書寫而成。禪，是消除二元對立，定、慧等持，身、口、意三位合一的境界表述，也是人類的最佳存在狀態。禪功注重實際行履，不重概念講談。若心口相非，說的跟做的不一樣，便是「口頭禪」。

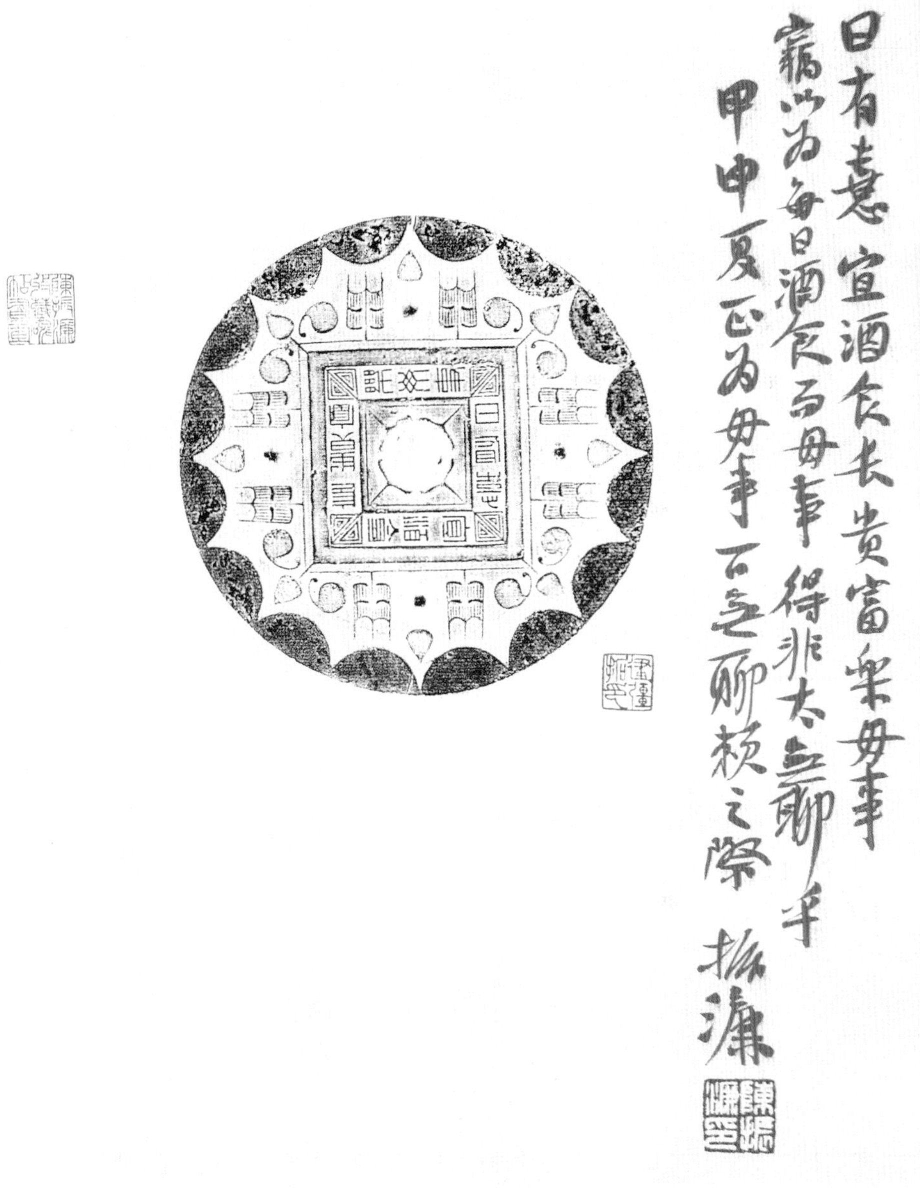

漢鏡銘題跋　陳振濂作　2004

「日有憙，宜酒食；長富貴，樂毋事。」竊以為每日酒食而毋事，得非太無聊乎？甲申夏正，為毋事百無聊賴之際。振濂。

此件選自《集古錄——陳振濂金石拓片題跋書法集》，文字淵雅雋永，書法朗暢超逸，具見其學藝相發之趣味。

芙蕖圖（局部）　簡美育作　2004
此作描繪夏日盛開的荷花，清逸淡雅之至。一隻悠閒的雀鳥駐足在田田的荷葉上，靜謐和諧，機趣盎然。

潑墨

步南斯拉夫女作者 Simon Simonovic 韻
兼賀
杜忠誥兄處女文集面世

周夢蝶

曾以怒氣寫竹喜氣寫蘭，亦曾
於酒酣耳熱之後
一頭栽進墨汁裡，之後
又一頭撞到宣紙上——
醒來時已竹生子，子生孫
孫復生子子又生孫生子了！

自來聖哲如江河不死不老不病不廢
伏羲，衛夫人，蘇髯，米顛
在如椽復如林的筆陣之外
一努五千卷書，一捺十萬里路
風騷啊！拭目再拭目：
一波比一波高！後浪與前潮前前潮

公元二〇〇八年六月念日
於臺北縣新店市五峰山下

潑墨

步南斯拉夫女作者Simon Simonović韻
兼賀
杜忠誥兄處女文集面世

周夢蝶

曾以怒氣寫竹喜氣寫蘭，亦曾
於酒酣耳熱之後
一頭栽進墨汁裏之後
又一頭撞到宣紙上——

醒來時已竹生子，子生孫
孫復生子子又生孫生子子了！

自來聖哲如江河不死不老不痴不廢
伏羲，衛夫人，蘇髯，米顛
在如椽復如林的筆陣之外
一努五千卷書，一捺十萬里路
風騷啊！拭目再拭目：
一波比一波高！後浪與前潮前前潮

公元二〇〇八年六月念日
於臺北縣新店市五峰山下

體道之心，放膽之文

——序杜忠誥《池邊影事》

洪邦棣

自有文章以來，天地之間稱得上文章的文章，不外兩大類：作家之文與學者之文。前者重藝術性，偏於形象思惟；後者富於思想性，行文以邏輯思惟為主。從「接受美學」的觀點看，讀者（受眾）面對這兩種大異其趣的文章，閱讀態度理應有所不同。讀作家之文，當如臨流垂釣，即便釣不到魚，也已飽覽一川風月，快然自足。讀學者之文，則有如入水捕魚，須先確認自己要的是什麼魚、哪裡有魚；也只有具此眼目，才會有所得，最後得魚而忘筌。

杜忠誥以書法名家，文章是其餘事。從書法看杜忠誥，我們看到他揮灑筆墨、出入造化的才情；從文章中我們看到的不是才情，而是他的器識、他的學問。杜忠誥在書法創作、講學教課之餘，是以立言載道的態度來從事寫作的。就是這種態度，決定了他文章思想內容的高度與深度。以學者型的文章而言，堪稱淵渟嶽峙，水深而魚肥。收在《池邊影事》的諸多篇章，其所載的道，即使是書法這種小道——「小道」是從俗的方便說法，杜忠誥必不以之為小——亦大有可觀。

書法的審美特質偏於抽象，書家要從抽象中感受美、表現美，少不了悟性。張旭因見挑夫挑擔子趕路而悟筆法，懷素觀察閃電、夏雲、江濤的詭譎變幻而悟得狂草筆意，黃庭堅目睹船夫撥棹而得筆勢，清道人聽譚鑫培唱戲由收音悟出收筆之妙。從自然景象、人類動作而聯想到書法，杜忠誥學書過程中此類體驗也層出不窮，但他最終並沒有只停留在書法，而是向前又推進一層，由書法之道感悟到處世之道，拈出生命的學問。

杜忠誥把自己的書法工作室命名為「養龢齋」（龢，同「和」），其取義就大有學問。他認為書法創作是追求生命和諧的一種藝術，從點畫到結體，從結體到行氣，從行氣到整幅作品，書家要處理的，無非是個體與群體和諧的問題。人與人之間，自我與群我之間，其相處之道，盡在於此。「練書法是在替字的點畫做人。」一般書家說不出這種體道之言。

書法始終是杜忠誥生命中重要的修行。在〈藝術的與宗教的〉一文，他強調「練書法是向自己挑戰的絕佳法門」，因為可以「讓你沒脾氣」：

> 書法所使用的這管充滿彈性的毛筆，要能隨心所欲地操控它，說難不難，說易也並不那麼容易。實際創作時用筆的快慢、頓挫、方圓、輕重，結體的疏密、開合、長短、大小，稍有閃失，便不能恰到好處，「止於至善」。成功的甜頭難嚐，而失敗的挫折感卻隨時可遇；你若起瞋動氣，不但於事無補，反而只會讓情況更糟。除非你逃避放棄它，否則除了面對現實，再試再練，再思考，再修正，沒有更好的辦法。總之，寫字就是讓你沒脾氣；就在

這裡動心忍性，增益其所不能，在這裡修行。

既是修行，就不能只在藝術上追求卓越，而更應在心靈上有所超越：不以完美為完美，不完美也是一種完美。走在書法創作的道路上，「留一些缺點讓人家去批評吧」便不僅是自我寬慰，而更是深造有得之言。（見〈書藝創作的「養」與「用」〉）

書法之於杜忠誥，已由純藝術的領域進入「道」的境地。在個別的不同篇章中，他一再援引《莊子》庖丁解牛「臣之所好者道也，進於技矣」來印證一己的體悟。籌組社團時，他捨「書法」、「書藝」而取「書道」以為名；不明他用心的人，指其襲用日文漢字詞彙。他於是在《中華書道研究》發刊詞〉中，擺出諸多證據以論斷「書道」一詞其實源自中國，並進一步闡明「由藝通道」、「以藝顯道」的書道精義。就算純從藝術、美學的角度看書法，對書法家的角色，他也有異於常人的定位與期許：

一個理想的藝術家，必須同時兼具三種角色：匠人、詩人與哲人。「匠人」著眼於法度技巧的錘鍊，「詩人」重在情感趣味的涵泳，而「哲人」則指向人格生命本質意義的關注，重在對於道之體悟與把握。……有了「匠人」的本事，若缺乏「詩人」的氣質，作品便顯得瑣屑庸凡而少情趣；若缺乏「哲人」的思想，作品即使有法度，有情趣，卻極易流於淺薄，

絕難產生意境深遠的動人作品。（〈剛健含婀娜——我看洛夫的書法〉）

杜忠誥的書法之道是如此地寬廣開闊，他甚至可以聯結佛法，提出一套書道通佛道的完整理論。（見〈學書與學佛〉）這見解也貫串於〈藝術的與宗教的〉、〈是書非思量分別之所能解〉、〈自得天機自長成〉、〈淬煉與蛻變〉、〈老實與頑皮〉、〈破繭說〉等篇章之中。

杜忠誥的書法世界是個目擊道存的世界，一切活潑潑的，信手拈來，頭頭是道。進入這個世界，恍如進入網路世界，心靈的引擎一啟動，便了無阻礙，到處通達。杜忠誥真所謂名副其實的「書法達人」——這「達人」的義涵當然也不能從日文漢字詞彙去理解，在中文文獻中「達人」通常即指智者、有道之士——此中多少也反映出他感悟力的敏銳以及聯想力的靈活。

談到聯想力，必須一提他的比喻功力。我知道他講學時善於連類引物、巧譬善導，大開大闔，但不知何故，碰到寫作卻矜持起來。儘管如此，由於慣性使然，杜忠誥筆下終究是藏不住比喻的，〈學書與學佛〉一文中還出現了聯想奇特的神來之「比」：

就學習上說，學某家書即「偷」某家，擺明是「偷」，公開地「偷」。「善師者師其意，不善師者師其迹。」高明的，偷機器；不高明的，偷成品。偷來的東西，還要有銷贓能力——轉化，否則，學歐只是像歐，學柳只是像柳，一下就被逮著，便不妙了。同樣是偷，也有三不等的偷法，小偷能偷一、兩家；中偷能偷十來家；大偷能偷幾十家；至於神偷，不但偷盡古今來大戶人家，還偷到宇宙造化去。明明是偷，卻似本有，完全不著偷的痕跡。

用偷竊、銷贓、被逮等一連串負面評價的行為，來比方正面的書法學習，居然不會予人不協調之感，只覺得無理而妙、反常卻合道。這是所謂「妙喻」，是比喻最極致的發揮。

無獨有偶，梁啟超也曾用過盜賊來「以貶喻褒」。他在〈新民說：論進取冒險〉中引用中國古代寓言故事，讚揚西人進取冒險之精神，故事是說：有人酷愛黃金，逛鬧市時見金店裡金光閃閃，入門就搶；被扭送到衙門後縣官問：「店裡店外都是人，為何你還敢搶？」答道：「當時我只看到金子沒看到人。」梁氏講故事旨在設喻說理，於是他抓住其中一點就大打比方、大發議論：「夫英雄豪傑、孝子烈婦、忠臣義士，以至熱心之宗教家、政治家、美術家、探險家，當殉其主義，赴其目的，何一非『見金不見人』之類也？若是者，莫之為而為，莫之至而至，豈惟不見有人，並不見有我焉。」

善用比喻或其他聯想式、替換式的表意方法，對學者型的文章確有軟化之功；梁啟超寫評論而「筆鋒常帶感情」，即是得力於此。杜忠誥以其聯想力蘊藏之豐富，只消放開學者的矜重，便能為文章多添幾許文學色彩。畢竟學者之文並不等於學術論文。

書道、佛道而外，書中對儒道、世道亦多所觸及，乃至現實社會中的文化、教育、政治諸現象，都成了他有感而發的對象。他寫這一類文章，批判力道十分強勁，只見金剛怒目而罕見菩薩低眉；其氣盛言宣的情狀，讓人想起孟子之怒批楊墨、痛斥許行。此中靠的全是一己的信念與使命感，反映出他文化人性格中狂者進取的一面。

謝枋得《文章軌範》分天下文章為二類：其一放膽之文，其二小心之文。杜忠誥走的是放膽高論這一路。回應前面「讀者入水捕魚」的取喻，拿魚來比他的文章，應是那種起網後出水時兀自活蹦亂跳的一尾大魚吧。

《元史》評論趙孟頫有謂：「知其書畫者不知其文章，知其文章者不知其經濟之學。」有感於此，用敢不揣譾陋，承命作序，拉拉雜雜寫下此文。佛頭著糞，識者諒之。

自序

這是我平生第一本文集，收錄了自一九七七年迄今所撰寫的各式文章，共計六十二篇，時間跨度逾三十年，除了少數幾篇外，大部分都已發表過。早歲文字或許口乳未乾，書中文詞不免有老嫩之別，但修辭立誠的文心，則始終未改。淨土宗長老李炳南居士詩云：「幾篇點竄幾篇留，快意終輸一筆勾。正似糟糠下堂去，情絲欲割寸腸柔。」這原是他的忠實自剖，若移來描述我整理此書汰留之間的心路歷程，也覺極為貼切。

我自十六歲考入臺中師專，得遇恩師呂佛庭先生教授國畫，以畫成落款自覺字醜而發憤練字。四十餘年來，臨池染翰，樂在其中。本書所收文章，幾乎都是在硯池旁奮筆完成，故云「池邊」；內容又龐雜無統，且多隨感抒發，只是光影片斷。《楞嚴經》有言：「內守幽閒，猶為法塵分別影事。」何況發為文字符號，言語道斷，豈非更是幻影之影！故云「影事」。這是本書命名「池邊影事」的緣由。

「貪多務得」是我平生研學最大的毛病，在閱讀方面固然是細大不捐，在實務上也常是見獵心喜，以致備多力分，多歧亡羊。書法與漢字形體學是我的專業，我在硯田筆墨間及書本上工夫下得多，辭章上的磨練則遠遠不足。總覺自己舌端似勝於筆端，每當提筆寫作時，常有辭不達意且文白夾雜的結習，自然也談不上文學之美。之所以會想付梓，是接受了門人諸君的建議，希望為自己六十年的學思歷程留一鴻爪。原本預訂去年十月出版，以便配合臺灣創價學會為我舉辦「六十書法巡迴展」的首站開幕。由於諸多俗務牽纏，拖延至今，因循痼癖，只有慚愧而已。

我家五、六代以來，全都是白丁篤農，未嘗知書。就中華傳統文化的學習上說，我是一個缺乏「童子功」的讀書人。我喜歡讀書，記憶力似乎也還不差，可惜少小生長於窮鄉僻壤，閒暇都得協理種作，常在糞土堆中打滾，因而一般農務，十之八九都歷練過，卻全無接觸文化經典的機會，以致年近耳順，還在做補課的工夫。年少時，只因不甘居於下流，乃發憤用功，自許要莊嚴地站起來。幸有諸多人天導師及摯友的點化鞭策，得能免於沉淪，漸就上達，內心常懷感念。出版本書，也不過是分享我個人生命踐履中的些許粗淺心得與成長喜悅罷了。倘若年輕讀者對於書中的片言隻字能有所感發，則是鄙人的衷心祝願。

本書承文壇前輩周夢蝶先生惠賜詩序、窗友洪邦棣兄作序，篇幅為之增彩。又我在創作、教學之餘，尚能勉力寫出這些篇章，實賴家人的犧牲與協助。內人張翠鳳女士，打從書中最早一篇文章起，或幫忙謄稿打字，或代為校正，乃至文字之潤飾，幾乎是書稿的全程見證者。至於長女杜沛、「龍鳳胎」（異卵雙生）士弘、士宜，也都曾參與文稿的打字工作；尤其是小沛打字神速，在十萬火急時，總是緊急徵召，往往我口述才結束，稿子也同時打完，讓我這個做老爹的既讚嘆又感激。最後要感謝的是，承蒙三民書局不棄，能就文化角度考量，本書才能順利出版。

池邊影事

目次

師友

其他

書法．文字

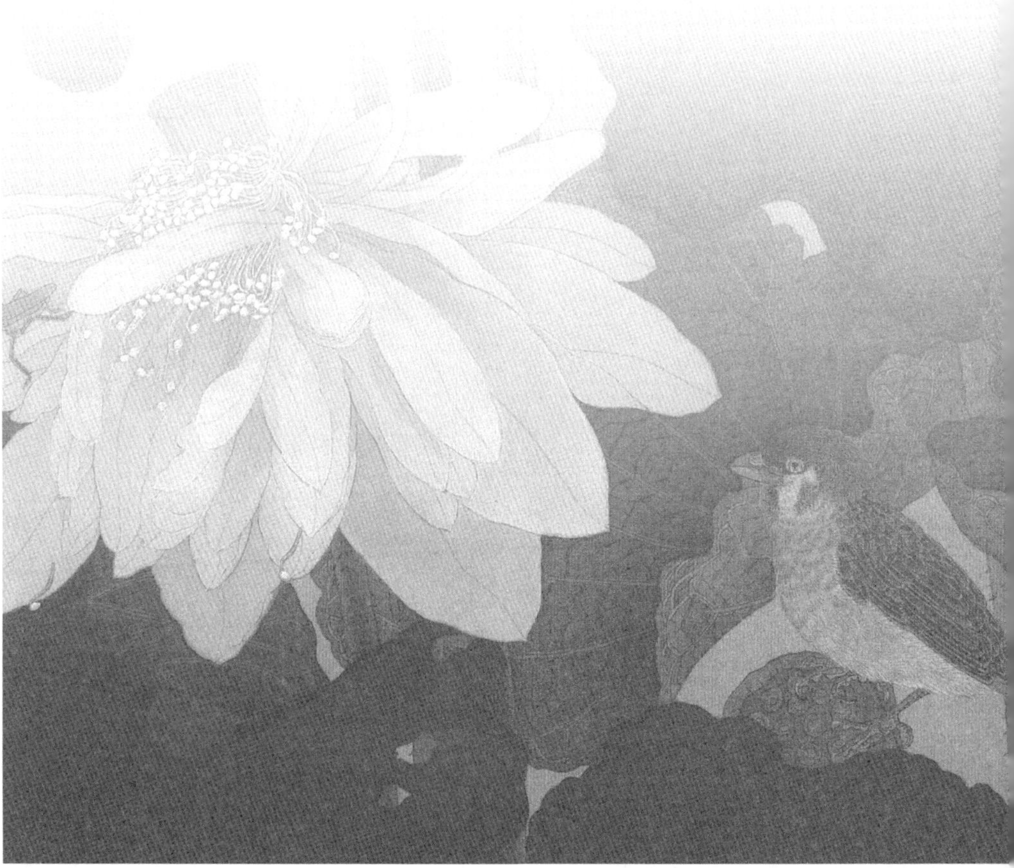

學書芻記

清朝書學的一位關鍵人物

清朝三百年的書學發展，大略可以分為兩大階段：在乾、嘉以前屬於帖學時期，乾、嘉以後則屬於碑學時期。其中由帖學轉變為碑學的關鍵人物，便是黃乙生（小仲）先生。

黃氏因與鄧石如同鄉，故平日便於切磋，他看到鄧氏用篆隸遺法寫正楷，樸茂淵雅，別具一格，於是悟出「始艮終乾」的筆法，即「一筆之內自備八法」，逆入平出的一種筆法，此種筆法在六朝碑版中依稀可以找到。後來，他將此法教給包世臣，包氏用其法，不到一年而書藝大進，因著《藝舟雙楫》，此法於是流傳下來。

其後，康有為在所著《書鏡》（原名《廣藝舟雙楫》）書中說：「懷寧（鄧石如）集篆隸之大成，其隸楷專法六朝之碑，古茂渾樸，實與汀州（伊秉綬）分隸之治而啟碑法之門，開山作祖，允推二子。」平情而論，單就書法造詣的淺深看，鄧氏應居首席，此固無庸置疑，但鄧氏也只是這麼書寫而已，並未道出其筆法真祕。真正將此法一語道破，並啟後學入門之鑰者，宜推黃氏。

假使沒有黃乙生，後人雖知鄧氏書法高妙，也很難窺知其來龍去脈，故黃氏抉闡的功勳不容誣沒。

帖學遞嬗碑學的原因

自宋、元以下，約千年間盛行的帖學，沿至清代，乃逐漸式微而遞嬗為碑學。這是因為古帖流傳到清世，年代已久，原帖漸壞，所存諸帖如《澄清堂法帖》、《淳化閣法帖》等，又經過宋、明人的鉤摩翻刻，弄得面目全非，徒存其形，神氣蕩然，帖學至此，已成強弩之末。乾、嘉之際，金石考證之學大興，碑版出土甚多，提供全新的學書範本，這些因素都直接間接助長碑學的興起。

唐碑之中，佳刻固然不少，唯若非原石不存，便是輾轉翻刻，想找形神完俱的拓本都不容易。黃山谷詩云：「孔廟虞碑貞觀刻，千兩黃金豈易得。」遠在北宋已是如此，後世更不用說！好帖佳拓既不易得，而當時所出土的千百種六朝碑版，經過刷洗，大都完好如新，絕少剝蝕漫漶的情形。並且不少碑拓都保存著漢代隸書遺意，筆法雄強，結體謹嚴，淵渾古朴，備具眾美，從此入手，自易為功。再加以包、康二氏的大力闡發提倡，讀書人但能執筆，幾乎無人不寫北碑，碑學地位遂爾奠定。

篆隸復興與毛筆的關係

「始艮終乾」的筆法，最適合清人所慣用的羊毫筆，又是一種有學理、有功夫、且能變新面貌的筆法。因此，頗為當時書家所採用，絕非那些只知標奇立異、譁眾取寵的淺學者所可同日而語。不過，此種筆法對於書寫二王法帖及歐、虞、褚等唐人楷書，助益不大，卻特別適於作篆、隸書。用這種逆入平出的筆法寫正楷書而有大成就的，只有趙之謙一人而已，只因他懂得「窮則變，變則通」的道理。其他如張裕釗、李文田等，雖然也用此種筆法寫北碑，卻把字給寫僵了。康有為稱讚張裕釗是「集北碑之大成」，未免溢美。

一般毛筆以其質性不同，可分為剛毫與柔毫兩種，前者如狼毫、兔毫、紫毫等，後者如羊毫、雞毫等。也有雜取兩種或兩種以上的毫毛，製成所謂「兼毫」，以求其剛柔相濟，如七紫三羊、雞狼毫、長流筆等是。約略說來，剛毫筆適合於寫楷、行、草書，柔毫筆則適合於寫篆、隸。秦漢時人大抵用柔毫，用柔毫作字變化多，容易產生特殊的趣味，蔡邕就說過：「毫柔則奇怪生焉。」清朝書學所以有「篆隸復興」之稱，其實跟書寫工具的毛筆有絕大關係。楊守敬《書學邇言》說：「頑伯（石如）以柔毫為之，博大精深。」是很有見地的說法。其他像時代稍早的金農、鄭燮，稍後的伊秉綬、何紹基、楊沂孫、吳大澂、吳昌碩等幾位大家，幾乎沒有一個不用柔毫，就是以寫北碑擅長的趙之謙，也是慣用柔毫。

至於唐人，大多擅用狼毫、紫毫等剛毫筆寫字。用剛毫筆當然不合寫篆隸，試觀有唐諸大家中，有那一個真正寫好篆隸的？就以大家所熟知的第一篆書大家李陽冰來說，因為他用的是當時流行的剛毫筆，所寫的〈城隍廟碑〉、〈三墳記〉、〈般若臺銘〉，率皆尖瘦剽薄，雖說圓勻遒勁，不無可觀，但像秦、漢時期那種淵雅渾穆的韻致，都看不到了。書學史家說唐玄宗、史惟則、徐浩等工於分隸，然細觀玄宗所書〈石臺孝經〉、史惟則〈大智禪師碑〉、徐浩〈嵩陽觀聖德感應頌〉諸碑的字跡，也都豐腴靡弱，殊無古意。其他像歐陽詢〈九成宮醴泉銘〉、褚遂良〈伊闕佛龕碑〉等篆書碑額，那就更不成字了，可見書法要寫得好，工具跟各種書體筆法之間，還必須能相得相發才行。

（《中央副刊》，一九七八年九月七日）

學書與學佛

書法原只是一種「藝」能科目，佛法則以「道」之體證與踐履為最高追求指標。學藝者一旦功夫深至，往往能由形而下的技藝層面，提升到形而上以心靈美感為主體的道之證悟層面。《莊子・養生主》提到庖丁的一段話說：「臣之所好者，道也，進乎技矣。」學書者能有這樣的體認，又肯腳踏實地下工夫，便有「藝通於道」的可能，而原本只是一種「小道」的書藝，就大有可觀者在。

佛法浩瀚無邊，本人對於佛學涉獵未深，所知有限，唯就接觸所及，發現學書與學佛，實在有很多互相契合，可以互相發明的地方，歷代有不少佛教界的高僧大德，出家後仍不廢棄書法，應非偶然。以下就略舉幾點來加以說明。

重解悟

書法與佛法，都以「法」為稱，「法門」特別多。法門須賴人傳，因此而有傳法與受法的問題。傳法者須本身實有證悟，然後因言以寄意，開權以顯實，接引後學，正所謂「先知覺後知，先覺覺後覺」；受法者須能因言以會意，得意而忘言，藉教以明宗，正所謂「因指而得月，得月而忘指」。言為表象，意為內涵（「言」不僅指語言文字，實包含一切形式符號）。凡事能不拘泥於外在形式的表象，而領略其內在義理的蘊涵，方能期其有所成就，這就非得有較高的解悟能力不為功。

佛法乃智慧之學，故學佛首重思辨，無論修習何種法門，都宜先在理路上窮究一番，不能一味迷信冥行。譬如「念佛」，不只是淨土宗，同時也是任何學佛者所共同適用的法門。對於此一法門，假如不能先在教理上有所契會，念佛便不易真正得力。曾聽過一個故事，說有一位老太太正在專心念佛，兒子有事找她，起先是不應，兒子連叫數聲「媽」之後，老太太嫌其煩擾而大為惱火，嚴加斥責，兒子一臉茫然，說道：「媽！我是您的兒子，不過才喊了您幾聲，您便氣成這樣，阿彌陀佛被您早晚不住地喊了千百萬遍，不早就氣炸了嗎？」老太太似遭電擊，頓時陷入沉思。這故事的真實性如何雖不可知，但學佛念佛，主要是為了「制心一處」，收攝精神，好面對現實，解脫煩惱。因緣未了，該辦的還是要辦，該面對的還是得坦然面對，但求無住無著而已。若以逃避現實為解脫，那麼，現實無所可逃，像老太太這種「離世覓菩提」的念佛法，便是不明「念佛」法門的大意，所以念佛雖勤，不僅不能調柔心性，變化氣質，反而在原有煩惱之外，更生煩惱，豈非如治絲愈棼，終將永無解脫之日。

學書也是一樣，從執筆、運筆、結體、乃至謀篇布局等，都各有其當然之理。如不通曉其中的理則，而只知講姿勢，計遍數，那就違道益遠了。比如說執筆，執筆為的是要自在運筆，總以穩便靈動為主，要怎樣執筆，才能夠書寫出力透紙背，有生命感、律動感、節奏感的點畫線條來，那才是所要考慮的重點。只要能夠達到此一目標，你用古來歷代相傳的雙鉤執筆法，固然不錯，用蘇東坡所用的單鉤執筆法，或何子貞所傳的迴腕法，也未嘗不可。甚至在現有眾法之外，另創一個什麼執筆法來都可以。張融說過：「不恨臣無二王法，亦恨二王無臣法。」這是何等氣概！東坡先生自負是個「曉書」者，他就深明此義，曾說：「執筆無定法，要使虛而寬。」這便是真能解悟執筆的理則，故能不被成法所束縛。民初書法家清道人李瑞清教人執筆說「怎麼方便怎麼拿」，堪稱通達之言。

俗師對於執筆，往往未嘗真知其中要領，故多似是而非之說，如謂執筆抓得越緊越好，寫字時筆管要對準鼻尖，才能「心正筆正」。事實上，寫字時意在毫端，當不知有手、腕和臂的存在，字才會寫得好。假若用力太猛，抓筆太緊，筆端反而僵滯，運動便不靈活，如何能夠「揮灑自如」呢？至於「心正」之說，只是強調寫字時宜收視反聽，虛靜專注，一心不作二用，才能把字寫好。若拘執筆管非要對準鼻尖不可，那就不免膠柱鼓瑟，徒然讓人望之卻步而已。事實上，筆管要對準鼻尖，除了靜止擺姿勢讓人拍照外，實際書寫是絕不可能的。試想，如寫一橫畫，起筆處筆管對準了鼻尖，隨著筆畫右移，頭部是否要跟著向右轉動？不然又如何貫徹「對準鼻尖」的理論呢？若是這樣，寫楷、隸書還好，寫起草書來，全身豈非要像乩童般的跳擲騰挪了嗎？這些說法，只要稍具思辨能力者，都能知其荒謬不經，可嘆信奉此說者仍大有人在，平白糟蹋多少人才。孔子說：「學而不思則罔」，豈不然哉？

重實踐

前述之「解悟」，屬於理上「知」的工夫；此處之「實踐」，則屬於事上「行」的工夫。諺云：「知一丈，不如行一尺」，知而不行，還同不知。就學佛而言，不以能「知解」佛法原理為高，而以能「行證」佛陀之所說所教為貴。若只在語言文字上有所解悟，而不能在日常生活中老實修持，所謂「智及之，仁不能守之，雖得之，必失之」，對於人生慧命之再造與提升，便無多大助益。所以「學佛」與「佛學」是兩回事，所謂「佛學」，是指以佛陀事蹟及其所傳之經典教義為主的一套佛門學問，側重在學理上的研究；至於「學佛」，則是在對佛學有所理解的基礎上，依法修行，盡可能地將所知解的佛理展現在人倫日用之間，做得幾分算幾分，側重在現實生活上的踐履。

就學書上來說，單能知曉有關執筆、運筆要領，或能鑑別作品的好壞高下，是不夠的，還要能在實際操筆揮毫時，寫得出好字來才行。既要眼高，又要手高。唯有眼力高了，手下工夫才有高的可能，但也只是「可能」而已，不能保證其「必能」。因為不論眼或手，都非有相當的實踐工夫「高」不起來。天底下只有「眼高手低」的人，未見有眼低而手高的。眼高者只能欣賞，手高者則兼能創作。康有為是近代有名的思想家，同時也是重要的書法理論家，字也寫得很有風格，曾自言是「吾眼有神，吾腕有鬼」，便是眼中工夫做得多，而手下工夫做得少的緣故。這些都關係到時間精力的分配與意志的堅持，與學佛同為實踐的，不經一番「寒徹骨」的沉潛工夫，談不上成就。

無論是那一門類的藝術，都有其特殊的表現技巧，而這些特殊的技巧都跟人體的筋肉活動有關，欲求筋肉活動能夠完全聽受心意的指揮，與之配合，那是需要有長時間的揣摩和練習，才有可能達到的。藝術創作的實踐性是很強的，尤其書法，使用一支具有彈性的柔毫毛筆，它要求的是瞬間一次性完成，不得塗改，不能描補，否則往往會愈描愈黑而失去神采，技術上的難度，遠高於其他藝術門類。宋朝大書家米元章說：「一日不書，便覺思澀」，故學書而想望能隨時保持最佳書寫狀態，唯有勤習實踐一途。

重內省

學佛修行，主要是對治自己的習氣，修正心理行為的偏差。所謂「不怕念起，只怕覺遲」，若不知自我反省，隨時照察檢點，就不容易發現自家的真正病處，難有對症下藥，改過遷善的契機。《孟子・離婁上》說：「愛人不親，反其仁；治人不治，反其智；禮人不答，反其敬。行有不得者，皆反求諸己。」人能如此存心，如此自檢，還怕德不加修，業不加廣嗎？有謂「聖人過多，凡人過少」，並不是聖賢的過失真的就多於一般人，只是聖賢人有心要「寡過」，對於自己的身、口、意三業，不但時加省察，且要求嚴格，鉅細靡遺，所以檢點到的缺失也就多了。一般凡夫俗子，對於自己的語言行為較少反省，甚至從來不知要反省，自然也就不見己過了。即使有所檢省，檢討的結果，多半是歸罪他人，當無可委過時，便又百般掩飾文過，總之，錯的永遠是別人。存心不同，自我要求的標準也不一樣。《中庸》云：「天地之道，造端乎夫婦。」今天，社會上離婚率如此之高，據說每四對中就有一對是離婚的，以致單親子女特別多，形成不少的社會問題。歸根究柢，恐怕與現代人反省能力的日趨薄弱不無關係。凡事不能反求諸己，從無愧悔之心，只知道要求對方應該如何如何，自然惹人討厭，必致處處碰壁，世路窒礙難行。「佛」的漢義為「覺」，「覺」字含有照察檢省的意思。所以加強自己本身的反省覺知能力，應該是學佛者能否真正得力的一個關鍵所在。

學書也是一樣，如臨古帖，臨寫後應與帖上範字比對，看看點畫的神情意態如何？分間布白是否得當？黑白的對比如何？就像練習打靶，射擊後一定要去看靶，看落彈點是否有偏高偏低？或偏左偏右？以便調整修正準星與照門間的關係，再行瞄準射擊。射擊後，再看靶，再修正，這樣三幾回下來，「雖不中，亦不遠矣」，這種臨寫後回過頭來與帖字比勘，以便調整修正，提高學習效果的臨習法，筆者名之為「看靶式臨帖法」。有些人不明此理，如臨〈蘭亭敘〉，臨了「永」字，也不管臨得怎麼樣，便忙著去臨下一個「和」字，緊接著又一字一字如此這般地臨寫下去，這不就跟射擊後不去看靶，便扛著槍回家一樣的令人迷惑嗎？這哪是臨帖，簡直就是抄帖。如此臨帖，其學習成效是值得懷疑的。又有人臨帖，同一字連寫多遍，其第一個字所顯露的缺點，一成不變地保留到最後一字，像這種不經修正的臨帖法，工夫用得再多，還是很難有長進上達的一天。當不正確的習性一旦養成，日後甚至連改動都有困難。在這一點上，學書與學佛，實在極相類似。因此，不只臨帖階段要常常依帖以自檢視，即使已經進入創作階段，也應不斷虛心檢討，自我批判，自我提升，方能精益求精，日有新境。

重轉化

如前所述，「反省」能幫自己發現一些如貪、瞋、癡、慢、疑等不良習氣和種種心理行為的偏差。但事實往往是「知亦知得，覺亦覺了」，卻「看得破，忍不過；想得到，做不來」，其奈習氣堅固何！所謂「煩惱即菩提」，學佛能否在實踐上得力的關鍵，應是習氣如何「轉化」的問題。明朝有位修養極好的人，名叫夏元吉。有人問他，為何能有如此好脾氣、好度量，他說，全在一「忍」字，「始忍於色，中忍於心，久則無可忍矣」。起初，遭遇到一些拂逆之事，不免怒形於色。後來，漸漸覺得臨事動怒生氣，不但無濟於事，而且事過境遷，大家都不好見面，於是遇有類似情形發生，只在內心隱忍，已能不動聲色。這種動心忍性的工夫做得純熟後，理路上也豁然通解，深知凡事都由於各種因緣和合而生，對人對事漸能用同情的諒解來看待，一切任運而行，如如自在，不需強為隱忍而自然無事，所以說「久則無可忍矣」。《老子》有言：「勝人者有力，自勝者強。」《金剛經》上也說：「一切賢聖，皆以無為法而有差別」，在世間有為法上逞強好勝，那是英雄行徑；唯有在心性上能夠戰勝自己的負面習氣——能轉，才稱得上是真正的「強者」。所謂「心能轉物，則同如來」，轉之既久，氣質必跟著起調柔變化，此之謂「轉化」，此之謂學佛得力。「知恥近乎勇」，這需得有智慧、有定力的人才做得來。若捨此而談學佛，都不過只是戲論一場罷了。

學書的歷程，也大致相類。初學先須臨習古帖，終須開創自我。若將臨帖比作蠶吃桑葉，創作就如同吐絲，由吃桑到吐絲，中間須經一「轉化」過程。學書而能轉化的不二法門，便是離帖自運。所謂自運，就是不看帖，自己找詩文內容來寫。臨摹如同依樣畫葫蘆，自運則無樣可依，須靠自己動腦筋。臨摹欲得八、九十分不難，自運要得五、六十分就不容易。但一般人多半寧願自我陶醉於虛假不實的八、九十分，而不肯或不敢面對五、六十分，甚至二、三十分的真實自我。雖然臨帖要想在形體之似外，追求其內在神韻之似，也得用心思索，並不那麼容易。但就思考的難度和挑戰性而言，自運顯然是更加嚴峻的考驗關卡。初步離帖自運，頓失依傍，自然是問題重重，不能一寫便好。只要能夠坦然面對，則一回生兩回熟，就如滾雪球一般，越滾越大，越積越厚。久之，自能成就個人風格。「學人似人終後人，自成一家始逼真」，學書而不知轉化，學老師就死在老師手下，學古人就死在古人手下，那又何處著「我」呢？若不自運，學一家都轉化不了，更別談雜糅諸長，鎔鑄自我了。

就學習上說，學某家書即「偷」某家，擺明是「偷」，公開地「偷」。「善師者師其意，不善師者師其迹。」高明的，偷機器；不高明的，偷成品。偷來的東西，還要有銷贓能力——轉化，否則，學歐只是像歐，學柳只是像柳，一下就被逮著，便不妙了。同樣是偷，也有三不等的偷法，小偷能偷一、兩家；中偷能偷十來家；大偷能偷幾十家；至於神偷，不但偷盡古今來大戶人家，還偷到宇宙造化去。明明是偷，卻似本有，完全不著偷的痕跡。學至於「無學地」而後化，不如此，便不足以言轉化。學書而缺乏自運轉化能力，便不足以談書藝創作。

重直觀

所謂直觀，是指直覺的觀照。不論學書或學佛，一旦「致虛極，守靜篤」，心靈主體往往能超越現實的利害和物我的分限，由意志的世界進入意象的世界，獲得一種直覺觀照的美感經驗。

初步學佛，為了要明曉教理和學習各種修行法門，不能不用意識心來進行理性的抽象思辨，但真正做工夫，卻要將這些意識忖度的心盡可能地丟棄。《老子》說：「為學日益，為道日損。損之又損，以至於無為。」這裡所說的「無為」，也就是念慮盡忘，不雜一絲情識，一切都靠內心當下之直覺感悟來把握。大凡高妙的作品，多半在這種情境下產生。古德偈云：「恰恰用心時，恰恰無心用。無心恰恰用，常用恰恰無。」很能曲盡其致，所謂直心是道場，注重的便是這種直覺的觀照。

至於學習書法，從最基礎的執筆、用筆開始，無不有法。既明法意，即依循此一法則來進行練習，時日一久，體悟漸深，一旦深切了解筆、墨、紙張等各種工具的性能，掌握其運用要領，臂、腕、指等筋肉活動臻於高度純熟，則法而無法，無法而法，手下工夫自能將心目中的美妙意趣，自在而適切地表現出來，臻達意到筆隨，從心所欲而不逾矩的化境。此時書寫作品，積點畫以成字，積字成行，積行成篇，無論字間氣脈或通篇格局，都能在從容的直覺觀照和駕馭掌握之內自在揮灑，行所無事，這就跟《莊子》書中所述庖丁解牛時「以神遇，不以目視」的境界相類。蘇東坡說，寫草書「須是無意於佳乃佳」，此種似不經意的直覺觀照之書寫境界，無非是靜心積學所致，所謂「用志不紛，乃凝於神」，跟學佛修道工夫，在原理上是兩相通契的。

（《京華藝訊》，京華藝術中心，一九九三年）

曹秋圃的詩書人生與行誼

臺灣原本是一個文化極端落後的荒野孤島，自從明清以來，透過一些來臺任官的中舉文士、流寓本省的騷人墨客，以及應聘而來的成名書畫家之傳習激勵，以江、浙為中心的中原藝術文化，才經由閩、粵地區，漸次輸入本島。在這樣的環境薰染下，居住在臺灣的漢人中，也產生了不少傑出的書法名家，像張朝翔、林朝英、鄭鴻猷、羅秀惠、林茂生等，都有不平凡的表現。繼這些臺籍前輩之後，最值得注目的，應屬當今書壇耆宿曹秋圃先生了。

曹秋圃的書法創作歷程，大抵仍以古人為師，當然多少也受到同時代的前輩與同道的影響。在他的一些有紀年作品中，年代最早的是民國十六年至十九年之間寫的。當時他才不過三十幾歲，篆、隸、楷、行等各體書，用筆結字都已相當純熟，落落大方，且能從容自運，又都有幾分自家面目，像他這個年紀能有這樣的創作水準，不要說在物資艱困的當時不易見到，即使是在六、七十年後，印刷、資訊各種條件都極優越的今天，也仍不失為第一流的。我們綜觀他一生在書藝上的成就，在歷來的臺籍前輩書家中，似乎還沒有見到一個堪與他相頡頏的人物。

行書與隸書成體早

行書和隸書在曹氏作品中，算是成體較早的兩種書體。其行書頗得顏魯公三稿——〈祭姪稿〉、〈祭伯父稿〉、〈爭座位帖〉的遺韻；至於隸書，早期汲取金冬心橫粗豎細的「漆書體」之古逸，其後兼融陳鴻壽的奇變，才逐漸孕育出自家面貌。草書方面，用筆狂肆的作品極少，大抵都以今草為多，偶爾也作章草。楷書則參合顏、柳，意趣在兩家之間。至於篆書，算是他比較弱的一環，寫出的作品也最少。觀其早年所書，多以楊沂孫為規摹對象，而古朴典雅，也非泛泛者可以比擬。仔細研究他的作品，發現他有個狠處，那便是即使他臨仿古帖，率能直探其神理，而不會拘泥於形似的追求。

書體風格在五十歲上下即已成熟

在他所開發的各種書體中，自運成體的時間，雖各有早晚，彼此之間也互有短長，但值得注意的是大致在五十歲上下，他的這些書體，便已成熟定型。換句話說，五十以後，隨著年歲的增加，他的書法只是在原有的基礎上，更加蒼勁老辣。直到現在，前後四、五十年間，他的整個書法風格發展相當穩定，並未再有太大的變化。九十歲中風以後，經過復健，雖然還能執筆，只是無論體力或臂力，都大不如前。嗣後好靜，字就很少寫了。

曹秋圃認為讀書養氣是學習書道的根本要務，其〈論書絕句〉云：「揭墨摩崖事脫胎，覺羅一代最多才。金丹換骨無他訣，端自收心養氣來。」事實上，讀書養氣都是為了收其放心。一個人凡事能夠正其心，誠其意，自能入於「無念無想，精神統一」之境，什麼事都能做得好，何止是學書呢？反過來說，練習書法也能幫助精神的定靜與統一，兩者常是相為輔成的。

曹秋圃是一代人瑞，在藝壇上出道又早，其實際在創作的期間，遠超過六十年。也因此在去年（一九九二）省立美術館在替他印行的「百齡書法回顧展」專輯中，就有四件作品原是三十幾歲寫的，由於干支相同，卻被誤作九十幾歲的作品而排在最後面，相差竟有一甲子之久，這倒真是少有的特例。

不過據他自述，他一生最得意的成就，並不是書法，而是詩。他在三十歲以前就是省垣有名的詩人，常與其他名流彼此酬和了，也難怪十年前他的門人謝健輝決意要替他籌編一本書法選集時，他始終不肯答應。最後了解了老人的本意，改為編成「詩書選集」，他才點頭。在這部印刷裝幀都極精美的《曹秋圃詩書選集》中，就收有他從民國八年到民國七十年的詩作數百首。其中十之八九，都是民國三十七、八年以前的作品，三十九年以後，詩作驟減，這卻不免引人注意。當然，年久月深，某些詩作的佚失，自是難免，但更重要的原因可能是二二八事件中，畫家唯一遇難的前輩陳澄波，正是曹秋圃的至交好友。陳氏的殉難，在曹秋圃心靈上留卜一個很大的陰影。加上緊接而來的白色恐怖氣息，他深深感受到這是一個思想禁錮的時代，為了免於無謂的傷害，他終於慢慢放下了詩筆而拿起毛筆。

據說，曹秋圃之所以發憤學書，是被激出來的，多少有幾分負氣的意思在。原來早年日據時代，一些全省性的書法比賽，重要的獎項幾乎都被新竹、嘉義和臺南以下的人所包辦，他們在得意之餘，甚至公然譏評臺北人說：「臺北是商業區，市儈氣重，哪會出什麼了不得的藝文人才呢？」他聽了這話，便對詩友杜仰山說：「詩就讓你作，我要寫字去了。」就這樣踏上書法創作的不歸路。到如今，當時說風涼話的人已不知何處去，曹秋圃卻因此寫出了他一片絢麗的天空。

鐵面治人事，行善報天恩

曹秋圃出生於中日甲午戰爭清廷戰敗，議割臺灣給日本的一八九五年，在異族統治下的亡國之痛，對於身歷其境的他來說，應該是感觸極深的。何況他是一個有才華（據云三歲時便有「神童」之譽）、有抱負，又富於思辨能力的人。年輕時，不免恃才傲物，又因為接觸了新思想，看不慣迂腐不化的人，而常與人打筆戰。民國二十三年，為了振興臺灣美術，他曾經和楊三郎、呂鐵州、郭雪湖、陳敬輝、林錦濤等人，組成「六硯會」。根據他的社友郭雪湖的描述，曹秋圃是一個「性格很怪傑，不容易與人妥協」的人。足見固執己見，自有主張，不隨便阿附別人，正是他的做人準則。

在門下弟子的心目中，曹秋圃是一位不苟言笑，剛正不阿，澹泊名利，管教嚴厲卻有恩慈，且行善不欲人知的老師。他平日以道家的吐納法修「身」，所以能克享上壽；以佛家的出世法修「心」，所以能寧靜致遠；以儒家的格、致、誠、正來待人接物，甚至教導學生，所以能讓人既喜愛他，又敬畏他，不敢隨便。他一切講究實學，不重虛飾，常對學生說：「讓十個外行的稱讚，不若給一個內行人嫌（挑剔）。」他對學生要求極嚴，常常一個字要寫上幾百遍、幾千遍才能讓他點頭去寫下一個字。學生們甚至說：讓老師說「好」，簡直比中獎還高興。

光復後，他從日本歸來，住在三重埔。當地有一座奉祀神農大帝的「先嗇宮」，每逢祭祀大典，曹秋圃多被聘任為「糾儀官」，這個職務若非德高望重鐵面無私的人，是難以勝任的。對於信眾前來許願而大燒冥紙，他很不以為然，認為這是給神送紅包，是變相的賄賂神明，此風不可長，而主張把金紙亭口封起來。後來主其事者從善如流，金紙亭真的封了口，引起很多信眾的不滿而破口罵他，他也不管。

他到三十來歲，身體還一直很虛弱，自認非壽元之相，之所以能夠一而再地逢凶化吉，甚至竟能活到六、七十歲，他歸功於冥冥之中有神明庇佑。雖然自奉儉約，卻常默默行善，以報天恩。有一回，曾因閱報見新店有人過世，家人無錢買棺出葬，即專程親自前往救濟，至晚未歸，把老夫人都給急壞了。類似的事蹟很多，在六十九歲時還被推選為好人好事代表。晚歲年事既高，猶行善不斷，只是改由門生弟子代為執行就是了。

（《中國時報・藝文版》，一九九三年四月六日）

關於墨跡本與刻拓本的選用

——寫在施春茂臨〈九成宮醴泉銘〉之前

作為書藝表現媒材的漢字之抽象屬性，決定著學習書法臨古的必要性。文字是一種抽象性的存在，未經書寫，無從顯像。書法就是在漢字的實用書寫基礎上，生發開展出來的一門深具審美價值的藝術。欲學書法，碑帖往往是最好的老師。

近代書法名家沈尹默說：「法在字中，字外無法。」可謂要言不煩。不過，碑帖本身也有雅俗高下之分，必須慎加甄別。對於初學者來說，選擇碑帖，就如同選擇啟蒙老師一樣，趨向稍有偏差，學習成效便會大打折扣。若不慎而選用了俗劣的範本，一入魔道，心目難開，便終身抖擻俗氣不掉，任你「筆成塚，墨成池」，磨穿鐵硯，都難得「正法眼藏」，終至浪擲光陰，虛弊精神，豈不可惜？

一般碑帖，大致上可分為墨跡本和刻拓本兩種。所謂墨跡本，是指直接用筆蘸墨書寫在紙絹或簡牘上的真跡及其影印本，多為白（素）底黑字。墨跡既經鉤勒上石（或木），鐫刻成為碑版，氈蠟墨拓所得，往往是黑底白字；只有極少數陽文碑刻（即有筆畫處留出凸起，無筆畫處剔平，如龍門石刻中的〈始平公造像記〉），墨拓出來成了白底黑字，這與直接用筆寫出來的墨跡，仍是大異其趣。

如果是從剛鐫刻完成的碑版上直接拓下來的初拓本，比起原本墨跡，雖不免失真，假若刻工精細，仍有極高的臨習價值。一般碑刻完成後，或者立在荒郊野外，經年受到風霜雨露的侵襲，年代一久，多致筆畫蝕損；或者屢經捶拓，或者經歷戰亂等人為因素，剝壞的情況就更加嚴重。這些幾經滄桑後所捶拓出來的本子，不少碑文都有字口殘損或整個字漫漶不清的現象，相較於初寫成時的筆意和趣味，失真已多，原跡神氣撲朔迷離。雖名為臨習某家某帖，實則與古人原跡的用筆精蘊，相去猶隔數重關。至於幾時方能撥雲霧而見青天，真正識得廬山真面目，那只有靠個人的造化了。

因此，筆者深深以為，不管學什麼書體，最好能先臨墨跡本，尤以行草書為然。臨習刻拓本，往往只能得其點畫大小及位置疏密。若想在用筆的疾徐輕重及用墨的濃淡潤燥上有所領會，那就非看墨跡本不可。就此一視點上說，再好的刻拓本，都遠不及墨跡本來得真切感人。若把墨跡本比做「自然花」，那麼刻拓本就是「人造花」了。學墨跡本是「以筆追筆」，學刻拓本，則是「以筆追刀」。以筆追「筆」容易，以筆追「刀」卻難，因為中間還得經過一層「透過刀痕想筆趣」的轉化歷程，而此一轉化的本事，非有相當筆墨基礎工夫者不易辦到。

除了行、草書以外，一般傳世的篆、隸、楷書碑帖，仍以刻拓本為大宗。因此，關係到刻拓本存真程度的諸因素，諸如刻工的精粗、保存的完整與否、捶拓時代的早晚、製版的良窳等，便成了選帖時不能不特加留意的重點。

近幾十年來，東鄰日本的學書風氣大盛，日人為方便初學，往往把一些原本是黑底白字的刻拓本加以放大，且將底片反白而成「白底黑字」，並在字下加印九成宮格或米字格。遇到點畫剝壞或模糊不清的字，便倩請俗工加以修補描畫，美其名曰「修復本」，實則原刻神氣意味多已喪失殆盡，整個字看起來如同泥塑木雕，略無表情。雖名為方便初學，其實是在障蔽初學眼目，貽誤後學；說得露骨一點，是在「毒」化後學。臨習這種範本，非跟著描頭畫腳不能像，寫得越多，臨得越像，中毒就越深，簡直如同在吸食「安非他命」。心所謂危，不忍不言，就筆者平日教學經驗所得，凡是臨習此種範本者，其字跡神情必多呆滯，且一望即知，屢試不爽。

沒想到國內有不少從事書法教育工作者，以其便利教學，也在推波助瀾。雖然有些也的確比日本人修描得高明許多，但無論如何，只要是經過修改描補的，便不免含有再一次失真和矯飾的成分。這些後加成分對於學習者來說，仍是負面的作用為多。凡是真正關心國人書法教育的人，諒必不會以我所說為故作危言，聳人聽聞吧！

昔賢有言：「大匠不為拙工改廢繩墨。」那些碑刻的字形筆畫原有剝損，就讓它剝損好了！形體雖不完整，卻是真實的存在。只要存真，遇到思辨力強的臨習者，仍可有發揮其聯想與想像推求能力的餘地。今既被修描過，定則定矣，臨寫者不疑有它，便只有被修描者牽著鼻子走的份了。這一類「修復本」，字形看似完整清楚，卻往往有形無神，與原跡神韻相去甚遠。其奈世人好龍，不好真龍，只好假龍何？每一念及，內心便不免有幾分感喟！

平心而論，這些所謂的「修復本」，字體既經放大，筆畫被修得完整而又清晰，字下又加印了九宮格，的確便於移臨，對於初學者說來，確實有它的便利之處。但凡事都是相對的，討得這個「方便」的便宜，便同時要吃到所學非真、違道愈遠的虧。這樣全面性加以修改描補的結果，字形只會增加學習者對於書法精蘊所在用筆意趣理解上的迷障而已，所得不償所失，終非理想的學書範本。

日前，友人名書家施春茂兄來訪，出示他新近所精心臨寫的歐書〈九成宮醴泉銘〉全文冊頁一套，字徑約八、九公分，點畫飛動，結體精整，頗能再現歐書自然真率的風神，很受感動，也深為敬服。據云將於近期內付梓發行，囑我在書前說幾句話，以當引介。對於有心學習歐書的初學者而言，這可以說是筆者截至目前為止，所見到最理想的臨習範本了。

筆者認為，一個人不論做學問或從事藝術創作，跟他平日的做人原則，是息息相關的。我與春茂兄相交已逾二十年，平時各忙各的，雖少往來，但因同為換鵝會社友，還是常有交接晤談的機會。對於他敦樸篤厚，謙撝自牧的為人風範，心儀已久。並且他長年茹素，虔誠禮佛，澹泊自甘，藝道並進，實在是後生效法學習的楷模。

他以這種篤實虔誠的為人態度，進行藝術創作的學習與實踐，所獲甚豐。不但兼工各體書，尤其對於歐體楷書沉潛之久，臨仿之勤，體會之深，成就之大，在當今青壯代儕輩中，恐怕是無出其右的了。由他來詮釋歐書〈九成宮醴泉銘〉，實在是不二人選。有志學習歐體者，倘能人手一冊，透過對於施氏此帖的臨習，再參照歐體原刻佳拓，用心精思，相信必能在最短期間內，掌握到歐體的筆法精蘊和結構特色。得魚忘筌，通其意於牝牡驪黃之外，為期當不會太遠。那麼，春茂兄精心所臨的這一本範帖，不就正是初學書法者的寶筏南針嗎？其裨益後學，功德無量。

筆者向來不贊成年輕學子學習矯揉造作、缺乏自然真趣的「修復本」，今忽見春茂兄所臨此帖，眼目頓明，不免有空谷足音之喜悅，故樂於為之推介給有緣的學書者。並藉題發揮，將筆者平素對於墨跡本與刻拓本的一些粗淺看法，拉雜寫出，知我罪我，唯有任之而已。

（施春茂臨《九成宮醴泉銘》序，蕙風堂出版，一九九三年四月）

《中華書道研究》發刊詞

書法是中華民族特有的一門藝術，它以最單純的黑白分割的形式，含藏著最豐富而複雜的內容。舉凡天地間一切如強弱、動靜、形神、方圓、陰陽、開合、大小、遲速等對立統一的理則，幾乎都可以在書法藝術中探得消息。其所透顯的形而上義蘊，與宇宙人生之「道」的生發原理相通相契，若說書法是東方美學集中體現的代表性藝術，應不為過。

本會起初在謝宗安先生的領導下，向內政部報請核准成立時，係以「中華書藝義理學會」為名，後經筆者多方遊說爭取，乃改易為「中華書道學會」。有些朋友不察，以為「書道」一詞乃襲用自日本。事實上，只要留心歷代典籍，便可發現在唐人的書學論著中，一般都稱書法藝術為「書道」。如「書道玄妙」（虞世南〈筆髓論〉）、「書道法此」（張懷瓘〈書議〉）、「於書道無所不通」（張懷瓘〈文字論〉）、「書道之妙」（顏真卿〈述張長史筆法十二意〉）等，不勝枚舉。日本人學習中國書法，跟他們創制假名一樣，都是由當時派遣到中國的「遣唐使」為媒介，遣唐使既將唐時中國的「書道」名稱帶回日本，千餘年來，日人習用未改。至於我國，則自唐、宋以下，或名「書藝」，或名「書法」，或仍稱「書道」，或簡稱為「書」，迄無一定的稱法。名稱儘管不同，卻都是指的同一件事。

大家知道，書法藝術的創作，不但具有與繪畫的「經營位置」相近似的空間性格，同時還具有與音樂的隨序推移而展現的不可逆之時間性格。因此，其不容描補，不容塗改的瞬間完成之技法需求度也特別高。然而，單憑嫻熟的技巧，並不能保證其藝術創作的成功。試看古今來成就特出的大書家，大抵在精熟的表現技法之外，還都能對宇宙生命創生原理的道體，具有深刻的體悟與把握。換句話說，他們都是經由技藝以通契乎「道」，進而以藝顯「道」的。因此，用「書道」一詞，似乎對於這門古老藝術的豐富內蘊，更能有所彰顯。我們稱之為「書道」，一方面固然是為配合內政部社團名稱不得雷同之要求，同時，也可說是藉此而收回我們老祖宗的舊版權。若能明瞭「書道」一詞的歷史淵源，便知我們絕非盜用或襲用。

時至今日，書法本身所含具的藝術魅力，雖仍廣獲國人喜愛，還有不少學人在從事著研究的工作，也積累了不少寶貴的成果。儘管如此，這門藝術所包孕的文化內涵和現代審美價值，迄今仍然未能獲得世人相應的理解，以致不但其創造性前進的腳步顯得特別遲滯，也因此遭受到不少無謂的誤解與扭曲，甚至將它與一般只重整齊美觀的「寫字」行為等同起來，而視之為蒼白、貧血的雕蟲末技，思之不免令人懊喪。

一個真正有志於書藝創作的人，除了相關技法的磨鍊外，其他如書法作品的欣賞與評鑑、創作理念的確立，乃至美學的思考、書法風格發展史等理論問題的涉獵與把握，也應是不可或缺的基本素養。甚至還可以更直截了當地說，對於創作者的審美意識而言，理論研究是具有前導作用的。沒有純粹理論指引的創作實踐，極易流於單純技巧的追求，而缺乏對於藝術本體特質，乃至自我生命的反省與自覺的思辨能力。以此而言藝術創作，很可能會事倍而功半，甚至徒勞無功。陳振濂先生說：「書法界並不缺勇士；書法界缺少的是冷靜的思考，缺少肯紮紮實實下功夫的學問家，缺少的是對書法基礎理論有過全面修養的創新之士。」這種鞭辟入裡的見解，對於海峽兩岸當前的書壇而言，真可以說是一針見血之論，我們頗有同感。

基於此一體認，本會創辦了此一刊物，希望透過海內外有心人士對於書學理論研究的積極關注與投入，能夠引起更多的朋友，來共同探討書法中所含蘊的文化意識與美學價值，思考其未來發展方向，以適應現代文化日新月異之變革，進而激發書法藝術工作者，對現代創作實踐及現代審美意識的自覺與探尋。

我們雖然懷有為現代書壇略盡綿薄的熱忱，然而，由於我們的智慧和力量有限，經驗不足，如今所呈獻在諸位面前的初步成果，必然存在不少缺失和不足之處，虔誠地期待各界的指教與支持。

（一九九三年十一月）

藝術的與宗教的

——「明清近代高僧書法展」觀後

「何創時書法藝術基金會」，是企業家何國慶先生為紀念其尊翁何創時先生生前對書藝之愛好所創設的。

國內近年以來，新成立的文教基金會不少，但以「書法藝術」為專名，而不計一切，大力投入者，則前所未聞。在這後現代的多元社會裡，這一朵最具東方文化特色的藝術奇葩——書法，已然遭受到極度的冷落與漠視，也正由於此，才益發突顯出此一基金會成立的不平凡意義。這不僅表現了何先生個人的一片孝心，對於書法界，乃至於整個文化藝術界來說，也是一大福音。為了配合書藝館的開館落成，基金會並籌劃了一場別開生面的「明清近代高僧書法展」，將於今年三月四日開館落成之時同日揭幕。

這次展出的作品，既以「高僧」所作為主，其展現效果及觀賞角度，也自然不同於一般的書法展覽。它不僅是書法的，也是佛教的，可以說是藝術與宗教的結合展示。

藝術與宗教，儘管範疇不同，但都是人類人格生命的反映與活動，就精神層面的作用上說，其最終目的無非都是為了變化人的氣質，提升人的性靈，乃至淨化人心，美化人生，其社會功能大抵相近。因此，民初第一位教育總長蔡元培才會倡議要「以美育代替宗教」。藝術家創作活動的非功利特質，亦即「過程即是目的」的藝術精神，實與宗教家犧牲奉獻的無我精神類似。特別是書法這門藝術，雖然展現形態是屬於視覺的，但其內在的時間性格極強，書寫時前後點畫之間有一特定的時間序列，瞬間完成的要求度很高，基本上不容許塗改和描補。作為一個書家，要具備有此種謀定而動、沉穩篤定的筆墨駕馭能力，非經千錘百鍊不為功，這又與宗教家守戒修定的苦行工夫相類。

書法所使用的這管充滿彈性的毛筆，要能隨心所欲地操控它，說難不難，說易也並不那麼容易。實際創作時用筆的快慢、頓挫、方圓、輕重，結體的疏密、開合、長短、大小，稍有閃失，便不能恰到好處，「止於至善」。成功的甜頭難嚐，而失敗的挫折感卻隨時可遇；你若起瞋動氣，不但於事無補，反而只會讓情況更糟。除非你逃避放棄它，否則除了面對現實，再試再練，再思考，再修正，沒有更好的辦法。總之，寫字就是讓你沒脾氣；就在這裡動心忍性，增益其所不能，在這裡修行。

筆者常言，練書法是向自己挑戰的絕佳法門。漢代楊雄稱書法為「心畫」，這的確是一種極殊勝的發現，用現代的醫學名詞說，便是所謂的「心電圖」，只是此「心」非彼「心」罷了。由於毛筆的柔性特質，隨著心念的起伏活動，不僅筆下會立即產生相應的筆鋒運行軌跡，並且這些筆端與紙面磨擦時所產生的抵拒狀態（軌跡），其力量之強弱大小變化，也能透過手指尖的末梢神經，為心靈主體所清楚把握，在這當中，心體的起用與顯相，因果之間，如影隨形，剎那立見。因為人生無論為學或為道，是否能夠德日進而業日修，關鍵在於照察反省能力之有無與強弱。這種剎那之間便見果報的毛筆書寫活動，大有裨益於人心靈慧的覺照與涵養。所以書法雖是藝術的，在它的創作實踐活動中，卻也蘊含著濃厚的宗教意味。

歷代有不少叢林大德，在其道業成就之外，也都精擅書法，這應與書法這門藝術本身所含具的實踐特質密切相關。練習書法，不但有助於出家僧人「繫心一緣」的禪定工夫之修習，還可以藉著書法作品與人結緣，有助於勸善渡化。近代高僧弘一法師在其〈臨古法書自序〉中說：「夫耽樂書術，增長放逸，佛所深誡。然研習之者，能盡其美，以是書寫佛典，流傳於世。令諸眾生歡喜受持，自利利他，同趣佛道，非無益矣。」這是他以佛門修行人的立場所發的議論，書法似乎成了宗教修鍊的階梯，書法藝術本身不是目的，宗教修持才是目的。事實上，弘一法師多才多藝，在三十九歲出家以前，不論詩詞、戲劇、音樂、繪畫、書法、篆刻等各方面，都已有傑出的表現。出家以後，由絢爛頓歸平淡，諸藝盡疏，唯於書法情有獨鍾，沒有放棄。不僅沒有放棄，甚至終身「耽樂」不倦，因為這是他那內在恬靜、澹逸心源的一種自然勃發，無能自已，而這也正是他在宗教情操以外的另一種人格生命的表現形態。長期間對於書藝的「耽樂」，對於弘一法師來說，卻絲毫沒有「增長放逸」的情事發生，這豈非是一種弔詭？

實則，弘一法師所強調的是「本始所先，末終所後」的本末之辨，是「士必先器識而後文藝」

的一種文化意識與情操，這不論對於在家人或出家人，無疑的都具有發人深省的針砭作用。但他只是教誡後學，千萬不要為了「耽樂書術」而致玩物喪志，「增長放逸」，乃至迷失自我，可並沒有誡絕學人不能去從事書法藝術活動，否則他便成了有住有著，自相矛盾的人。所謂「佛法在世間，不離世間覺」，出家人身上多一樣本事，便多一樣資糧，也多一分方便。從弘一法師出家後勤修梵行的堅決與果毅看來，我們知道他覺性極強，慧力特高，絕非我輩凡夫所能望其項背。他幾乎隨時清明在躬，深切明白自己真正需要的是什麼，更知道自己不需要的是什麼。

再說，書法重在筆性的體悟與把握，屬於形而下的，是「藝」；佛法重在靈明覺性的體證，屬於形而上的，是「道」。習藝者，不通乎道，必不能精其藝；志於道者，還須游於藝，以活其趣。在弘一法師身上，我們看到的是：宗教固然是他的目的，藝術也是他的目的。甚至即使是宗教的，也都還是藝術的。在這裡，「道」與「藝」不但不相矛盾衝突，反而相輔相成，這正是「道」「藝」兩相生發的一個極好典型。

此外，書法既然以作品的形式出現，就不免要接受觀者以專業規範之檢驗。若以純藝術創作的角度加以檢視，此次展出作品中，有很大一部分即使置之名家之列，也毫無遜色。當然，其中也有若干作品是不宜以書法藝術來檢驗的。不過，既名之為「高僧書法展」，自然是以德業成就特出的出家人為著重點，對於出家人來說，六度萬行的修持為其首務，臨池學書已成餘事，造詣的高下，更是無足考論了。

高僧之所長在德行，屬無為法；而書法則是一種才藝，屬有為法。無為法居於主位，有邪有正，足以引導有為法而決定其為正善或邪惡；有為法屬於客位，是中性的，本身無所謂邪正或善惡之別。才藝本身固自有其客觀存在的價值與意義，但其真正的價值意義，往往依隨無為法之心態而轉移。所謂「邪人用正法，正法亦成邪；正人用邪法，邪法亦成正」，就是這個意思。

中國歷來評價書畫藝術品的傳統方式，往往要與藝術家的人品相提並論，這是有來歷的。宋人蘇東坡說：「古之論書者，兼論其平生。苟非其人，雖工不貴也。」此次參與展出的高僧書法，有些是人與藝皆可傳，有些則是人以德貴，其藝因人而可傳的。出家人的德業既為世人所敬重，他們的墨跡，不論工拙如何，即使是片言隻字，也是值得寶惜，固不能全然以一般書法藝術的專業化標準去加以衡量。今天我們觀賞「高僧書法展」，宜有這樣的體認才好。

（《藝術家》二三八期，一九九五年三月）

真理是不能票決的

針對「國父墨寶」真偽問題的爭議，根據報導，有多位藝廊經營者及書畫鑑定家建議，最好的方法是將這件作品再公諸大眾，由鑑定家共同鑑定，「如果十個鑑定家中有八個說是假的，大概就八九不離十了」。

事實上，真理自有其客觀的存在依據，它是不能以票數的多寡來予以肯定或否決的。如有某件東西明明是真，總不能因為有九個人說它是假，只有一個人說它是真，便據此而判定為假；反之亦然。

據云調查局可以用科學的方式進行筆跡鑑定。不過，我們擔心的是，調查局鑑定的筆跡多屬硬筆字，而這回碰上的卻是用柔毫寫成的毛筆字。除了文字的結體造形和筆畫體態之外，硬筆書法所無而為毛筆書法特有的點畫用筆之筆觸特質，對於現代化科學鑑定儀器來說，恐怕是一種新的嚴峻考驗了。

真跡與鉤摹本（雙鉤廓填）最大的差別，主要不在點畫結體的外形上，關鍵仍在於筆畫本身的一次性完成度上。如為雙鉤廓填的摹本，非經多次描補難以肖似，點畫神情必多所瞻顧而呈現矜持拘滯之象，難有如真跡掉臂獨行所展現的自在感。筆者淺見，誠欲究明其事，純依所謂鑑定家的票決是難以服人的。唯一的方法是：倩工將這件墨寶重新予以揭裱，然後映日（或燈光）視之，詳審其每一點畫是否均為一次瞬間完成，便自了然。不過，這必須考慮到該件墨寶當初裝裱時之手法如何。如為名手精裱，所用托底之紙質與漿糊原料都極講究，揭裱自不成問題。倘是一般裱工所裱，則揭裱時是否能夠不傷害到墨寶本身，又是個棘手的問題。

（《聯合報・民意論壇》，一九九五年三月二十九日）

是書非思量分別之所能解

——弘一大師書藝觀後

弘一大師是中國近代史上少見的奇僧，他生當傳統的舊封建社會日漸解體、現代民主新潮風起雲湧的鼎革之際，一生充滿傳奇故事。在他三十九歲剃度以前，不論在詩詞、書畫、金石、音樂、油畫、戲劇等各方面，都有極傑出的表現，是一位藝術氣息濃厚的文人。出家以後，除了起初「結習未忘」（大師自嘲語），手製自用印數方以外，對於所有那些他曾經嘔心瀝血從事過的各種藝術項目，則一概斷然捨棄，唯獨書法不廢。這固然可以說是大師對於書法情有獨鍾，也未嘗不跟書法本身所獨具的審美價值與社會功能密切相關。也正由於此一「由博返約」，他的書藝創作在整個書法史上，竟然樹立了一個非常特殊的典型。

觀賞弘一大師的字，的確是一種很奇特的審美體驗。大師書藝的特殊，與其說是形式上的，毋寧說是內涵上的。他的每一件作品，乍看之下，只會讓人感受到平實溫和，絕無氣勢逼人的強烈震撼，但觀賞者往往就被作品中散發出來的那股祥靜而神祕的力量所攝受，捨不得將目光移開。

德重於才的文藝觀

弘一大師出家後，在寫給許晦廬居士的一封信中，曾經引用唐人裴行儉的話說：「士先器識而後文藝。」平時對於藝文界的朋友，也常勸誡他們要「應使文藝以人傳，不可人以文藝傳」。事實上，個人生命的真正存在價值，必須在整體社會中方能顯現出來。大師所以令人尊崇敬愛，不在於他的才華或名位，而在於他的人品和修養。

民國二十六年，大師五十八歲時，曾應閩南僧俗信眾的要求，在廈門南普陀寺養正院講了一回〈談寫字的方法〉，對於德重於才的文藝觀點曾有進一步的闡發。在演說中，他就毫不客氣地指出：「出家人字雖然寫得不好，若是很有道德，那麼他的字是很珍貴的，結果卻是能夠『字以人傳』。如果對於佛法沒有研究，而且沒有道德，縱能寫得很好的字，這種人在佛教中是無足輕重的了。他的人本來是不足傳的，即能『人以字傳』，這是一樁可恥的事，就是在家人也是很可恥的。」話鋒原只是指向出家人說的，可最後補上的一句「就是在家人也是很可恥的」，這卻不免令我們這些長年「耽樂書術」（弘一大師句）的人聽來倍覺驚心，格外提高警覺。這些話不應該只看作是他以一個宗教家的本位立場所提出的議論，而實在是對於人類生命的本質意義，經過了既深邃又全面的觀照反省後，所發出來的獅子吼和海潮音。他一方面高揚中國傳統文化中一貫的「德成而上，藝成而下」之重德主張，同時也不忘隨機點醒正在從事文學藝術創作的朋友，慎勿因為自己在某方面的才華有了一點成就，便驕矜忘形而致迷悖失德，掉落了所謂「文人無行」的歷史坑坎中。在他那個時代說出這樣的話來，自然有其沉痛的針砭深意在，由此也讓人深深感受到他那「昌明佛法、潛挽世風」的悲切心願了。特別是在今天這個習於矯偽而缺少真誠，更缺乏反省能力的後現代社會，大師的這些話，益發具有暮鼓晨鐘、振聾發聵的警世作用。

儘管他是如此強調人品道德的重要，不過他並未反對文學和藝術的創作，「本始所先，末終所後」，弘一大師對這個是清明在躬，毫不含糊的。這由他一生所開展出來的整個生命形態，便足以說明一切。在大師身上，藝術與道德，不僅沒有互相矛盾衝突，相反的，卻是兩相輔成，裡外如一，無疑已達到了高度的調和與巧妙的統一，這即使在整個中國文藝史上，恐怕也是極少有的。孔子說：「志於道，據於德，依於仁，游於藝。」若以此來衡量的話，弘一大師絕對是標準的儒門弟子。自小按部就班地接受四書、五經等儒家文化薰陶的他，後來雖然剃度了，出家後並且嚴持戒律，勤修梵行，儼然佛門龍象。但在骨子裡，卻仍然是非常儒家的。

碑帖相融，獨樹一幟

弘一大師的書法作品，神斂鋒藏，一筆不苟，絕無煙火氣，給人以一種渾金璞玉般的感覺，讓人看了鄙吝都消，矜躁俱平。大師生前的好友陳祥耀自述說，他常在情緒昏擾散漫、需要恢復安適時，倚藉著臨寫大師的字而達到收束「放心」的功效。他並且對於弘公書作何以具此神效有所分析，而提出了四點理由加以說明：⑴老人向有才不外露的本性；⑵出家後嚴謹奉律的修養；⑶對己對人對物，全出誠敬，一點不稍放逸的胸懷；⑷創作時整個精神凝會在極端悠然恬然、覺得一切無不圓滿、此心無不自得的寧泰境界中。以上這些都分析得極深刻、極切當，若非跟弘一大師有過多次接觸並深入觀察，是不容易說得出來的。唯其所提的四點，均只就創作心理上說，單憑這些，充其量只能說明創作者所具備的內在修養條件，還無法真正說明像弘一大師這種特殊的外在藝術形象何以產生。實則，任何藝術家創造的藝術形象，追根究柢，都是其人格特質及藝術修養透過一定物質手段外化而成的，其主要關鍵，仍離不開創作之技巧與方法。

弘一大師書藝築基的青少年時代，正當清末民初的碑學書風盛行之際，他基本上接受了自阮元以下，特別是康有為的崇碑抑帖之碑學思想。他走的雖然是雄渾樸厚的碑路，卻不像其他同走碑路的學書者那樣決絕，只是一味地學碑。他以碑書的樸厚一路為主，又兼能攝取帖書飄逸靈動的養分，以活絡自家筆下碑書的氣血。所以走的雖是碑路，卻沒有一般碑路書家極難逃免的刻板雕琢習氣，終能在中國書法史上獨樹一幟，別開生面。

以碑路與帖路來區分書風，雖嫌不能周密、不夠科學，但藉它來說明一些書法現象，也滿切合的。歷來以二王為中心的帖路書風，所使用的書寫工具，基本上多以剛毫（如狼毫、兔毫）或兼毫為主。因為那種飄灑流動、遒勁秀美的帖書風味，不用剛毫（或兼毫）便不容易表現。至於由清朝乾隆、嘉慶以後才興起的碑路書風以臨習秦、漢、南北朝碑版為主，那種雄健樸厚、古拙奇逸的筆趣，則唯有使用羊毫筆方能表現，即所謂「毫柔則奇怪生焉」。

弘一大師的傳世墨跡，大致可分為莊重體和率意體兩大類，率意一類，包括日常書信用的行草書和文章著述時用的楷行書，這一類墨跡大致以實用性為主，毛筆大抵是隨緣取用，雖仍多為羊毫，但也不排除或有使用兼毫之可能；至於莊重一類，則幾乎一概用羊毫筆書寫，創作時態度也比較嚴謹，字體則涵蓋篆、隸、草、楷書。而留傳墨跡中隸書作品絕少，仍以楷書為大宗，篆書及行草書次之。楷書體中，又有碑體楷書、帖體楷書及碑帖合參之分。在碑體楷書裡，成體最早的是大家所熟知脫胎於〈張猛龍碑〉的那一體（此體又分前、後兩期，前期在二十來歲便已展現，風格近於〈張猛龍碑〉碑陽正文；後期在三十七、八歲以後，逐漸化方為圓，風格則近於〈張猛龍碑〉碑陰文字）。此體大約到了他五十歲以後，脫胎換骨，鋒穎刊盡，圓勁英偉，已是純然自家本色。帖體楷書（即《護生畫集》中之字體）成體較晚，大致也在四十九歲前後；而其返虛入渾，爐火純青，完全成熟，則在五十七、八歲間，也即是一般所見大師晚年常寫的，那種酥酥綿綿，看來似乎全不用力，實則又似有一股不可撓拔的接地之力蘊蓄其中的作品。其點畫質地極精微、極細韌，晶瑩剔透，教人看了清涼舒暢，心生歡喜。

依此看來，弘一大師大約在四十至四十五、六歲之間，不論碑體、帖體或大小字作品，都曾經歷過一些大的變動，算是產前的陣痛期。曾被印光大師指為「斷不可用」以寫經的書札體，正是此一階段的書跡，其他此一時期的各式作品，大體都不免有幾分躁動之氣。可見大師的學書歷程，也曾經歷多重寒徹骨的坎坷境地，並不是那麼順利的。

書法不別於佛法

弘一大師實際書寫時，行筆落墨的速度極為緩慢，這在其書藝形象的形成過程中，也是一個絕對不容忽視的關鍵因素。

大師的學生劉質平，在一篇題為〈弘一法師遺墨保存及其生活回憶〉的文章中，曾詳細記述他陪侍弘公書寫〈佛說阿彌陀經〉十六條屏的經驗。他說：「寫時閉門，除余外，不許他人在旁，恐亂神也。……余執紙，口報字，師則聚精會神，落筆遲遲，一點一畫，約以全力赴之。五尺整幅，須二小時左右方成。」這一件長一五〇公分，寬五二公分，足足「用十六天寫成」的大作品，在近年海峽兩岸出版的幾種紀念專輯中都有刊載，每屏各寫六行，每行二十個字。據此我們可以大致推知，原作每字字格約在七公分見方，寫這樣大小的字，一屏（一二〇字）要花兩個小時，平均每個字得寫上一分鐘。且別小看這一分鐘，諸位感興趣的話，不妨提筆試寫一段看看，平均每個字要是能夠寫上三、四十秒鐘，就很了不起，很讓人佩服了。然後方知弘一大師這種寫經時的行筆速度，真如春蠶吐絲，簡直緩慢得出奇，緩慢得令人難以思議。降伏、克制自己到此一境地，若非具有甚深禪定工夫的人，是絕對做不來的。

書法的點畫，隨著筆鋒的運動與發展，忠實地記錄著書家書寫當下心思情感的起伏與變化。任何具有相當用筆經驗的人，也都不難從弘一大師的書跡中，看出其運筆速度是極緩慢的。不過，有了劉質平上述說法，就更加具有說服力了。

根據筆者平日的觀察，一般人作書，十個有九個半是寫得偏快的。我自己也常為寫出的作品躁氣未除而深感慚愧。每次看過弘一大師的字，總不免要提醒自己，應當再「減速慢行」才好。當然，字能寫得緩慢，固然需要有相當的涵養，但能把字寫得像大師這樣緩慢，而不使點畫神情呆滯，又能表現出如此淳樸的韻味、恬靜的意態和高曠的氣象，這才真正令人由衷敬服，歡喜讚嘆！

當然，弘一大師的行筆慢，自然也跟他用羊毫筆寫字有關。羊毫筆的內勁遠不及狼毫筆之剛強，書寫時為求線質的樸厚勁澀，行筆速度自然要放慢些。但使用羊毫應只是弘一大師這種靜逸古穆書風形成的必要條件之一，而非其充分條件。如謂不然，古今以來同樣用羊毫筆寫字的人何其多，何以唯有弘一大師能開發出此種藝術形象奇特的「弘一體」呢！

離開思量分別才能欣賞書法藝術

近代美學家朱光潛在論「詩的隱與顯」時，曾說：「詩的最大目的在抒情，不在逞才。」又說：「情勝於才的，仍不失其為詩人之詩；才勝於情的，往往流於雄辯。」雖是論詩，移以論書也頗覺適切。事實上，以弘一大師才氣之高邁，卻能如此的謙撝自抑，生命表現得如此渾淪含茹，特別是展現在書藝創作上的，真堪為古今以來書家中「情勝於才」的典範。如單就用筆的沉潛篤實程度上說，歷代知名的僧人大書家如智永、懷素、八大，或日本江戶時代的良寬，乃至於一些以道藝相發見稱的居俗大書家，如蘇東坡、黃山谷、黃道周等人的作品，若拿來與弘一大師的作品並列比觀，他們的作品便不免顯得英氣太露，有幾分「逞才」，有幾分「雄辯」的意味了，其餘更不消說。於此可見，弘一大師書藝作品的攝受能量之強大與豐富。若以拳術為喻，其他書家所詣雖互有高下，打的多半是外家拳，而大師則打的是太極內家拳（黃山谷書亦有幾分太極拳成分）。甚至同是太極高手的于右任作品，與弘一大師比較起來，似又顯得弘一大師的內家工夫要稍勝一籌。

前已述及在南普陀寺的那一場演講會上，大師曾自問自答地借用《法華經》上的一句話「是法非思量分別之所能解」，而改動一字作「是字非思量分別之所能解」，以說明書藝所能達到的最高境界。他並且作了進一步的申說：「世間無論哪一種藝術，都是非思量分別之所能解的。即以寫字來說，也是要非思量分別，才可以寫得好的；同時要離開思量分別，才可以欣賞藝術，才能達到藝術的最上乘境界。」今天我們仔細觀賞了弘一大師的書藝作品，又拜讀了他對於藝術的創作與欣賞的論述文字，深深覺得，用「是書非思量分別之所能解」這句話來讚頌大師的書藝成就，應該是再適切不過了。

（《弘一法師翰墨因緣》，雄獅圖書公司，一九九六年三月）

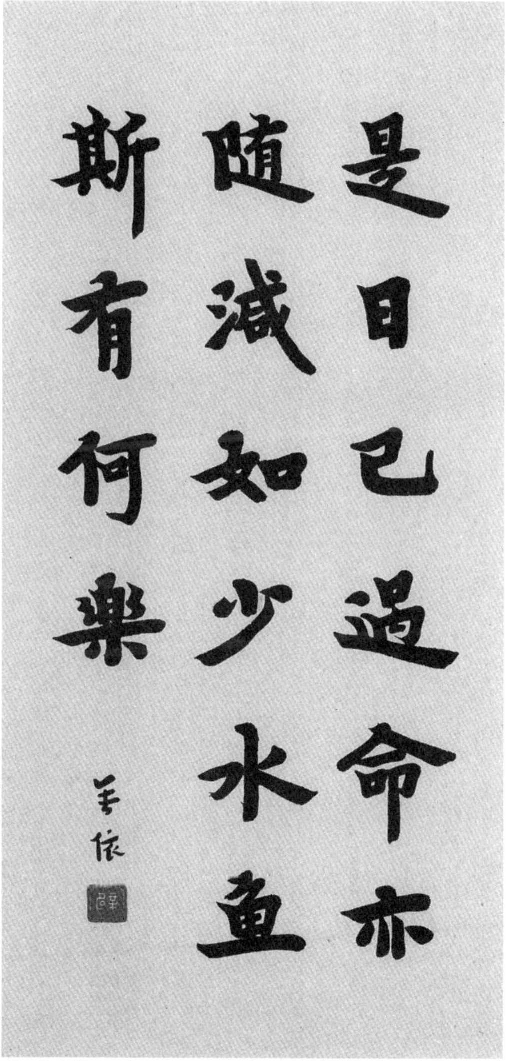

李叔同作

此件是弘一大師五十歲前後的作品，兼有北碑的遒厚和唐碑的嚴整。主文寫的是佛門晚課的念誦偈語，很能發人深省。

書藝創作的「養」與「用」

孫中山先生在所著《孫文學說》中，曾舉了許多事例以證成其「知難行易」的論點。其中有一則令我印象特別深刻：有某家水管不通，主人僱請工匠來修理。工匠一到，不過舉手之勞，水管就通了。主人問費用多少？工匠說：「五十元零四角。」主人說：「只不過舉手之勞，怎麼收費這麼貴呢？」工匠說：「工資，我只收你四角。」「那五十元呢？」「這五十元，是我學會如何以舉手之勞就修好它的知識代價！」主人聽了，不覺啞然失笑，只好照價給錢。

這個故事所蘊含的哲理，原可涵蓋普天下的所有事相，對於藝術創作天地而言，尤其具有深刻的啟發意義。所謂「江湖一點訣，說破不值錢」，中山先生藉著此一事例，不但強調了知識的價值，更表明了對知識的高度尊重。古語說：「養兵千日，用兵一時」，正因為先有此千日之「養」，才得有此一時之「用」。倘若只見「成功之美」，而不計其「所致之由」，那絕對是不合情理的。百工技藝猶且如此，更何況是以創作為依歸的藝術創作呢？不過，同樣是「養」，也有三不等的養法。養之不以其道，所養的盡是烏合之眾，無用之兵而不堪上陣的，也往往而有。故所謂藝術創作，絕對不僅只是簡單的「工作時間」之積累而已，其間還包括揀別、吸攝、融會、轉化、生發與創造等重要內涵，仍大有事在。

筆者早年學書時，常聞一些年紀較長的學書人，動輒說他臨寫某碑或某帖幾十百遍，或說自己練字已練了三十、四十年。當時年少無知，乍聞其言，便肅然起敬。及至後來，有機會看到他們所寫的字，便不覺對他們先前所說的話起疑。既然花了那麼大的工夫，又練了那麼久，怎麼寫出來的字還是那樣的令人不敢恭維呢？隨著年事的增長，聞見日廣，閱歷漸多，也才慢慢地了解到孔子所說「聽其言而觀其行」的真正意義。之後，再聽到類似的話時，心中第一個反應是：很想看看他寫得怎麼樣。因為任何事物的學習，假使不得其門而入，工夫下得再多也是枉然。再說，所謂二十年、三十年，這期間是怎麼作工夫的，也是問題。如果每個月初一、十五寫一次，每次寫一小時，一年才寫二十四個小時。那麼，三十年下來，也不過寫了七百二十個工作小時。如果有人天天都寫，每天寫兩個小時，一年下來，其實際書寫時間，便已超過前述那自詡寫了三十年的人。依此而推，倘若他也寫上三十年，那麼，初一、十五才寫字的人，便得寫上九百年才趕得上。當然，這只不過打比方，其中還有道法邪正、領悟力高低、學習心態，以及集中學習與分布學習等錯綜複雜的相關因素。由此可知，單純的遍數與年數本身，並不具有任何實質意義，而隱藏在這些數目字背後，實際感受體悟與批判辨證精神的存在與否，才是最後造詣如何的關鍵所在。

天底下任何技藝知能，均須具備「匠人」、「詩人」與「哲人」三個工夫層次，「匠人」的層次，是該項技能的入門技巧；「詩人」的層次，是風格特色；而「哲人」的層次，則是神韻境界。三者缺一，都不能成其大。

在這一切講求時間成本的現代化工商社會裡，大家對於毛筆書法普遍缺乏接觸，自難有深入了解這門藝術的機會。且別說什麼「詩人」或「哲人」的藝術內涵之陶養，光是形式書寫技法的「匠人」本事之操作與掌握，便已是一大挑戰、一大難題了。其中諸如把筆的輕重、運筆的快慢、結體的疏密、氣脈的貫串、謀篇布局的變化統一、墨色的潤渴乾濕，乃至款識、鈐印之搭配設計等，每一個部分都包含著無窮無盡，錯綜複雜的學習內容。所有這些，不但要能通其理則，還要能隨機應變，運用自如，整個學習歷程是漫長又艱辛的。若進一步嚴格要求，還須能展現鮮明的個人創作風格，那就更是難上加難了。再說，即使在學習過程中都「養」之得法，具足了前述種種必要條件，臨「用」之際，也仍有諸多變數，未必就能保證所創作的作品一定成功。

唐代草書家兼書法理論家孫過庭在所著《書譜》中，曾有「五合」與「五乖」的說法，亦即導致一個書家能產生精品或出現劣作的情況，各有五個條件在起著重大的影響作用。他說：

一時而書，有乖有合。合則流媚，乖則凋疏。略言其由，各有其五：神怡務閒，一合也；感惠徇知，二合也；時和氣潤，三合也；紙墨相發，四合也；偶然欲書，五合也。心遽體留，一乖也；意違勢屈，二乖也；風燥日炎，三乖也；紙墨不稱，四乖也；情怠手闌，五乖也。乖合之際，優劣互差。

這確是過來人語。孫氏在此指出書藝創作的艱難，除了作為一個書家所應具備的表現技能和相關書學素養以外，書家在創作當時的身心狀況、外在環境，以及文房器具的是否伏手適用等，在在足以影響到藝術創作的表現效果。也唯有在「五合交臻」的情況下，方能「神融筆暢」，產生精品，但那真是可遇而不可求了。相反的，假使「五乖同萃」，那就「思遏手蒙」，如同前賢所嘆的「吾眼有神，吾腕有鬼」。在實際創作時，別說「五乖」，只要有那麼一乖、兩乖，便足以讓你腕下有「鬼」，不過鬼大、鬼小不同罷了。

書法藝術創作中的這種高失敗率，主要還跟它本身所含具的強烈時間性格密切相關。書法以漢字為表現媒材，每一個漢字的書寫，莫不依其形體結構而有其各不相同的筆順。且其創作活動，須在特定的時間內一次完成，時間序列也不容顛亂。隨著時間的推移，點畫線條就在筆與紙的抵拒狀態下幻化、揮舞著。它忠實而完整地記錄書寫者的一切意識及潛意識的內在心緒活動變化，其所展現的，不僅是筆鋒運動的結果（軌跡），也包含了全部的運動過程，簡切直截，毫無遮障。在書法藝術品賞中居於重點地位，飽含情感意味的「筆勢」，就是在那每一個特定時間序列的當下產生的。並且，在那筆鋒與紙面交會的每一個當下，其輕重、疾徐、長短、大小、斜正、方圓、開合、向背等，莫不各有其不得不然的「中道」（發而中節）境界，需要你去拿捏把握、對應區處。「毫釐有差，神情懸隔」，是成是敗，往往就繫於書寫當下的每一剎那之間，這種瞬間一次完成的高難度要求，對於人性，特別是意志力的陶煉而言，無疑是一大考驗。

常聞索書者動輒說「勞你大筆一揮」，這自然不無幾分恭維的意思在。有些人說這話時，語氣本身就讓人感受到有幾分臺諺所謂「看人剖柴免出力」的輕率意味，更是令人難以苟同。嘗自回想，打從十六歲發憤學書以來，不知放棄過多少現實利益的追求，犧牲過多少休閒娛樂，「明知山有虎，偏向虎山行」，經歷三十餘年的慘澹歲月，而所得也不過爾爾。誠如孫過庭所說：「有乖入木之術，無間臨池之志。」當然，隨著年齒的增長，平日濡毫之際，作品的成功率頗有日漸提升的趨勢，有些作品也的確是一揮而就，真要平情估量該作品創作的時間成本的話，應該說是「三十餘年又一揮」呢！更何況真正一揮而成功的作品畢竟有限，往往要在好幾揮之後，才能從中挑出那麼一件差強人意的作品來。甚至有時候看來感覺還不錯的作品，隔天一覺醒來再看時，又覺得不行，非再重寫不可。像這種種創作實踐上的難產體驗，不是過來人，是很難想像得到的。且別說一般書家，即使功夫老到如于右任先生，晚年替國立歷史博物館所寫的〈題拐子馬圖〉，據說當時就寫過好幾通。除了目前陳列在館裡二樓的那幅外，筆者十餘年前還曾在勝大莊見過格式內容大致相同的另一橫幅，唯蒼雄精勁則遠不及歷史博物館的那一幅。

當然，這也跟書家品質管制的自我要求程度有關。之所以要一再地重寫，原因無它，寫得不夠滿意啊！至少總覺應該可以寫得更好些，而這不正是一種自我完善的超越意識在起作用嗎？藝術創作原是對自己負責的良知事業，得當與否，寸心自知。唯其於心有所未安，故寧嘔心瀝血，一揮再揮，以求安於所安。可是，安心的標準又因人而異，並且隨著手藝與時空的轉換，往往會水漲船高。因此，欲得其心之安，便相對的更加困難起來。惱人的是，經過多次書寫的，未必就一定會比先前所寫的好。經常是好了這兒，卻又壞了那兒，最後也只好放自己一馬，笑著安慰自己說：「唉！留一些缺點讓人家去批評吧！」

人，固然不能沒有止於至善的自我期勉，但在面對現實的封限時，若能常存一點容許缺憾的念頭，既可減少對自己或對他人的無謂折騰與傷害，也當更能活出自身的本色來。這不僅是一種坦誠，一種包容，更是一種承擔。或許，這也正是書法藝術工作者在「養」與「用」之外的另一層人生課題吧！

（《翰墨》五期，何創時書法藝術基金會簡訊，一九九六年六月）

臨池隨筆四帖

之一　書藝中的聯想與想像

書法藝術不像繪畫，其所表現的，雖也受到自然界客觀事物形象的制約，但它並不直接描摹客觀事物本身的具體形象，而是間接地表現客觀事物的普遍屬性，如長短、肥瘦、陰陽、向背、緩急、動靜、方圓、連斷等，可以說，書法是一門具有高度概括性與抽象性的藝術。正因為如此，它也同時具有強烈的暗示性與啟發性。凡是概括性與抽象性成分越高的藝術，其所含具的聯想與想像的馳騁空間也越大。

聯想與想像，是建立在對該作品具有相當程度之感受與理解的基礎上而展開的。所謂「聯想」，是經由某一事物之啟發或暗示，而想到別一事物的心理活動；而所謂「想像」，則是藉由舊經驗，舊印象而重新創造新意象的心理活動。藝術家創造作品，固然少不得聯想與想像；欣賞者觀賞藝術品，也同樣少它不得。

書法作品是在書家的動態書寫活動下完成的，作品完成後，卻以一種靜止的形態展現。書家本身所具備的一切情感、思想、審美情趣等內涵修養，全部通過書家的書寫技法，如實地涵蘊、凝結在點畫間，體現在紙幅上。在創作活動上，它是一個由動而靜的演化過程；在欣賞活動中，則正好相反。觀賞者須透過靜態作品的感性形象所提供的指引，去揣想書寫者揮毫落墨的動態情境；或者利用自己過去的創作體驗，去想像作者創作時苦心孤詣之匠心所在；或者由作品的筆墨趣味、造形特色、神采意境，乃至書寫內容等，去聯想到書家的人格生命與藝術修養特質等。而這種由靜態點畫線條回復到動態活潑意趣之「再創造」欣賞活動，是否能夠順利成功地展開，其中的關鍵便是聯想與想像。缺乏聯想與想像的書藝欣賞活動，則畫面將只是一些死寂、枯燥、乏味的點畫線條之堆疊，產生不了美感，那也是不堪想像的。總而言之，聯想與想像能力的強弱，是一個人藝術心靈境界高下的判準依據。

之二　學今人與學古人

當代名家由於有種種現實人情因素的干擾，作品未易論定，其優劣分殊，非真鑑者不足以知之。相對於此，古人的作品，由於所有一切現實因素早已消失淨盡，後人較易冷靜客觀加以品評。在時移勢易之下，猶能為後人所重，意味著其藝術成就禁得起無情的歷史檢驗，就此一視點上說，在缺乏高明指點的情況下，與其學今人，不若學古人。

不過，古人也是今人做，今人都會變古人。若將時光倒推一千幾百年，則唐朝的顏真卿，豈非正是存活當時的「今人」？而當前尚存活著的我等「今人」，再過百年，豈不個個都與古人同成「古人」？後之視今，亦猶今之視昔。因此，無論古人或今人，只要其作品確實高明，便值得我們師法學習，此亦前賢所謂「不薄今人愛古人」之意。

書法作品既經寫成，唯存靜態筆跡，至其筆鋒運行過程，非深究此道者，不易「睹跡明心」，這正是孫過庭所說「徒見成功之美，不悟所致之由」啊！故對於初學者而言，「用筆」最好學今人，「結體」則可多學古人。因為學今人，可以直接觀摩其實際揮毫運筆之起、行、收鋒，可以弄明白那些各具姿態的點畫線條究竟是如何形成的。但應盡可能多看幾家，窮深研幾，以通其意，方能不為所蔽。

之三　公「主」擔夫爭路

根據《唐書・李白傳》所載，唐代大書家張旭自述曾因看見「公主擔夫爭路」而領悟筆意與筆法，這是書法界存在已久的一個公案。

筆者早年閱讀前賢討論書法的文章，這個典故時見稱引，卻罕有真解，且多穿鑿附會之詞。內心不免揣想：「公主」在何種情境下會與擔夫爭道？其爭道景況為何？其事與書藝學習有何關聯？凡此種種，既難以想像，自不敢強作解人，闕疑已久。

直到近年，方知這段文字在宋人朱長文《續書斷・張長史條》下也有記載：「嘗見公出擔夫爭路而入，又聞鼓吹而得筆法之意，後觀倡公孫舞西河劍器而得其神，由是筆迹大進。」乃恍然大悟，原來所謂「公主」之「主」，係「出」字之訛。所謂魯魚亥豕，都是前人輾轉傳抄翻刻時不求甚解，以致讓後人對此滿頭霧水。

公出，猶如今言「出公差」；擔夫，即挑夫；爭路，指的是趕路。挑夫肩負重擔，步履自然沉著穩健。又因公務在身，為了爭取時效，行腳速度自較常時加快。而此種在沉穩中運動的態勢，正與書寫時筆鋒與紙面的抵拒狀態之「澀進」意趣極相類似。書法用筆，有所謂「疾」、「澀」兩個筆勢要訣（見傳蔡邕〈九勢〉）。「疾」是一種向前的力，「澀」則是一種向下的力，在這兩種力量的交集與變換作用下，寫出來的字，必然是躍動而富有生命力的。「公出擔夫爭路」的意象，用來比況毛筆書寫時之筆鋒運行態勢，實在是觸類旁通的一種妙悟。而張旭在看到「公出擔夫爭路」的景象時，便能悟入筆法妙訣，這也是「用志不紛，乃凝於神」才有的結果。一字之差，而文義懸隔如此。

然而，由「公出擔夫爭路」訛作「公主擔夫爭路」，只不過是個別文字的形近致誤；至如年輩與朱長文相近而稍長的蘇東坡，在《東坡題跋》裡竟理解作「張長史見擔夫與公主爭路」，整個文義便已天地懸隔。故雖在智者，亦不能無千慮之失。

至於文物出版社《歷代書法論文選》所錄此段文字，新加標點作「嘗見公出，擔夫爭路，而入又聞鼓吹，而得筆法之意，後觀倡公孫舞西河劍器而得其神，由是筆迹大進。」在「公出」及

「爭路」下加逗號，並將「而入」與下文連讀，則選文句讀者對於此段文意，亦不甚了了可知。

之四 個人風格與時代風格

藝術家個人風格，原自前此的時代風格中提取、生發出來的，其中有繼承（諸如法度、審美理則等），也有創新（諸如技巧、表現形式等）。倘無創新，便談不上個人風格；而如果沒有繼承，則鐵定開不出真正可大可久的個人風格來。

個人風格是時代風格的構成基礎，所謂「時代風格」，如前賢所云「晉人尚韻，唐人尚法，宋人尚意，明人尚態」所標舉出來的「韻」、「法」、「意」、「態」，實際上就是從各該時代眾多個人風格殊異的藝術創作中，所概括抽繹出來的共同趨向與特色。因此，一個藝術家若缺乏個人風格，便不足以與言時代風格。再說，個人風格一如時代風格，相對於前此已然存在的藝術創作，就藝術家個人新創部分而言，它具有獨立性；就其繼承部分而言，它又具有聯貫性，並非一孤立的存在。

對於尚未蓋棺的當代藝術家來說，其創作活動儘管有主觀能動性，卻也無時無刻不在接受著外在境緣的刺激與啟發，故其風格特色也還在變動發展之中，尚難遽加論定。所謂「外在境緣」，包括藝術家耳目接觸的整個活動空間——自然環境與社會環境，當然也包含前人及同時代藝術家的作品，尤其是那些個性強烈、風格特異的藝術創作。這些外在境緣，有一部分是專屬於某個藝術家個人所有，而更大部分則為同時代的其他存活者之所共有。由藝術家的情感、性格、思想、學問、心靈涵養、審美趣味等內在條件與外在種種境緣之錯綜感應，所生發、取捨和變化的結果，而形成了特殊的「個人風格」。歷史的巨輪不停地在運轉，人類的人文化成之結晶也不斷在增益、減損、變化著。同時代的藝術家之間，其外在境緣固然個個不同；此一時代的藝術家之外在境緣，也絕對不與彼一時代之藝術家相同。正由於此，而形成每一時代各不相同的「時代風格」。乃至於所謂「地域風格」之形成，其因由也不外於此。

（《藝術秀》二十三期，藝術秀雜誌社，一九九八年三月）

「跋北京圖書館藏碑拓」兩則

之一　跋〈北朝造像集搨二十五種〉

北朝人書多別調異態：一般碑刻如儒雅端人；墓誌如鄉紳；摩崖如隱士；至於造像記，則同耕夫野老，即亂頭粗服，不衫不履，亦自有一種真率質樸之鮮活意趣在也。夫書之不能佳善，以其敗累之多，或失之散緩，或失之驚急，或失之剛戾，或失之柔靡。乃至太生、太熟，皆病也。性從偏處克將去，師古臨古，亦不過藉之以去吾人之痼疾而已。病去而美斯見，佛家所謂發瑩增明是已。故古碑法帖者，猶如學書人之一服方藥，一旦對症，則藥到病除，亦不愁書之不能漸就於工也。似此等字，固未必盡宜於初學，獨於為唐法所窨者，則不啻為解黏去縛之一帖良劑也。

辛巳夏，杜忠誥跋。

之二　跋〈李文及妻墓誌〉

此誌點畫遒厚，類〈孟法師碑〉而無其板硬；結體別參〈房梁公碑〉及〈雁塔聖教序〉兩刻意趣，當係褚家高足所書。夫婦合葬，前漢已有其例。史載衛青與公主合葬，起冢象廬山，亦所以旌其討伐匈奴之殊勳也。至於夫妻合葬且同敘於一石者，於今所見，以北魏孝武帝永熙二年王悅及妻郭夫人墓誌為最早，年代先於此誌百三十餘年。唯當時此風似尚未普及，故隋亡以前殊未多覯。蓋以夫妻死期互有先後，一般刻誌多別為二石，如于右任「鴛鴦七誌齋」所藏，即以夫妻誌石各別成對得名。下迨唐世，時俗或以夫婦合葬合誌為禮儀。近人張伯英所收唐人誌石最夥，計自貞觀以迄麟德以前近二百方中，夫妻合葬且同誌者即有三十四方之多，足覘當時風習如此。王述庵謂夫妻合葬且同敘一碑者創見於此，其實不然。辛巳五月下浣，杜忠誥跋。

（《中國國家圖書館碑帖精華》四、五卷，北京圖書館出版社，二〇〇一年十二月）

漢語、漢字、漢文化與漢字書寫

文字是語言的書面形式，文字的創造，是人類脫離草昧洪荒而邁向現代文明的真正開端。有了文字，便同時存在文字的書寫問題，世界上不少民族都有各種文字的創造，卻唯有漢字的書寫發展演化成為一門藝術，這不能不說是人類文化史上的一大奇蹟。

嚴格定義的文字，都須具備形、音、義三個要素，漢字亦然。漢字的這三個要素分別向著「學術」與「藝術」兩個範疇，各自發展出一個學門。在學術方面，由漢字的「音」、「義」與「形」的古今地域之變，分別開展出「聲韻學」、「訓詁學」與「形體學」（屬於文字學上的結構組織，非指書法審美上的結體造形）。由漢字的「音」、「義」與「形」，作為藝術表現形式，分別開出「音樂」、「文學」與「書法」。這「聲韻學」、「訓詁學」與「形體學」是構成中華文化大樹的根株；而「音樂」（含詩歌朗誦及戲曲）、「文學」、「書法」，則是中華文化大樹的花果。故以漢文化為主軸的中華文化，正是由漢字衍化生發出來的。如果說漢字是中華文化的核心，也未嘗不可。

其次，毛筆「書法」這門藝術，係以漢字作為表現媒材，而漢語中的「音」與「義」，則由漢字的「形」一體承載；並且與漢字有關的「聲韻」、「訓詁」、「形體」之學術理論，也都依賴漢字的書寫記錄而得以流傳；其書寫內容，不論文體為何，都屬於廣義的「文學」形式。書法雖屬視覺藝術，其表現內核的線條節奏與旋律，具有高度的音樂性，能經由視覺接收到原本須經聽覺方能把握到的節奏感與旋律，所謂眼處聞聲，可以說是一種「音樂的造型」（李澤厚語）。從事書法藝術活動，應比其他藝術活動有較多機會接觸到漢文化，因而它具有較高的文化性格；熊秉明說：「書法是中華文化核心中的核心。」也是合乎實際的。

漢字的書寫，之所以會發展演化成世界獨一無二的藝術門類，除了漢字本身的表意特質外，其中最關鍵的角色，是作為書寫工具的「毛筆」。由於毛筆的柔軟又具彈性之特質，使它成為傳統文人的心靈寫照，也使得漢字的書寫，由原本單一的實用功能，發展成為具備實用與審美雙重功能的書法藝術。依此而言，「書法」可以說就是運用毛筆來書寫漢文字的一門藝術。唐代書論家張懷瓘說：「文則數言乃成其意，書則一字已見其心。」古人對於毛筆書法可以表現個性的這種高度抒情功能，是早有洞察的。這朵以華夏文化為土壤所發榮滋長出來的藝術之花，早已積澱著無數先賢們的審美情趣與美學思想，也反映了漢民族共同的心理結構與文化意識，更成為東方哲思的一個核心代表。

而今，由於西方科技文明的高度發達，漢字的實用性書寫，早已由硬筆取代了毛筆，甚且連硬筆的書寫，也漸被放棄，全面改由電腦鍵盤代行，這原是時代推移變遷之必然。有些學者看到毛筆書法的實用功能遭到幾近全面性的廢黜，便悲觀地認為傳統書法已經過時，沒有存在的餘地，可以送入博物館或古董店，當作祭奠的對象。事實上，這是對於毛筆書法的美學特徵缺乏深入觀察與體驗，所發出來的皮相之論。正因為毛筆書法在現代社會中的實用功能之式微，才有機會讓它的藝術審美功能，獲得空前高度的觀照與顯揚。今天毛筆書法之所以仍然廣受海內外人士的青睞，不是因為它是中華民族的國粹，也不因為它還存在極微小的實用價值，而是因為它是一門藝術，是一門可以跟其他如繪畫、舞蹈、音樂等藝術門類平起平坐的「純藝術」。

當然，如果純就漢字「書寫」的實用性而言，只要能將想要表達的語言，用文字形式加以呈現，不論用的是毛筆、鋼筆、原子筆或電腦鍵盤打字，都可以達到同樣的目的。假若從「書寫」行為與人類的知覺活動關係上看，其所採用的工具與手段不同，結果就會迥然異趣。毛筆因為具有柔軟的彈性，運用不易，但採用它卻可獲得較多有關手指末梢神經觸覺與心靈知覺能力的訓練；用硬筆書寫，雖然也能維持線性書寫的旋律特徵，但相較起來，硬筆只能有水平移動的力量，在節奏感表現上，幾乎毫無用武之地。不像毛筆書法，除了平面性運動外，還有垂直性運動的提按力量，可以有變化豐富的節奏表現。因此，硬筆只能寫出中心線，不若毛筆除了中心線，還能寫出提、按、頓、挫所形成的輪廓線，在「感覺」的訓練上，就顯得貧乏許多。

硬筆與毛筆，儘管在點畫線條書寫的「時間感覺」訓練上有豐富與貧乏的差別，但在結體構形的「空間感覺」訓練上，則有大抵相近的觀照重點，需要書寫者的當下及時反應與處理。這種在書寫行為中所引生的知覺訓練，對於人類心靈智慧之覺照工夫，具有不容忽視的提撕與開發功能。如今，一旦改由指頭按鍵顯字的「e化書寫」，人類在文字書寫上花費的時間，雖然因而獲得大幅縮減，但這「e化」之「書寫」，卻變成指頭按鍵便有字，不按鍵就沒字的「按」（有）與「不按」（無）之二分法，中間絲毫不存在有任何調整或商量轉圜的餘地，人性中的「彈性狀態」不見了。故電腦打字之發明與盛行，不僅全面廢除了人類肢體的文字書寫行為，人類在文字書寫行動中所需的有關線性連貫，以及空間整體觀照之知覺訓練機緣，也一併遭受到全面的罷黜與封殺。這種因「e化書寫」所導致的「黑」（有）「白」（無）或「是」「非」絕對化的二分法，無疑是將人類的心靈生命引向僵化與物化的第一號殺手，也是當前人類社會日趨二元對立，族群紛爭始終不斷的無形催化劑；不知宇宙萬事萬物的發生、發展與變化，其實都是在既對立又統一的辯證關係下前進的。毛筆書寫則是一種隨時處於在對立中追求和諧統一的紙上彩排，實在具備無限豐富的審美意味與美學價值，可以作為救治當代人類因「e化書寫」所導致的「知覺失落症」之一帖良方，更可以是人類內在心靈主機的梳理與調整之無上利器。

（二〇〇三年）

于右任書藝賞析兩則

之一　〈重洋酬唱集〉、〈遠東雜誌〉題簽手稿

此組乃右老替人題簽時練習試寫之作，其中包括〈重洋酬唱集〉及〈遠東雜誌〉兩件。就遺存墨跡看來，〈遠東雜誌〉至少試寫過四遍，除此處所見三件外，必另有一件較為滿意之作，於完成後交出。故可推知右老此作，當時至少寫過四遍。其中最令他費神的是「遠」字，包括完整或不完整的，前後共寫了十次。

至於〈重洋酬唱集〉一簽，此三紙中便寫了八遍，其中三條尚已落款，加上寄交出去之件，估計右老書寫此簽至少九遍。右老凡事盡心的儒者風範，於此可見一斑。此紙後段上方，有以藍色硬筆所記一小段文字：「趙民治週前函求。已寫寄，現又復寫。」以右老灑落的性情，既已寫妥寄發，事後卻又一再「復寫」，令人納悶。或恐因寫錯了字，如「重洋」之誤作「重陽」，故不得不為之再寫，亦未可必。

書籍題簽看似小事，然欲寫到自家認可，甚至願意落款鈐印，以示負責，也非易事，因為毛

筆書寫畢竟與排版印刷不同。字模排版的筆畫結體固定，不論文句長短，每字座位大小齊等，一個蘿蔔一個坑，排版時只要依序植入即可。苟有錯字，但就錯處個別置換，便可了事；而毛筆書寫在點畫與結體布白方面，具有無限彈性變動之可能，要能布置得宜，還須觀照上下左右，字間搭配與協調之統整性，所謂：「一點失所，猶美人之眇一目；一畫失所，如壯士之折一腕。」故一個字好，不足為好，須是整行字都好才好；一行字好，也不足為好，還得通篇都好，方是真好。因為每一幅書法作品都是有機組合，牽一髮動全身，往往好了這裡卻壞了那裡，總覺可以寫得更好，往往一再揮寫，直到心安理得才肯罷手。這原是古今來所有藝術家的共通脾性，毋怪乎右老連為人題簽，也都以獅子搏兔的精神去寫，最後從中挑出較為滿意的作品交件。收受者在悅目賞心，拍手稱嘆之餘，又焉知背後隱藏多少良工孤詣的苦心呢？今日右老已成為「一代草聖」，其遺族細心收存此遺零之作，堪為俗語所謂「臺上一分鐘，臺下十年功」作出最佳的寫照與揭示。

之二　〈寫字歌〉

寫字歌。起筆不停滯，落筆不作勢，純任自然。自迅速，自輕快，自美麗。吾有志焉而未逮。于右任。

此件〈寫字歌〉是右老書贈其姪女于志賢所開示的學書要旨。通篇筆勢飛動自然，字字獨立，氣脈卻又綿密相貫，一氣直下，大有銀河瀉九天之勢。除了題目與名款部分稍降一兩字外，主文書寫部分，上方齊整，下部放任參差，文詞雖似古調，章法卻有如新詩，令人心目為之豁暢。

所述寫字要領，共六句，大略可分為前三句與後三句兩組。首句「起筆不停滯」，指的是起筆處藏鋒逆入，意到即可，筆鋒著紙後不宜多作不必要之停留；次句「落筆不作勢」的「落筆」，應是指收筆，謂收筆處不宜太過刻意去作出迴旋動作；第三句「純任自然」，乃承上兩句而作一綜括。前兩句皆用否定詞「不」字，大概是右老眼見世人學習金石碑版文字，多拘泥於先哲「藏頭護尾」及「無往不收，無垂不縮」之說，故或不免在用筆起止處過度用力，以致矯揉造作，有失中庸自然之道。此三句實為救正碑學流弊而發想。

後三句承前三句而來，側重帖路草書而立論。「自迅速，自輕快，自美麗」，句上皆著一「自」字，意指倘若能體悟上述起、收筆皆「純任自然」的筆法，並努力實踐，自能日起有功，漸入於輕靈暢快的美妙之境。「迅速」，似非單就行筆速度而言，於此應兼指筆勢之振迅天真；「輕快」，似指節奏與情調之朗暢明快；至於「美麗」，除結體造形外，更泛指由筆勢、節奏及情調等共同塑造的風神、韻味與境界。

綜觀右老立言宗旨，採取的正是道家的遮詮之法，唯在「蕩相遣執」，也就是在最關鍵處點醒，而不從正面瑣屑處去立法施教，可謂高著眼目！右老平生不希望後生小學而大遺的用心，可謂表裡如一，始終相貫。大概他老人家認為書法家是寫出來、悟出來的，絕對不是言語說教培養得出來的。

嘗聞前輩書家李超哉屢次向右老叩問筆法，右老總是笑而不答。直到某日，李老實在按捺不住，以一種近乎哀求的誠摯語氣，懇請慈悲開示，右老迫不得已，才說出「無死筆」三個字，堪稱金針度人！事實上，右老這學書三字真言，無異為趙孟頫「用筆千古不易」的說法下一轉語。只可惜世上真正曉書者不多，否則便不至於為了這個話柄，生出如許多無謂的筆墨攻戰來！

末句「吾有志焉而未逮」，這自然是右老的自謙之辭。唯就右老壯歲肆力於北碑，中年博涉古今草法，晚年意欲融冶北碑與草書為一爐的學書宏圖，以及右老撰書此作時，字跡尚不無「意到而筆不到」的虛懈處看來，若說這是右老內心的真懇老實話，似乎也未嘗不可。

如果把右老「無死筆」的學書三字真言比作是醍醐灌頂的話，那麼，這件長達三十字的《寫字歌》，便可說是法雨普施了。它既是補品，更是靈藥，故此件遺墨益加顯得彌足珍貴。

（《一代草聖——三原于右任書法藝術》書後「作品賞析」，香港中文大學圖書館，二〇〇五年七月）

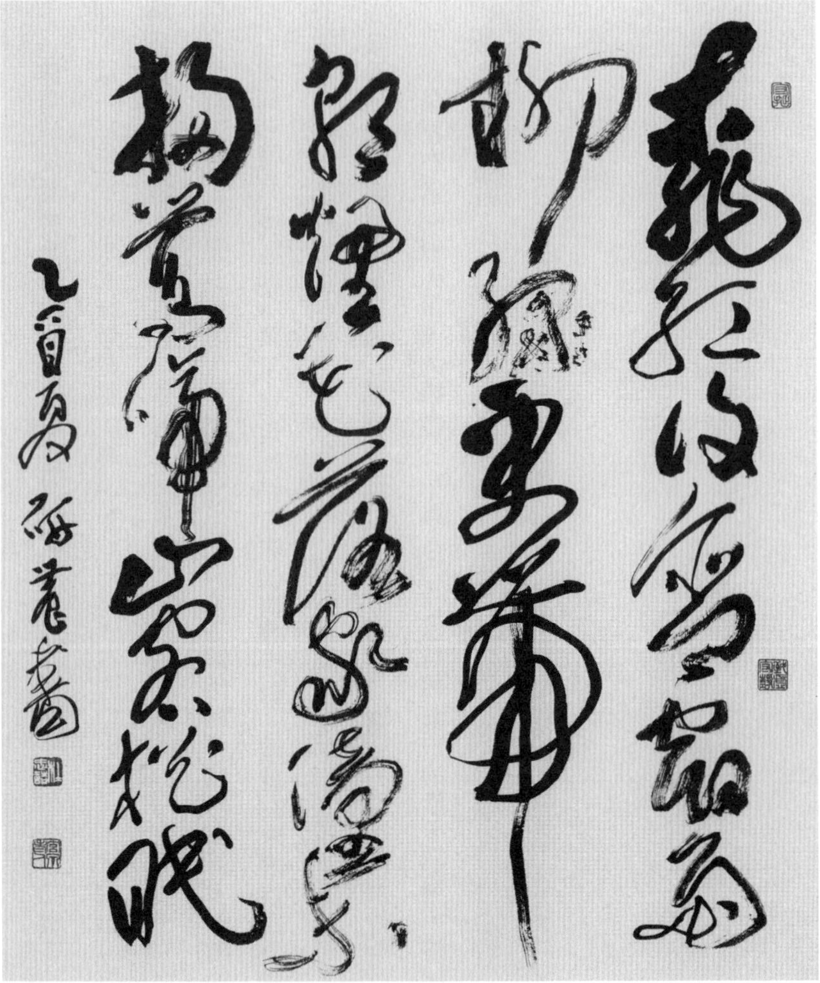

草書王維田家樂詩　杜忠誥作　2005

桃紅復含宿雨，柳綠更帶朝煙。

花落家僮未掃，鶯啼山客猶眠。

此件寫的是王維的田家樂詩。書寫時，特別注重筆勢氣脈的連綿和墨色的潤燥變化。

一件沒有印記的于右老墨跡收藏記

大約在十年前的某一天，日麗風和，我漫步路過和平東路某畫廊門口，偶然間瞥見畫廊角落有一幅彷彿在放光的書法作品，走進去一看，原來是于右任先生寫的小中堂（比四開稍大）。此作是用紅色蠟箋寫成，底紙雖因年代關係已經變舊而略呈深褐色，但品相完整，墨氣不減。主文內容寫的是「嶺海鞀鐸」，上款為「誠報館讀報運動紀念」，下款是「于右任」，並無印記。此作筆酣墨飽，骨勢洞達，神采飛揚，意態詳靜，一看便知是右老六十歲以後，成功融冶碑體楷行書與以二王書風為主的帖路行草書為一爐的成熟期作品。

根據查訪所得，《誠報》是民國三十六年仍在南京發行的一份報紙，創刊年月雖難考定，可以確知的是，當時該報曾舉辦「讀報運動」活動，右老書寫此件以為祝賀。「嶺海」，是針對該報發行範圍的地緣關係而言，表示該報館所在地區是背山面海；「鞀」是兩頭有耳線以旋轉發聲的鈴鼓，「鐸」是鐘器內部的木（或金）舌，兩種樂器都能因搖動或撞擊而起發聲作用，藉以勉勵該報館要能不忘為民喉舌，反映輿情、為民請命，題辭內容相當貼切。此件可算是應酬之作，但一點都不會讓人感受到有絲毫敷衍應付的感覺，一筆一畫都是精誠以之，因而真氣瀰滿，令人悅目賞心。並且已用鏡框重新裱過，更是神采煥發。

我問畫廊主人：「這件作品是人家送來裱的，還是準備要賣的？」主人回答：「是要賣的。」我一邊點了點頭，一邊凝神諦觀。不等我開口說話，主人接著又說：「這件作品在店裡已經放了三年，都沒人要買。」我納悶地問：「為什麼？」主人答道：「因為上面沒有蓋印章，大家不敢買。」

我起先還以為是因為開價太高而賣不出去，原來不是價錢太貴而是沒有印記的問題。事實上，這件作品原本未必沒有印記，只因書寫紅色蠟箋，不宜直接在紅色的底紙上鈐蓋印章，必得先鈐蓋在白色宣紙上，再剪下來貼到箋紙上的名款下。年久月深，漿糊的黏性弱化了，鈐蓋印記的宣紙或許從蠟箋脫落，以致重裱時變成了沒有印記的模樣。作品既已確定為真，有印沒印，又何必在乎？由於我手頭尚無右老墨跡，忽然動起收藏的念頭，便問：「要賣多少錢？」主人誠懇地說：「大家都是熟人，你要的話，就算一萬五好了。」我被這低到不近情理的價格嚇了一跳，害怕自己耳重聽錯了，趕緊再問：「你說的是一萬五千？」「是的。」天啊！即便是我這後生小子的作品，依此尺幅，不裱褙定價都要一萬六千（好友另當別論），何況是一代書壇大宗師的墨寶！更何況還已裱褙裝框完成！「那就賣給我吧！」我見獵心喜，當下決定要收藏這件作品，並且一毛錢都不敢討價，深覺此際一討價，便宛如是對于右老的大不敬似的。

主人說：「那太好了！但你不用給我錢，給我你的作品吧！」我心想自己幾十年來，把時間精神幾乎都花在讀書寫字上，以致沒什麼時間去賺錢，鈔票對我來說取得較難，但書法作品卻是自家在生產的，給字比付錢容易多了，就說：「那再好不過了，既然如此，我一定會給到你滿意為止。」於是，主人讓我先將作品帶回。

回來後，我開始思考到底要用多少作品，才能夠換取自己心目中極為崇敬仰慕，在功業、德業、藝業三方面都有不朽成就的一代宗師的這件墨寶？就藝術造詣上說，右老是修行已經證入無學地果位的聖者，他的作品是無價的；而我則是還在修證過程中摸索學習的凡夫，雖然作品有價，卻談不上什麼價值。不管我用多少件不成熟、夾帶雜質的習作，實在都不足以換取右老這件如同純金般的作品。然而，最後我還是不得不用世俗有形物質的角度解決問題。記得我當時選取自覺滿意的兩件四尺中堂及兩件條幅，再加上新寫的一副四尺對聯交給店家主人，主人喜出望外，自不在話下。至於我本人，則在歡喜之外，還滿懷感激。

收藏字畫是一門大學問，真正從事書畫收藏，需要具備「三有」：一要「有錢」，方能予取予求；二要「有眼」，方能鑑別良窳真偽；三要「有閒」，方能有足夠工夫廣事蒐訪，三者缺一不可。不過，真正一身而「三有」兼具的人，古今來仍是少之又少。在這三個條件當中，「有錢」者容易「有閒」。我對於古字畫的鑑賞，雖然也自信具有幾分眼力，只因不善營生，以致既無餘錢，也無餘閒從事保值性收藏。手邊雖然也收有幾件前賢字跡，但大抵都是隨緣而收，未嘗刻意去求索，泰半是有緣遇上，基於觀摩學習之目的才會動心去購藏。就像此文談到的右老墨跡，也是在極偶然的機緣下所獲得的。再說，若非此作缺少印記，恐怕也未必會輪得到由我來收藏。實則，書法作品的真偽，字跡本身才是鑑別的關鍵依據；字跡以外，如印章、紙質材料等，充其量也只能算是次要的輔助條件；筆跡既真，有無印記，已成餘事。再說，有些贋品本身雖偽，只因作偽者擁有該書家的印章，故所鈐蓋的印章卻是真的。對於這一類作品，雖有印記，印記也是真的，奈何作品是假的。徒有印記，又有何用？更何況印章還可仿刻，尤其以今日照像科技發達，仿刻技術超絕，幾已達到用放大鏡都難以辨識的亂真地步。如此說來，印記儘管重要，但如果對於印記太過執著迷信的話，那就不免本末倒置了。因此，若真想要提升對於古字畫的鑑識眼力，還是應當從多看真跡（含墨跡與圖檔）著手。但能識真，便不愁不能辨偽。

記得先師王壯為先生當年臥病期間，有一回我前往探問時，陪他老人家閒談，不經意中提到右老此作的收藏經過，他老人家心情愉悅，倍感興味地對我說：「這件事值得一記。」如今，壯為師仙逝都快八年了，藉著伯松老弟為《安廬藝文》雜誌的創刊向我邀稿的機會，信手寫下這則小故事，一方面表達對雜誌創刊的支持之意；同時，也算是對當日在壯為師榻前如沐春風、親承教誨的一個小小紀念。

（《安廬藝文》創刊號，二〇〇五年十月二十九日）

傅申《書法鑑定兼懷素自敘帖臨床診斷》讀後

一、此書分兩部分，第一部分「書法鑑定」，係著者長期從事書畫鑑定實踐體驗與研究心得之總結。重點論述一般性書法鑑定的學理，既具備宏觀藝術史學之才識，又富於書法鑑定學理論建構之前瞻性；第二部分「懷素〈自敘帖〉臨床診斷」，則是以懷素〈自敘帖〉作為案例，將主觀體驗上之「目鑑」與客觀文獻上之「考鑑」，作有機結合運用之實際演示。針對「刻拓本與墨跡本的角色轉換與比較」、「墨跡本的真偽與斷代」、「題跋的真偽與解讀」、「印章在書法鑑定上的證據效能」，以及「假設的推理與論證的邏輯」等書法鑑定學上的相關問題，作出全面而精闢之論證。以第一部分為體，第二部分為用，體用兼賅，理論與實務合而為一，是一部難得一見的界內權威經典著作。

二、此書第二章「鑑定心理略論」，針對非客觀因素卻可能影響鑑定結果的有關鑑定心理學層面之探討闡發，對於實際從事鑑定工作者，具有高度提撕作用；第五章「刑事鑑識學中對筆跡及印章的鑑定」與第六章「書法鑑定的科技化及其限制」，運用筆跡學上筆跡特徵的顯微鑑定及印文比對的相關論點，並針對利用非破壞性光學照射檢驗法等現代科學鑑定技術，作了深入論述，大大提高了書法鑑定的準確度與可信度。這種科際間的整合與借鑑，將原本帶有濃厚神祕色彩的「書法鑑定」活動，拉擡到一個符合現代學術要求的高度，為「書法鑑定學」的學科建構奠下堅實的基石，有助於東方美術史之推進與重建。

三、此書主要是為解決有關懷素〈自敘帖〉的真偽之辯而作，而其背後真正的寫作動機，則是為了辯駁李郁周教授指出「故宮墨跡本」〈自敘帖〉是「文彭摹本」之說而發。作者根據「故宮墨跡本」〈自敘帖〉的用紙，是麻紙類的厚紙而非一般鉤摹或映摹所用的薄紙或較透明的紙；並透過對「故宮墨跡本」再三放大後，點畫線條仍是條暢自然，略無鉤摹本墨色之阻滯現象，且飛白筆觸，都是一筆成形，未見有如一般摹本的亂絲現象，得出「故宮墨跡本」〈自敘帖〉是「寫本」而絕非「摹本」的推斷。進而對於卷後宋明人題跋及有關印記逐一加以檢驗論證，得出「諸跋非摹而印記為真」的結論，進一步否定「故宮墨跡本」〈自敘帖〉為「摹本」的可能性。最後，並對「文彭摹本說」所持論據，一一加以辯駁。有如抽絲剝繭，深中肯綮，持論平實而嚴謹。凡重要論斷，皆有舉證，具有相當的說服力。不僅徹底否定了李氏「文彭摹本說」的立論依據，對於此一千年疑案，漸次開啟了撥雲見日的契機。

四、此書文筆流暢，版面編製精美，圖片說解文字亦極精當，註釋引用文獻資料精要可靠，是一本兼具知性與趣味性，質量並重的學術著作。

五、儘管此書具備上述優長，但由於「文獻不足」的限制，其最後結論，也只證明了「故宮本」

是「寫本」而不是「摹本」或「文彭摹本」，對於「故宮墨跡本」〈自敘帖〉究竟是否為懷素親筆真跡的問題，仍舊處於「無解」狀態，還無法作出進一步的明確論斷。這原是無可奈何之事。唯就鄙人所知，本書作者於去年曾意外獲得一份流傳於日本的「半卷本」〈自敘帖〉，赫然發現不僅「故宮本」與「流日半卷本」兩墨跡本是出自同一母本的「雙胞胎本」，甚至還跟「契蘭堂（刻）本」的母本為同款的「多胞胎本」，因而得據以進一步確證「故宮墨跡本」〈自敘帖〉並非懷素親筆真跡，事見二〇〇五年十一月號《典藏》雜誌〈確證故宮本〈自敘帖〉為「北宋映寫本」〉，其中有極精彩的論證。若能於再版時予以補入，當更成完璧而增益此書之學術價值。

（二〇〇六年七月十六日）

新光杯學生書法比賽評審感言

——兼談「現場命題書寫」的實質意義

新光集團為紀念創辦人吳火獅先生逝世二十週年，舉辦全國國中小學生書法比賽，筆者有幸應邀參加了評審工作。此回參賽件數之多，為歷年來少見，參賽者既多，相對的強手也多，程度相當高。尤其前三名之評選，是經由「現場命題書寫」產生，所謂「不是猛龍不過江」，能獲獎者都具有不容小覷的紮實功底及表現能力。

評審作業分初審與複審兩個回合進行。初審時，先將各組參賽作品分成五等分，五位評審委員各分配到一份，分別從中挑選出較佳作品約五十件。再把挑剩的作品交給另一位評審委員，進行再一次的挑選，以同一標準從不同等分裡，各挑選五至十五件不等，總共挑出較佳作品約三百件。經過這樣的交叉評審，每件作品至少經過兩位評審委員認可，避免了「一票否決，即遭淘汰」的可能性，將遺珠之憾，降到最低。而後每一位評委再從這三百件中，各淘汰較差作品四至五件，又避免了「一票贊成，即獲入選」的可能性，最後留取二百七十六件作為「佳作」。接著，再從這些「佳作」中，評選出七十六件作為「優選」。並從這些「優選」作品中，再評選較優作品十五名，通知前來參加「現場命題書寫」的複賽，以便評選決定最高獎前三名的六個人選。

初審工作於八月二十九日舉行，從上午十點開始，直到傍晚六點左右才告完成。眼見工作量浩大，為了節省時間，中餐就在評審現場用便當，飯後不久，繼續評審。整個初審作業，約達八個小時之久，這也是罕有的事。使得年紀比較老大的幾位評委直呼吃不消，評選工作之繁重艱辛，可見一斑。

評審工作是否客觀公正，是決定這個展賽成敗的關鍵性指標。初審作業之所以會耗費這麼長的時間，固然是應徵件數超多，更重要的是，評審委員都感受到主辦單位卯盡全力，決心要辦好這個競賽活動的真誠，因而在整個評審過程中，委員們也都竭誠盡智，絲毫不敢存有任何敷衍了事的念頭，除了形式面上的挑選與投票表決之外，還穿插著不少溝通與討論，務使人為的主觀成分降到最低。也許最後的評選結果，未必都能盡如人意，但主事者及評審委員力求客觀公正的用心，絕對是值得大家信賴的。

複審作業是以「現場命題書寫」的作品為準，兩組各有三人缺考。評審時，將各組現場書寫的十二件作品攤在桌上，以投票方式依得票數高低，先錄取特優的前六名，再經多次投票表決而排定名次。對於榮獲前三名的六件作品之評語，已經邀請陳宗琛與杜三鑫兩先生負責撰寫，分別附在專輯中各該作品之旁，此處不再贅述。

在此有必要提出說明的是，這回比賽前三名六個人選的評定，經由「現場命題書寫」評審產生的做法，原本不在比賽辦法的規約之列。之所以會有如此的轉折，主要是考慮到直接根據送件作品加以評定，無法確切甄別部分非自運的臨仿之作，可能造成有「枉」有「縱」，所選非人的流弊，為了確保各組最高獎的獲獎作品都是真才實學的「自運之作」，主辦單位從善如流，接受了我們所提出「各組前三名的六個人選，最好能採取現場命題書寫的方式予以評定」的建議。儘管大家心裡都明白，這樣做會無端增加不少工作量，簡直是在自找麻煩。不過，一想到通過這樣的競賽方式，能讓參賽者站在一個「立足點的平等」上一較高下，使獲獎者實至名歸，落選者少些不平之氣，可望多張揚幾分人間的公理與正義，好讓這一次的紀念活動更加功德圓滿，大家便都義無反顧，集思廣益，做了一切相應而該做的事。而主辦單位甚至還主動補貼前來參加現場決賽者一定數額的交通費用，令人倍感溫馨。

長期以來，國內一些比較上軌道的公私機構主辦的大型書法比賽，如全省國語文比賽及各大書法社團主辦或承辦的書法比賽，採取「現場命題書寫」方式進行，並據以作為名次排定的依準，已逐漸形成一種風潮，這是令人欣慰的一個現象。但無可否認的，仍有不少公家及私人機構所辦的書法展賽活動，還存在只憑送件作品評定名次，或者雖採取現場書寫方式比賽，卻在事前公布書寫內容的情形，這樣的運作方式，極易滋生代筆冒充、代替落款（主文是真，落款是代筆）、直接臨仿或抄襲現成作品等弊端，得高獎者未必真有創作或書寫實力。這種徒具形式意義而實質意義不彰的書法展賽活動，只會助長學人的虛矯習氣而已。譬如某甲用「臨摹」的作品送件得九十分而獲獎，其實他真正自運的書寫能力，很可能只有五、六十分的程度；而某乙用「自運」書寫的作品送件，卻因只得七、八十分而未獲獎。就甲、乙二人的情況看來，某甲雖然獲獎，但其自運實力卻比不上某乙；某乙的自運實力雖高過某甲，但評出來的名次卻輸給了某甲，顯然有失公平。如採取「現場命題書寫」方式，諸多的弊端，就可以一舉廓清。

此回決賽的結果，出現三種情況：一、現場書寫作品水準跟當初送件作品的水準接近；二、現場書寫作品水準低於送件作品；三、現場書寫作品水準高於送件作品。以第一種情況所占比例最高，第三種情況所占比例最少，這兩者都具有較強的自運實力，可以確認其送件作品是自運之作，並非出於臨仿或抄襲。第三種情況的參賽者，除了具有紮實的自運能力外，還具有臨場不怯的定力，十分難能。至於第二種情形，若非出於現場比賽經驗不足而表現失常，便是送件作品是由臨仿他人現成作品而得，本身的自運書寫能力還有待加強。單憑送件作品，只能從中看出該作者的一般書寫技能，對於參賽者的自運書寫實力高下之評定，實在難以得出如此明確的甄別。就整個現場書寫的結果跟送件作品的並列對照中，我們有足夠的理由證明，當初決定以「現場命題書寫」的方式作為評定前三名依據的做法是正確的。這回小學組獲得第三名的三人之中，有一位竟是小學二年級的「小不點兒」，他年紀雖小，可是行筆沉穩，點畫遒厚，結體精密，布局大方，除了點畫之間的使轉還有些不太靈光外，其俐落練達的程度，宛似練過一、二十年以上的書中老手，直教他的眾多學兄學姐們不得不靠邊站。若非透過現場命題書寫，外人誰敢相信這麼老到成熟的自運作品，竟會是出自一位年齡不滿十歲的小朋友之手呢？

「臨摹」跟「自運」一樣，原本都是學習書法不可或缺的正常入門手段。然而一旦涉及評定名次或設有獎金的展覽或比賽，若利用臨摹現成作品的方式送件，嚴格講，實已涉及「抄襲」，這已逸出了學習範疇的方法問題，而關涉到現實利害的心術問題，不僅破壞了群性活動遊戲規則的公平性原則，並且嚴重違背正面開展的教育學原理，須用嚴肅的態度加以看待。

臨摹是自運的基本功，自運則是臨摹的昇華，也是針對書法學習成效的一種自我檢驗。未經紮實的臨摹工夫之錘鍊，固然不可能會憑空具有很好的自運能耐；而不得法或缺乏思辨能力的「臨摹」，也絕對難以提煉生發出自在的自運書寫能力。若將「臨摹」比作蠶吃桑葉的話，那麼「自運」便是如蠶吐絲。臨摹之作，要得到八、九十分並不困難；自運要得四、五十分都不容易。「臨摹」如同依樣畫葫蘆，「自運」則是無樣可依，利用已經吸收消化了的東西，自己動腦筋去加以描繪表現。「自運」是初步的創作，成熟而又具有個人風格的自運，便是所謂「創作」。

中、小學生年事尚輕，他們未必都能了解「臨摹」與「自運」的本質差異，當他們經常以「臨摹」老師或他人的現成作品送件參加比賽而獲得入選或獎項時，無形中將助長他對於自我實力的錯估，誤以為自己才氣果真高人一等，容易產生目空一切，恃才傲物的脾性，以致不知有老實用功的必要。學生可能對此不知不覺，做師長的，即使不能替他們提撕指點，至少也不能再助長此種跡近抄襲的歪風，否則，那就「愛之適足以害之」了。

（《紀念吳火獅先生逝世二十週年全國中小學生書法比賽作品專輯》序，二〇〇六年十月）

「拚命」與「拼圖」

「拚」與「拼」兩個字的混用，時有所見。有一次在中學國語文競賽場，我就發現有相當多人誤解。在此將其音、義及用法略加解說，以免以訛傳訛。

「拼」字，讀音是「ㄆㄧㄣ」(pīn)，右半從「并」。「并」字，象兩人並列之形；左半從手，表示有所動作，故「拼」字有「湊合」的意思，如說「拼湊」、「拼圖」時，用「拼」。至於「拚命」的「拚」字，讀音是「ㄆㄢˋ」(pàn)，右半從「弁」。此字左旁原本從「土」，是「掃除汙穢或塵土」的意思，今閩南語中常說「拚 (Piann3) 掃」、「拚厝內」。此字古文正確的寫法，左邊的「手」旁應該寫作「土」旁才對。後來，「土」旁的豎畫向下延伸而穿突下橫，遂訛成「手」旁而被寫作「拚」，沿襲至今，這是約定俗成的結果。「拚」字由「掃除汙穢」的本義，引申而有「努力工作」的意思，故後人對於不顧一切地全心投入工作，常說是「拚命」，這是「拚」字形體和語意的轉化。總之，把「拚命」的「拚」寫作「拼圖」的「拼」，是不對的。

（《聯合副刊・語文小教室》，二〇〇七年一月三日）

漢字「正體字」辨正
——「正體字」應改稱「正統字」

多年以來，不少學者及政治人物都有主張要稱「標準字體」或「繁體字」為「正體字」的呼聲。事實上，稱傳統漢字為「正體字」，大陸方面早在十幾年前，某些文化界的有識之士如袁曉園女士，已有類似的呼籲。儘管彼此的著眼點未必相同，但大家看到「簡化字」對於中華文化已然造成斷裂危機的焦慮，則並無二致。出於對傳統文化的關懷，說「繁體字」是「正體字」，這是可以理解的。其實「正體字」一詞，是一種很寬泛的說法，站在實事求是的學術立場，有必要對其所關涉的義理內涵，略作剖析。

所謂「正體字」的「正」，大致可有三個層面的意思：一是經由行政命令介入約定，所形成規範化之「正」，這是「法」定意義上的「正」；二是經由學術，尤其是漢字形體學有關字形演化規律的研究成果，所作出合乎造字初形本義的「正」，這是「理」據意義上的「正」；三是傳承漢字系統歷史統緒上之「正」，這是「情」懷意義上的「正」。

就第一個層面看，臺灣以教育部頒布實施的《常用國字標準字體表》，亦即過去一般所說的「繁體字」為正；大陸則以中共教育部頒布的《簡化字總表》為正。就「法」的規範化約定上說，「此亦一是非，彼亦一是非」，各有一套統一的標準正字，兩者立於對等地位，並無所謂誰正或誰不正的問題。

就第二個層面上看，大陸「簡化字」的簡化手法，完全著眼於省減筆畫與強化標音之功能，在經歷一番大翻修與大改造後，對於以形表意的漢字符碼系統之內在秩序，破壞甚多。故其字形合於初形本義之正者已大幅減少。相對而言，臺灣通行的「繁體字」，由於經歷了「篆變」、「隸變」、「草變」、「楷變」等演化過程，也未必都能符合原始造字的初形本義。且莫說繁體字中「你」、「和」、「娘」等字，本是「儞」、「龢」、「孃」的簡體字；它如「奪」、「隸」、「芻」等字，其真「正」的本尊「字」形，應是「𡙡」（从衣从雀，从又或寸）、「𣪘」（右半从又从米）、「𠬪」（从又持二中或从又持二木）。大陸簡化字分別作「夺」、「隶」、「刍」，固然不正；臺灣沿用前代行用的繁體「奪」、「隸」、「芻」三字，也同樣不正；又如兩岸同用的「坐」與「笑」，其本形「正體字」分別為从卯从土的「㘸」與从艸从犬的「𦬁」。類似的例子，不勝枚舉。儘管如此，但臺灣的「繁體字」基本尊崇《說文》，又未經特殊「非理性」之簡化改造，故其合於初形本義之正的比例，遠高於大陸「簡化字」。

就第三個層面上看，臺灣通行的「標準字體」，其實就是沿用了自商、周、秦、漢以至明、清以來的傳統文字，雖然多少有些異動，但基本上跟大陸「簡化字」未簡化前的「正統字」同屬一個系統，故可獨得傳承漢字歷史統緒之「正」。

據此而論，臺灣的這一套「標準字體」，也只有在第三層意義上可以完全符合「正」的條件。而在第二個層面上，也只能說臺灣的「標準字體」是比較具有「正」的優越條件或比較合乎「正」；至於在第一個層面上看，則在各自規範的約定義上，彼此皆「正」，無有高下。因此，欲獨將臺灣的「標準字體」稱為「正體字」，學術理由似嫌不夠充足。唯若改稱「傳統漢字」或「正統字」，則可無弊。它既符合獨得傳承漢字統緒之「正」的歷史真實，又能免除因「正體字」一詞無法不夾帶的漢字「原罪」（如隸變）所引生之邏輯缺憾與不安。只是在語詞表達上，不能不由評判語句退回到事實語句的「老實面對」而已。

（《聯合副刊》，二〇〇七年二月三日）

漢字符號、氣韻與遊戲
——我的書藝觀

學書四十餘年，經常縈環腦際的一個問題是：「書法是什麼？」今天，如果有人以此為問，我將會說：「書法是融漢字符號、氣韻與遊戲為一體的毛筆書寫活動。」漢字，是書法作品的符號外殼，可感而且可見；氣韻，是作品的內核精神，它依附漢字符號而存在，可感而不可見；而遊戲的心靈，則是令兩者融合為一的催化良方。

在藝術的天地裡，形式符號勝過一切雄辯。不同的符號，揭示著不同的藝術門類，也象徵著不同的情感意義。漢字作為中華書藝的表現符號，其意義可有三個層次：首先，它是作品的題材內容，無論自作或他人所作詩文，都是具有特定語序的漢語書面形式之傳達。在這裡，它偏屬於文字義理的實用功能，是文學性的；其次，它是不同歷史階段、不同字體的文字書寫，也是書法作品的媒材載體，偏屬於漢字形體學，是學術性的；最後，它是書藝表現的抒情形式，就在點畫線條及其空間構築的造形本身，投射了書家的審美情趣，超越了漢語（音、義）與漢字（形）的羈勒而具有獨立的賞味價值，是藝術性的。

後兩個層次都跟形體有關，卻又各有分野：文字學上的「形」，體現為筆畫書寫的中心線，著重內部組織的俗成約定性；藝術學上的「形」，體現為筆畫的輪廓線，著重外部造形的抒情表現性。而前兩個層次又都屬於題材範疇，跟第三個層次藝術符號之表現才能關係不大。不過，由於書法是古代讀書人共同必修的游藝項目，其中積澱著濃厚的傳統文人審美精蘊，文化性格特別鮮明，故上述有關漢字符號的三重功能，早已因相互生發而渾融為不可分割的整體，任何一個環節有所偏廢，都難免美中不足。

古代華族文人運用毛筆寫字畫畫，在水墨與簡牘紙絹的磨合中，相應產生一種渾淪的筆墨趣味，稱之為「氣韻」。「氣」，具有充滿（整體）、流動（運動）、連續（貫通）等特性；「韻」，有節奏、旋律、趣味、姿態、餘音、餘味等意涵，它依附於「氣」而存在。儘管有氣才有韻可說，但若有氣而無韻，則其氣勢、神氣的境界，也難臻高妙。在藝術創作上，「氣」由人心靈明覺知的本源處之感發而生起，是人體內在的精、神之轉化與投注。天地萬物都是一氣所化生，物理學所謂質量不滅，即以氣之轉換為中介。故「氣韻」之凝結形塑與消融轉化，早已成為東方實踐的智慧學所探討的一個核心重點。

美學家安海姆說：「知覺，即結構的發現。」此為西方觀點，是單就藝術作品的外在形式構成層次上說。實則，知覺的另一重要任務，是「氣韻」的感悟與發現。書法作品作為一種有機整體的「場」的存在，除了形式構成關係外，還有更為本質性的能量、信息及其運動特徵，這才是書藝整體生命的真正內容。

氣韻的表現關乎用筆，就在筆毫與紙面的抵拒鼓盪中生發。筆法不通，點畫無勁，所謂「活的形象」便成了畫餅的空談。骨法用筆，是毛筆書畫藝術的「生死關」，有其嚴肅的美感客觀性；造形結構是「風格關」，有其頑皮的能動主觀性。明得此中關竅，欣賞字畫自能由看熱鬧升進為看門道；從事創作也才不至於掉落形式主義的窠臼。

此外，筆、紙、墨等工具材質的選用，也是影響創作成敗的重要因素，它跟筆法同是「氣韻」生成與否的外在依據。至於其內在依據，除了先天氣質稟賦外，還跟創作者後天的生活體驗、文化素養，以及他對於形式覺知能力的開顯程度密切相關，這些都有賴於創作者的自我逆覺與陶鍊。

藝術活動是人類本質生命的一種回歸，它能讓人照見真實的自我，進而調整、轉化自我，終至於實現、完成自我。德國美學家席勒說：「當一個人充分是人的時候，他才遊戲；當一個人遊戲的時候，他才是完全的人。」遊戲，是人類內在頑皮性情的自然發露，它往往以趣味的追求為其特徵。也唯有在遊戲中，人們才能將內在性靈轉化為具有氣韻內容的獨特符號。在藝術活動中，遊戲表現為兩個方面：一是心態上的，一是心境上的。前者表現為「無目的」、「非功利」，過程就是目的的專注與享受，指向學習態度的敬慎與精誠；後者表現為主、客二元對立的消除，既分別又無分別，擺落一切創作技法的罣礙，而指向內在心靈的自足與忘懷。二者都歸結於當下情境的坦然面對與直覺感悟的隨順區處，這種優游的自由心境，是遊戲的最高境界，也是藝術的最佳創作狀態。

個人多年的創作生涯中，在此種心境下產生的作品也是有的，如〈亂碼字組之一〉。此作產生在極偶然的狀態下，某次應收藏家要求，為特定內容一連串創作失敗之後，用硯中剩墨加水隨意書寫，腦中出現何字便寫何字，完全不考慮文意上的完整與否，隨心所適，宛如「意識流」的文學創作形態，直到殘墨用盡。寫畢，往地上一丟，便去洗筆。洗完筆出來，赫然發現此作效果奇佳，絕非平日所作可比。於是趕緊磨墨落款，並鈐蓋印章，當作「私房」作品而加以收存，命名為「亂碼字組」。此外，如近作〈空同〉（見書前彩色頁）與〈眉壽〉，兩件原本都只是率意寫成的草稿圖，當正式書寫時，前後各寫了一、二十件，更換了不知多少筆和紙，但表現效果卻都不如最初的草稿圖。最後，這無心的偶然遊戲之作，竟成了我現代實驗性創作中的上品。可見自由無著的心靈，才是孕育佳作的溫床，任何功利目的或技法得失的矜持執念，都是藝術創作的仇敵。

若從藝術符號學的角度加以觀照，我的學書經歷，大略可分四個階段：一九六四至一九八六年是師古築基階段，以法度的完備為追求目標，側重在傳統古典符號的理解與詮釋，有嚴重的唯美傾向。一九八七至一九九一年為第二階段，大量接觸新出土簡牘帛書，由法度的工整向趣味化的寫意轉進，開始容許敗累，側重在傳統古典符號的解構與個人符號的建構，有新古典的傾向。一九九二至二〇〇二年為第三階段，筆勢由拳而舞，化剛勁為柔勁。持續鑽研古典，並加入現代性的實驗探索，個人符號追求強烈，側重由傳統符號向現代符號之轉換。二〇〇三年至今，為傳統之深掘與現代之出新雙軌並進，分進合擊，力求在書藝符號「澀、衡、貫、和」的本質回歸中，

游于藝　杜忠誥作　2008

「游」的初文，象一個孩童在飄揚的旗下嬉戲之形（斿），是會意字。從散水點或辵旁，都是後起的形聲字；「藝」字的初文，象雙膝跪地的人用兩手栽種草木的形狀；「于」，本象樂器之形，為「竽」字的初形。後世多假借作介詞，並以簡體行用於世。今取甲骨文中的「于」字繁體進行創作，下部作柔曲狀，表示樂聲悠揚之意，令畫面增加幾分自在喜樂的氣氛。

作創造性的開展；書寫以安閒鬆柔為主，似已漸入佳境，有頓歸「老實寫字」之警悟。

此回承蒙創價學會寵邀，在賤辰周甲前夕，得以將數十年學書所得作一概略彙整，擡愛鞭策之厚誼，謹此申謝。此冊計收自一九九七年迄今，前後十二年間較具代表性作品五十四件，其中八件曾刊載於個人專集，三十餘件為近兩年新作，在此衷心期待先進方家不吝評教。

（《符號、氣韻與遊戲——杜忠誥六十書法集》自序，臺灣創價學會正因出版社，二〇〇八年九月）

書藝與儒家成「人」之學

——從《論語》「志道」章四句教談起

一

《論語・述而》說：「志於道，據於德，依於仁，游於藝。」這四句教，是孔門德、藝雙彰的「成人」教育大綱領，也是儒家學術思想的一個總括提。歷來學者由於彼此理解不同，詮釋也頗不一致。

儒家的「道」，是「人」情與「天」性統合為一的中庸正理，這是一條正大光明之路。「志於道」，即認清這條光明大路的方向而努力追求貫徹之謂；「仁」，是人人本具，生生不已的純淨知能，是當下直覺感悟的一種彈性惻隱心靈。「依於仁」，是在感物而動中，仍能明覺地護持這個純淨的知能，做一個有感覺的人；「德」，是以中庸正理存心的無私行為。「據於德」，即行直守正，不為現實的利害所轉移之謂；「藝」，指日用生活中的一切相關知識技能。學人能以聰察明覺的悅樂精神，在各種專業知能上努力修學，厚植生命的廣度與深度，便是「游於藝」。知識藝能上修業有得，是為「藝成」之能者；在人品操守的心性上涵養進德，強化生命的強度，德業有成，是為

「德成」之賢者。德成，然後有「德」可「據」；藝成，更有多「藝」可「游」。德與藝，如同車之兩輪，鳥之雙翼，原是人道賴以實現的兩個核心重點，偏廢不得。學人於此能充盡完善，則才全德備，其藝能足以任職而辦事，其賢德足以在位而感人。這是儒家「全人」教育的理想旨標。

「道」，是就體悟層面的抽象理解上說；若落實到實踐層面的具體事物，則唯有「德」與「藝」而已。故就現實人生看，「德」必在「行」動中乃見，「道」必在才「藝」中方顯。「道」是學人對於宇宙觀的體認理念，是其「藝」與「德」的發展方向之形上指引；而「德」則是學人在運用其才能技「藝」的一種正面心態。

唯初學者於「道」認識未深，往往只是「彷彿若有光」，須待在力行踐履中漸次體認調整與擴充印證，方能大放光明。同時，所依之「仁」的性體，也在德、藝雙軌並進的調習、磨勘與證悟過程中，各隨分限而不斷地發瑩增明，強化其覺照感通能力。故志道的學人，既能因性起修，依仁而成德成藝，率循天性以修習人事；又復於其發而不中節處不斷省察，改過遷善，導情歸性，經由識仁、體仁、輔仁，以至全復天命之「仁」性，圓成其所想望的中正大「道」。這個以「人」合「天」的修鍊歷程，全皆在「仁」性的感發興起與覺照轉化中完成。經由下學人事而上達天理，所謂「君子無終食之間違仁」，這正是「仁」的全體大用。故分解地說雖成四句，統合說來卻始終只是一理。體用一如，四目原本同歸一心，都是上下貫通徹頭徹尾的話。

總而言之，「德」與「藝」，同在「道」的嚮往引領下開顯，雖有本末輕重之殊，其同為依「仁」

之發用而展現，則並無兩般。對於《論語》「志道」四目作如此立體的錯綜生發方式詮釋，庶幾合於原始儒家德、藝雙彰的教育理想之宗旨。不如此理解，則「德」與「藝」終古被打作兩橛，而「藝」與「道」亦必難得其會通。

後儒講解此章，往往拘牽詞義，或作「志道→據德→依仁→游藝」的順列式解法，或作「游藝→依仁→據德→志道」的逆列式解法，雖有順、逆之殊，其將四句作平面的並列排比方式加以詮釋，則並無二致（參見吳冠宏〈儒家成德思想之進程與理序：以《論語》「志於道」章之四目關係的詮釋問題為討論核心〉一文）。大抵都將游藝之「藝」當作狹隘的「技藝」解，故不免強為穿鑿，難以自圓。清儒王船山雖能錯綜解之，卻把「仁」看作是「據德熟」後之所顯，硬將原本義兼體用，統攝諸德而為「德」、「藝」所依的「仁」性之普遍義消除，移列在「據德」之下，只充當具體義的德條。則天地不仁，德為虛位，不免背儒而趨道了。連帶也把「藝」理解為「與道相為表裡，非因依仁而始有」（《讀四書大全說》卷五），將「游藝」與「依仁」兩目完全割裂開來。如前所述，儒家之「道」既為天人合一之道，道行之而成，且「藝」係人為，天假道以垂文，聖因藝以顯道。只要不是人之所為，都不得稱「藝」。「仁」性雖係天所賦命，卻因人之情感作用而朗現。王氏既知「藝」、「道」相為表裡，今不「依仁」，豈非把「藝」看作是天造地設的自然物？這種說法，既不解「游藝」之真諦，又將「據德」、「游藝」兩目導歸無本之學的戲論中，其實是「不解孔聖真實義」。

依上所述，《論語》「志道」章四目的義理關係，可作如下之表示：

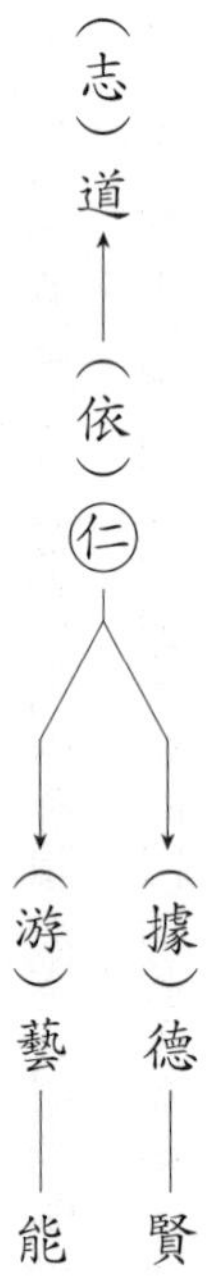

二

書法，是華夏文化的特產，它是古代中國讀書人的共同游藝項目。華族祖先利用柔軟而具彈性的毛筆作為漢字的書寫工具，無疑為東方氣化實踐的「智慧學」提供了一個足以曲盡其致的絕妙法門。

書藝才能的養成，自「澀」（點畫用筆之澀勁）、「衡」（結體造形之平衡）、「貫」（氣脈呼應之貫串）、「和」（謀篇布局之統一）等技法鍾鍊的「匠人」沉潛工夫，經由情感趣味涵泳的「詩人」角色之風格表現，層層轉進而臻達致虛守靜，忘懷得失的「哲人」理境之圓成，其間關涉到多少知識系統之吸納、消融與轉化，以及多少繁複技巧的揣摩、實踐與體證，方有可能「有為須極到無為」，轉「萬有」而為「妙有」。這些都跟學人內在心靈主體之開顯與自我節制能力之涵養密切相關，其實是一個龐大而完密體係的「知言」與「養氣」之心性陶鍊機制。

書法是靠點畫線條「說話」的一門藝術，強調的是瞬間一次性的書寫，忌諱塗改修描。故歷代書畫家特重筆法的傳承，其精髓則全在「澀勁」之體取。懂得這個要領，自能寫出筆畫飽滿充實，富含律動生命力的「活」形象。這個「澀勁」的筆法，筆者名之為「生死關」。說穿了，其實只是含墨的筆毫與紙面相觸擊、相鼓盪當下的彈性抵拒狀態之拿捏把握而已。

牟宗三先生曾以音樂韻律演奏的彈性為例，說明「仁」的特性，總是在「彈性的過程中呈現」，說「彈性就代表那種韻律」（《中國哲學十九講》第二講），這樣的說法極具啟示性。不過，音樂的聲波既抽象又飄忽，不若毛筆書跡之具象而凝定，結果與過程同時呈現，且人人可為，易於隨機指點。這個像墊著腳尖跳巴蕾舞的彈性抵拒狀態，既是線條「澀勁」的能量生發之所，同時也是「仁」心的一種當下呈現形式。因此，學人若對於這個「澀勁」筆法能有真切的覺知了悟，便是學書「得筆」（米元章說：「得筆，雖細為髭髮，亦圓；不得筆，雖麁（粗）如椽（原跡誤寫作掾），亦褊。此雖心得，亦可學入。」見《群玉堂帖》），對於宋儒所強調「學者先須識仁」的「識仁」工夫，正是一個觸類旁通的絕佳助緣；至於實際書寫時，能令筆鋒與紙面隨時保持在這個提按自如的抵拒狀態下運動，進行其字形的空間構築，便是「體仁」了。而這個書寫中的「體仁」工夫，又跟《孟子》所說「必有事焉而勿正。心勿忘，勿助長」的養氣工夫相通契。這個「必有」的「事」，便是「體仁」。倘若運筆稍重或用力稍輕，都是有所「正」，成了「助長」。力道過大，是「助」；力道不足，是「忘」。都偏離了發而中節，無過不及的「中庸」之道。當下那個逆勢的彈性抵拒狀態一消失，留下的軌跡便立刻變成虛脫的平面，少了力透紙背的立體感，更別說什麼律動神韻了。

書藝的表現媒材是漢字，漢文字的抽象存在特質，決定了書藝學習的「臨古」之必要性。初學書者經由臨古入手，先須搜集名碑法帖，對帖中字的風神格調、章法氣脈、分間布白、提按使轉等書寫要領及其特色，細加揣摩，用心探索領略，所謂「察之貴精」，這便是《大學》「格物致知」的工夫；書寫時，聚精會神，心無旁鶩，就是「正心誠意」；實際搦管臨習時，能依照起、行、收筆的書寫技法，把一點一畫寫好，便如同「修身」；至於每一個字的諸多筆畫，在搭配組合時，若能同時觀照其前後左右及上下內外的其它筆畫，令其彼此揖讓而顧盼有情。並適度節制，不令太重太輕、太長太短、太急太緩或太緊太鬆等等，一一調理磨合到恰到好處的平衡和諧狀態。這些設身處地的「絜矩」之道，豈非就是《大學》的「齊家」之術嗎？進而繼此擴充開去，以至積字成行，積行成篇，完成一件完整作品。若能令其前後氣脈聯貫，虛實相生，相互協調，形成一個渾然太和的有機整體，那不就是「明明德於天下」，不就是「聯屬家國天下以為一身」，不就是一種「治國」、「平天下」生命發用工夫的紙上彩排嗎？

才藝與德行，古今來兼備為難。唯有當學人「曲能有誠」，藝通於道時，其「藝」與「德」才有可能在「誠」（仁之用）的統攝下會歸為一。這個「誠」，是主、客二元對立消除後的一種平常情懷。落實到日用應事接物之際，則表現為一切直覺觀照的坦然面對與知病去病上。知病去病，是人的覺知力（智及）與實踐力（仁守）的高度統合表現。《中庸》說：「其為物不二，則其生物不測。」不二，就是精一無雜，就是「誠」。至誠無息，學者待人處事的誠意度，決定其德與藝的成就高度。

如學習書法，任何人都不可能一寫便佳。初學由於不解筆性，未通筆法，結構無方，又疏於練習，寫得拙醜，那是天經地義的事。其最後是否有所成就的關鍵，往往不在天分的高低，而端在面對這個「拙醜」病痛時所採取的不同對應態度。學人若因此認為自己不行而放棄學習，便是對此「學書」一事不誠。所謂不誠無物，則其字跡依然故我，必難有改善機會（它事亦然）。相反的，若能面對此一「拙醜」之現實，知恥近勇，尋師買帖發憤練字，針對目前的「拙醜」字跡，拿來跟法帖對照比較，設法找出可供改進的缺失，針對這些缺失，再度臨寫。然後，再對照比較，進行調整，再寫再改。如此這般，一個字經過三幾次訂正修改後，則「雖不中，亦不遠矣」。以上是就結構上說，筆者稱之為「看靶式的臨帖法」。至若有關用筆技巧，則以多看名家高手現場揮毫最為捷徑。靜態的書跡，原係經由動態的書寫而成形，不同的運動形式與方向（因），決定著千奇萬異的墨跡形象（果）。果由因生，若對此「果」不滿意，應當在引致此「果」的「因」上修正。倘能依循正確的原理方法，持恒練習，則下學而上達，日久必見成效。原本散亂的，或將變而為凝定；虛餒的，或將變而為堅實；剛狠的，或將化而為柔和；糾結的，或將變而為朗暢；躁急的，或將化而為閒靜。這便是所謂變化氣質。

表面看來，這些似乎只是外在紙幅上字跡的調整改變罷了，實際不然，它正是內在那看不見的心靈主體調適上遂後的一種投射。唯有心靈的主機板（仁體）不斷地更新升級（因誠而明，得輔仁之效驗），其所列印出來的產品（藝），才有水漲船高不斷超越升級的可能。人生百業，大抵都是失誤較少者勝出。天生就發而中節，純全無過的人，這世間是根本不存在的。當負面習氣漸被刮磨消除，所寫書跡自可由「拙醜」而漸入佳妙之境。而想要達到這個目標，只有「知病去病」，才有自尋轉路的可能，除此以外，更無自我超拔的妙術。

這裡頭關涉到三個工夫層次：首先，必須先能覺知有這個病痛，並設法找出致病緣由（好學）；其次，要能以病為恥，不甘自居於下流（知恥）；最後，還得堅持到底，不臻完善絕不半途而廢（力行）。這又跟《中庸》「知」（智）、「仁」、「勇」——「三達德」所表述成人之學的原理暗合。「知斯三者，則知所以脩身；知所以脩身，則知所以治人；知所以治人，則知所以治天下國家矣。」所謂轉化，誠之又誠，轉久則化。永嘉大師說得好：「但得本，莫愁末」，本立則道生。就怕學人對於這個門頭認得不真，不肯放下身段，老實體察參究，那就不免要「臨老而嘆」了。

故練習毛筆書法，是向自家習氣挑戰，並學習面對自我，調整、超越、轉化，以至完善自我的最佳法門，更是當前人類因「e化書寫」所普遍形成「感覺失落症」（冷漠不仁）的救正良方，值得世人重新審視。

三

宋儒程子嘗說：「曾見有善書者知道否？」（見黃宗羲《宋元學案》卷十三。詰案：編撰者將此條編列在「明道學案」下，筆者以為大程子明道先生通達豁暢，粹然醇儒，必不作如此執泥語。這種辭氣，大似小程子伊川吐囑，或係編者誤孱所致。待考。）筆者年輕時，讀到這裡，心中便起疑。程朱一向反對「游藝」，反對學書、作文，說這是「玩物喪志」。豈其然乎？

其實，世間萬千行業的知識與技能，其實都可以用一個「藝」字來加以統轄。任何事物的學習，都存在無數從粗疏到精微的技術性難題，需要學人逐一去面對區處，尋求妥善解決，去老實修鍊做「致曲」工夫。故百工技匠的作為，固然是「藝」；藝術高才與文苑英傑的所作，也是「藝」；乃至文、史、哲的學術考據與道學義理的講習議論，又何嘗不是「藝」呢？甚至下為傭人的掃地奉茶，上至總統的批閱公文，也是一種「藝」。同樣只是一心一境相應的一件「事」，一樣有發而中節與否以及存心誠偽的問題。凡事能否誠意正心，才是生命中真正值得關懷的核心問題。其它一切情識上的分別執著，都應一起打徹，方能符合孔門真正志道與學道的成人之教的宗旨。

《禮記・樂記篇》雖有「德成而上，藝成而下」的本末分殊之拈提，卻沒有絲毫重道德而輕文藝的意味。且「藝」在甲骨文中，象人以雙手持草或木栽種之狀，屬於合體象形，其本義是「種植草木」的意思。藝必有術，故名藝術；藝必合道，故稱道術。學人既是志「道」而游「藝」，並經游「藝」而通於「道」，則形而上的「道」之理念，實際就寄寓在形而下事物的技「藝」中。理與事，原是一體的兩面，天底下既沒有無「事」之理，更沒有無「理」之事，即便歪理，也還是一種理。故捨「藝」即無「道」可見。道與藝，豈容任意割裂？程子所論，是只見「道」理的尊貴而不見「道」之落實為「藝」事的真諦，也同樣是「未解孔聖真實義」！再說，玩物而喪志，究竟是物的過失，還是人的過失呢？《中庸》說：「天地之道，可一言而盡也：其為物不二，則其生物不測。」「為物」是體，「生物」是用。道，就在「為物」與「生物」之際朗現。捨「下學」的「物」，便沒有「上達」的「道」可說。怎可因噎而廢食呢？故程子的這種說法，其實是過度高揚義理而輕忽實務體踐所發的偏見，並非通達之論，令人難以苟同。

即如與程子同時而稍後的蘇軾與黃庭堅，明代的陳獻章、王守仁、倪元璐、黃道周，以及當代的于右任，這些德行精純的大書家，豈非都是「善書者知道」，在書藝與道業兩方面都有卓越成就的典型儒者嗎？

王陽明自述學書經歷，說：「吾始學書，對模（摹）古帖，止得字形。後舉筆不輕落紙，凝思靜慮，擬形於心，久之始通其法。」他這般精勤學書，不正是《大學》「誠意正心」的格致工夫嗎？其書剛毅遒厚，一如其人，終於成為一代名書家，可惜書名被其事功及儒學所掩。然而，陽明學書有成，又何嘗妨害其體貼良知天理？甚至如前所述，整個毛筆書法的修學內涵，既跟儒家有關人格教育原理如此的近密通契。誰又能說陽明先生知行合一學說的創發，不會是在長期跟筆墨磨勘的「依仁」、「游藝」中獲得「輔仁」的觸類啟示呢？

（《中日陽明學者墨跡》書前，國立臺灣大學出版中心，二〇〇九年十月）

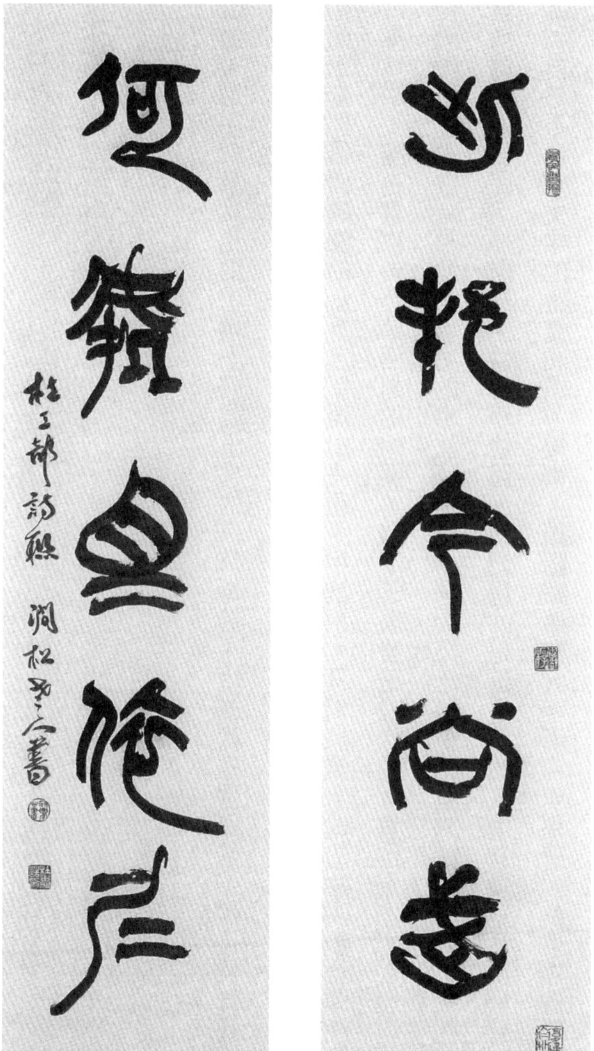

「此邦‧何處」古篆五言聯　杜忠誥作　2008

此邦今尚武，何處且依仁

此作的用筆近於秦簡，而結體則參合戰國楚簡意趣，著重表現筆墨的溫潤與華滋，以呼應聯語意象。杜甫此聯將「尚武」與「依仁」對舉，內涵義理指涉深刻。

書法在臺灣

書法，是在中華文化的土壤上開展出來的一朵奇葩。華族祖先選擇了柔軟且具有彈性的毛筆做為書寫工具，是漢字書寫活動之所以能從實用性角色提升為審美性藝術門類的關鍵因素。就在蘸了墨的筆毫與紙面碰觸的當下，呈現出一種既相抵拒，又相鼓盪生成的陰陽和合彈性態勢。在時間的推移中，隨著書寫者心緒活動的開展，留下了千彙萬狀的生命軌跡。

臺灣地區原本沒有書法，臺灣的書法，是從中國大陸地區傳播過來的。臺灣的早期居民，是南島語系的原住民，他們過的是近乎原始人的狩獵生活，只有語言，沒有文字，自然不會有文字的書寫問題。後來，斷斷續續有大陸沿海如福建、廣東等省區的農民，冒著生命危險，乘船渡過「黑海溝」（臺灣海峽），來抵本島進行農耕開墾。他們基本以農耕漁牧為生，也談不上甚麼高度文化的書法活動。

文獻記載，臺灣人知道要學習漢文化，是從明末遺臣沈光文來臺後才開始的。沈氏是明末儒士，明亡後，為反清復明而四處奔走，於一六五一年意外飄泊來到臺灣，定居臺南，設塾教臺灣民眾讀書作文、習寫漢字。這應是臺灣人認識中華文化的開端，沈氏也因而被尊為「臺灣文獻之祖」。

臺灣的歷史經歷了荷蘭、明鄭、滿清、日本及國民政府等幾個時期，隨著政權的更迭及文化政策的變遷，臺灣書法也呈現出不同的發展。除了荷蘭時期跟書法毫無瓜葛外，其後約略可分為五個時期：

㈠啟蒙初階期——明鄭時期（1661～1683）

一六六一年，明朝遺臣鄭成功率兵驅逐荷蘭，在臺灣建立南明小朝廷，竭力經營，準備以此作為復興中原的基地。隨著大批宗室、文武臣僚，乃至流寓文士的抵臺，其中多為詩、文、書法兼優的飽學之士，如寧靖王朱術桂、陳永華等，他們眼光遠大，廣設書院，推展文教，中華傳統文化首度大規模傳入本島，是為臺灣漢學及書法發展的啟蒙初階期。

㈡沉潛築基期——清領時期（1683～1895）

清康熙二十二年（一六八三），施琅領軍攻陷臺灣，結束了明鄭王朝的統治，臺灣正式劃歸清朝版圖。四年後，清廷對臺開科取士，不僅激勵了臺灣人的讀書風氣，也為臺灣書法教育長期的蓬勃與穩定發展，奠定了堅實基礎。隨著民生經濟的繁榮，臺灣文士漸有餘力從事精緻的文化藝術活動。加上有緣跟當時因遊宦、流寓及應聘來臺的大陸一流文士的交流與觀摩，大大拉近了臺灣與中原的文化距離。到了光緒年間，臺灣文士漢學功底漸臻深厚，應考而登進士人數激增，已然擺脫往昔須賴「保障名額」的窘境。臺籍人士也出了不少書家，但大體仍多師仿前輩書風，不脫「館閣體」之範圍，文人游藝的意味偏多，個性表現的自覺明顯不足。唯有林朝英等極少數例外。是為沉潛築基期。

(三)蓬勃活動期——日據時期(1895～1945)

一八九五年，清廷將臺灣割讓給日本。日本政府採行強勢的同化政策，不但取消科舉，斷絕了傳統讀書人「學而優則仕」的唯一出路。甚至還禁止文士與中原往來，企圖割斷臺灣與中原文化互通聲氣的臍帶。臺灣人被降為「次等國民」，生活權益多所限制，而進入所謂「臺灣史的黑暗時期」(陳奇祿語)。文士滿懷的悲憤鬱悶無處宣洩，乃轉而籌組詩社，藉著相互吟唱，揮毫觀摹，相濡以沫。部份臺籍人士接受日本書法的專業訓練，漸有擺脫實用性館閣書風而入於藝術講究之胎動。惟終因漢文化滋養不夠雄厚，除了曹容特為標拔屹立外，其餘泰半難以自立。殖民政府官員對詩文及書畫活動或因同好之故，管制格外寬容，反而促進民間社團及展覽活動的熱絡，書法風氣呈現空前的繁榮景象。是為蓬勃活動期。

(四)新血注入期——國民政府前期(1945～1987)

一九四九年，國民政府播遷來臺。當時，除了像故宮博物院、中央研究院、中央圖書館等世界頂級文物搬運抵臺外，隨著政府渡臺人士也有大批來自中原各界的頂尖菁英，因緣時會，全皆聚集到此彈丸之地，令臺灣子民眼界大開，更讓原本居於邊徼角色的臺灣小島，頓時躍升而為華族文化慧命希望所繫的復興基地。文化密度之高，開創千古奇局。書壇名家如于右任、董作賓、溥儒、臺靜農、王壯為等，無不學藝雙優，且多為文化藝術界龍象。他們在創作之外或兼事教學，栽培後進，為臺灣學術發展與書法教育注入大量活血，凝聚了新希望。是為新血注入期。

(五)百花齊放期——解除戒嚴迄今(1987～)

一九八七年，廢除了「動員戡亂時期臨時條款」，兩岸恢復交流。精神禁錮解放，使臺灣真正進入自由民主的境地。隨國民政府渡臺的第一代書家漸次凋零，面對異質文化的不斷衝擊，年輕一輩對於過去長久以來的傳統創作模式有了深刻反省，開新意識增強。他們除了臨摹傳統碑帖，還吸收西方美學思想及藝術理論，有些則直接取法地下新出土的簡牘帛書墨跡資料，而產生了不少新古典風格作品。進而有兼顧傳統與實驗性創作風氣之興起，開啟了臺灣當代書藝多元繽紛的全新局面。是為百花齊放期。

今日，各公私立美術機構及民間私人已收藏不少臺灣前輩的寶墨，足以一窺各個時期的不同風貌。至於全省各地的名勝、寺廟或公私機構，仍可見到許多碑刻、匾額、楹聯、店招或墨寶等，那是最貼近我們的生活，最容易接觸到的書跡，只要放慢腳步，靜下心緒，就可以欣賞到一件件先賢或當代書法家創作的藝術品了。

毛筆書法最為難能玄奧之處，在於其不許塗改，不容描補的瞬間一次性完成之要求，確是一門帶有高難度技巧性的藝術。其學習要領，除了要求個別的點畫線條須能充實飽滿，精、氣、神完足外，還要求前後筆畫間的氣脈要相互呼應連貫，須令每個字甚至整幅作品，由內部結構到外部關係，形成一種彼此統一和諧的有機整體。這種氣化哲學意味濃厚的精神內涵，正是東方實踐智慧學的核心重點。

東亞近鄰的「漢字文化圈」，如日、韓、越、新、馬等國，雖也有書法，實際都是傳自古代中國。臺灣與中國大陸同稱「書法」，韓國稱「書藝」，日本則沿襲「遣唐使」帶回去的唐時稱法而稱「書道」。名稱雖殊，其所指涉的內涵並無二致。今天，由於歷史的偶然，臺灣不僅是地球上維護保存「正統漢字」的唯一地區，同時也早已發展為傳承中華文化的重鎮。爾後，如何昭蘇民氣，拋棄悲情，並善用臺灣人一向具備的質樸熱忱與果敢剛毅的島國民情特質，在東方文化本質回歸的基礎上，吸收西方現代藝術思潮乃至各種跨領域文化的長處，融攝開展出既有國際視野又具地域特色的「臺灣書法」，這或許是所有關心臺灣文化發展者的共同期待吧！

（行政院新聞局「文化臺灣」系列‧「書法」，二〇〇九年）

師友

作之師

最近呂佛庭老師應國立歷史博物館的邀請，從元旦開始，在國家畫廊展出「中華河山」，大陸的錦繡山川、古蹟名勝，透過他那靈思妙筆，一幅幅地展現在大家眼前，令人興起無限幽思。十幾年來，我追隨呂師，情同父子，相知甚深。這次呂師北來展覽，能夠再度親聆教誨，興奮之餘，而往日請益受教的種種情景，不禁又浮現出來。

認識呂師，是在臺中師專就學後的第一堂國畫課上。依稀記得那天他身著一襲深藍色長袍，手裡抱著一隻提包，鈴聲剛響完，就走進教室；說了幾句勉勵的話以後，就開始上課。而他那儒雅的長者風範，使我們有著無比的歆羨嚮往，大家都不禁露出了孺慕的笑容。

那一堂課，我永遠也忘不了，至今想來，宛如昨日。首先，他把一幅畫有白菜、蘿蔔、辣椒和茄子的畫稿釘在黑板上，然後對我們解說用筆用墨的要領，以及繪畫的先後次序，一面講解，一面示範。無疑的，呂師不疾不徐的言談，高尚出塵的舉止，以及那自然而流露出來的教學熱忱，很快地就引起學生們一致的敬愛，也產生了高度的學習興趣。

示範完後，就讓我們實際練習，他則巡視行間，相機指導。後來巡行到我身旁，駐足了好一會兒，問我是否學過畫，我回說沒有，接著是一陣沉默。下課後，呂師找我去，親切地對我說：「你可以畫，希望你好好兒學。」就因為他老人家這兩句話，我與書畫結了不解之緣，十七年來，我不曾因任何困頓放下過毛筆。此後，也因為呂師不厭不倦的悉心教誨，才開啟了我那混混沌沌的生命。如果說在往後的日子裡，我還懂得怎麼去思考，怎麼去生活；如果說在這紛繁多變的社會裡，我還知道去設身處地，與人相處；如果說我對於藝術創作，還有一分小小的執著，這都得感謝呂師的啟導。

在課堂上，呂師不只是教我們畫畫寫字，還一再勸勉我們要多讀書，有機會要多遊覽。他說，多讀書可以增廣見聞，提高鑑賞力；多遊覽可以開拓胸襟，不至於閉門造車。他告訴我們：藝術創作原是心靈活動的表現，形式的技巧固然不可以不講究，更重要的是如何去豐富藝術的內在生命。呂師並不否認資質和技巧對於藝術創作具有相當程度的關係，但他一向不強調這些，他所再三強調的是中國文人畫靈根所在的學識與涵養，然後我們也才知道，何以呂師的畫能蘊蓄那麼豐富的內涵，表現那麼高華的氣質，觀賞他的畫作，我們可以感受得到在筆歌墨舞之際，處處神行著一片清妙的天機！

由於呂師誨人不倦的精神感召，他家時常有很多慕道而來的學子。呂師接待他們，總是和顏悅色，誠懇敬謹，我從未看過他是疾言厲色的。記得有一次，我跟一位同學去拜謁呂師，坐定之後，呂師依例親自為我們倒了茶。談話間，一不小心，那位同學竟把茶杯打落地面，杯子應聲而碎，茶水漬流滿地。那同學一時呆若木雞，不知所措。我見狀趕緊上前清理，呂師一邊頻說：「不要緊！不要緊！」一邊起身入內。不一會兒，他再端出一杯熱騰騰的茶水來，面帶笑容地對我們說：「天底下的事事物物，都是因緣和合生成。這玻璃杯子，自從工人採集原料，經過工廠製造完成，輾轉到我手中，被我所用，如今數盡破碎了，這中間的種種演變，完全依的是成、住、壞、空的物理原則，它是註定今天要破的！這不就是我常說的『數』嗎？」那位同學原本像犯了什麼滔天大罪似的在靜待數落，經呂師這麼一說，反而釋然地笑了，我們也因此又上了寶貴的一課。雖然事隔多年，而這一幕卻永遠活現在我腦海深處。

記憶中，每次在呂師的半僧草堂聽他談古論今，出來之後，總有一種精神經過澡雪的悅樂。他有時候品論書畫，有時候也講些為學處世之道，而談到世道人心，他總是有著無限的感慨。他偶爾也會回憶過去，為我們講述有關過去的種種遊歷和軼事，他說得歷歷如繪，如數家珍；我們也聽得津津有味，神往不已。這才領略到古人所說如沐春風的滋味原來是這樣的。而每次辭別，老師總要親送到門外，佇立目送，那股切的長者形象，真是引人深思。

不只是愛護學生，呂師還常幫助學生紓解困難。民國六十五年，我在小學的服務期滿，獲准保送升學師大。就我的健康來說，那是有生以來最暗淡的一年了；當時因血尿住院檢查，被某醫師不經心的手術所誤，病勢反而轉劇，呂師聞訊，曾兩度親臨宿舍探望我，並把一筆款項致贈給我，囑咐我務必早日求醫診治。十幾年來，呂師對我無條件的付出，我都還沒能報答，我虧欠他老人家已經太多了，怎能再接受他這麼厚重的貺禮呢？呂師見我堅拒，竟勃然作色道：「這錢是給你延醫買藥用的，你要不收，那就枉費我平日教你的一番苦心了！」說著，一面把錢塞到我的手上，緊緊握住我的手，希望我好好地愛養身體，無論如何不要拒絕。這是我生平第一次看到呂師動氣，見此情景，我也不敢再違拗，雙手捧著那疊厚厚的鈔票，激動得說不出話來，一時熱淚如注，連在旁的好友王財貴兄也感動得涕泗縱橫。呂師的厚愛，叫人永世難忘。

呂師平日除了讀書看經、靜坐參禪、作畫寫字以外，還喜歡作作詩、彈彈琴、種種花。談到種花，更是呂師生活中不可缺少的一大嗜好。在他臺中的寓所內，屋前屋後，種了許多花木和盆栽。他所種的，以梅、蘭、竹、菊四君子為主。呂師說他種花不僅止於欣賞花的形色，花的香氣，主要還在於靜觀它的欣欣生意。呂師不但自己喜歡種花，也常鼓勵我們種花，他認為栽植花木，最需要的就是愛心和耐心，種花的人沒有不愛花的；有了愛心，自然就會有耐心，愛心和耐心是一貫的，也只有在這種愛心呵護和耐心栽培之下，花木才會不斷地滋長茁壯。同樣的，在教育下一代的工作上，如果能保有愛花的心情，肯投注種花般的工夫，哪怕民族的幼苗不蓬勃生長，成為棟梁？我常想，呂師平常愛護學生，幫助學生，何嘗不是跟他種花一樣抱著愛花惜花的深情呢？

寓居臺灣三十多年，呂師雖然都是過獨居生活，可是他並未感到孤獨。相反的，正由於有早年培養的許多雅好，使他生活充實而有光輝。也由於他對學生出於衷心的化育培植，學生們也都由衷敬愛他。愛人的人是有福的，呂師從付出中獲得他心靈上的滿足和快樂，他又怎麼會孤獨呢？

呂師的為人處世，可以用一個「敬」字來概括。這從他寫給人的書信中，可以清楚看得出來。每當展讀呂師的來信，都會令我有著一種深深的感動，如話家常般的訓誨，是那麼的和煦感人；而那一筆不苟的書法，更是令我愧煞！我把老人家的箋札小心珍藏著，暇時偶一展閱，都會有如同在炎炎夏日喝到清涼劑似的感受。我常這麼想，呂師一生總是那麼勤勤懇懇，那麼實實在在，不曾耍弄什麼花招，更不與人爭名奪利，抱道遊藝，淡泊自甘。他對於自己的嗜好，沒有一樣不是敬慎從事的；而他的居家言語、寫信、待客、訪友，一舉一動，乃至於任何生活上的細節，也沒有不懇切周到的。不管與他交往的人是多麼卑下，不管他所面對的事物是何等的渺小，不變的是那份謙和敬謹，他從不會稍有怠慢或忽視，他永遠讓人感到被尊重。每當呂師的影像浮現眼簾時，我不由得都會想起孔子的一句話：「君子敬事而信，節用而愛人。」呂老師不就是這麼一位可敬的長者嗎？

（《聯合副刊》，一九八一年一月九日）

守恆達變，有己能久
——王壯為的創作心路

新陳永代謝，譬諸除與乘。大人雖尚變，非謂略其恆。有己而能久，庶幾吾眼膺。

這是王老師〈論書詩八首之一〉，明確地揭示了他「尚變」和「有己」的藝事創作理念。作為一個藝術工作者，如果只是隨人作計而不知創變開新，作品中沒有自己，藝術就缺乏可大可久的生命感動力。但王老師注重創變，走的是深入傳統，掌握藝術的恆常之道後的創發，並非無中生有的突變。

王老師的這個理念，表現在書藝創作上的，大致可從他的行草書和新體篆隸兩方面來看。王老師的行書，固是博採眾長，但真正得力處，仍在王右軍的〈蘭亭敘〉，特別是歐陽詢所臨的「定武本」。他的楷書，早年在重慶受到沈尹默先生的影響，特別喜歡飄逸秀勁的褚遂良書，可惜存留下來的作品並不多，後來就不大常寫，主要工夫都用在行草書上，所以行草書可以算是王老師書作的大宗。

民國五十年前後，王老師正當五十來歲，求新求變的念頭極為強烈。曾經因為聽了好友傅狷

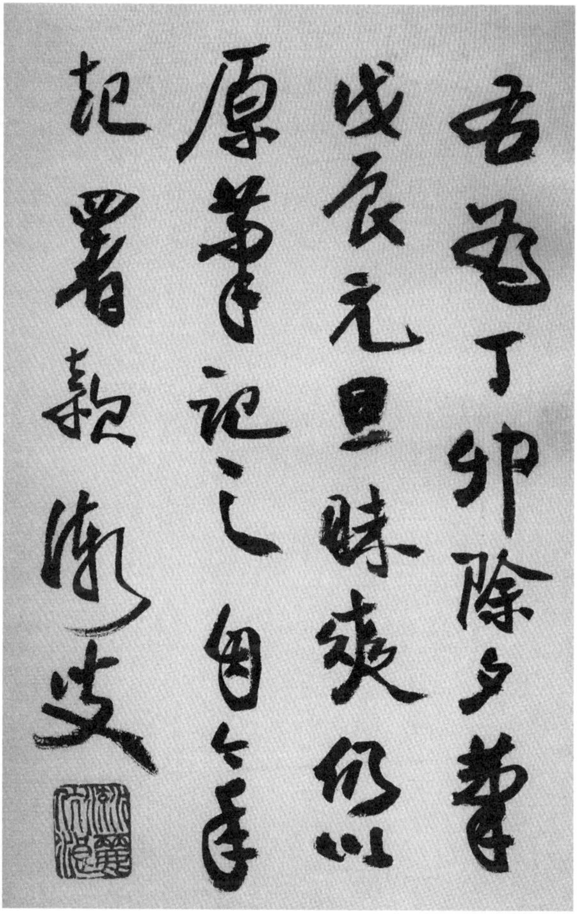

《壯為寫作》（局部）　王壯為作　1988

右為丁卯除夕筆。戊辰元旦昧爽，仍以原筆記之。自今年起，署款漸叟。

此件是《壯為寫作》冊頁尾部的款記部分，點畫勁利，筆意酣暢，極頓挫之致。

夫先生所說「我寫字就是畫畫」的一句話，而想到要用墨的濃、淡、焦，以及滲化、飛白等方法來進行嘗試，也真的寫出了幾十張「怪字」來讓同道們品評。我們從王老師後來並未再書寫這一類的作品，知道他最後還是放棄了這種米元章所謂「故作異」的創作實驗，而回頭繼續走著「自然異」的路子。後來他老人家還刻了一方「自然而然」的自用印，也自稱「漸叟」，取號為「漸齋」，在在可以看得出王老師在求變路上調整轉化的心路歷程。

王老師的行草作品，在七十歲以後，可以明顯看出更加波瀾老成，漸入化境的進步。像《王壯為書自作文》、《陸游入蜀記節本》以及《壯為寫作》等件，無不酣暢淋漓，自在揮灑，個人風格鮮明，且都已印成專書行世，足以作為他晚年的代表作。

有人評論王老師的字「倔強」，事實上王老師自己也承認是「倔叟」，書如其人，「倔強」二字下得很傳神。有時候一般人眼中的缺點，或許正是藝術家的特點，所以王老師的字讓人看了有「倔強」之感，並不是什麼壞事。試想，若沒有了這一分的「倔強」，那麼，壯老還成其為壯老嗎？

一般而論，時代愈後，書法的創新也愈難，一切該走、可走的路，似乎都被古人和前輩們走光了。近幾十年來，像長沙子彈庫出土的戰國楚帛書、山西侯馬出土的春秋晉國的盟書、長沙馬王堆出土的大量西漢帛書等，這一批批第一手墨書文字資料，都跟過去習見經過鑄或刻的青銅器銘文以及秦、漢石刻上工整嚴謹的篆隸書大異其趣，只要具有篆隸書法基礎的人，都能從中加以取資借鏡。這些新資料的出土，對於生長在這個時代的學書人之書法創新而言，無異是上天的一大恩賜。在這一方面，王老師早在十幾二十年前便已經開始留意，不但深入分析探討其用筆和結體特徵，同時也利用這些造形奇特的玉石、簡帛上的文字，集為對聯，寫成作品，用筆自然而富情趣，相較於一些傳統規整端正的篆隸作品，的確很能令人耳目一新，這也是王老師本著他「尚變」、「有己」等一貫的創作理念，不斷地自我改造所獲致的成果。

王老師一生率性任真，自律很嚴，是一位令人敬愛的長者。他不僅全力投入創作，以工作為樂，也常將實踐所得形諸文字，著為篇章，指引後學，是藝壇上少數理論與創作都有傑出成就的前輩之一。他數十年來深造自得所開發出來的書印成績和豐富的創作體驗，都是我輩後生所當虛心師法學習的。

（《聯合副刊》，一九九二年四月十九日）

磊翁夫子其人其書

彼何人斯，敢詡齲笑慵妝，花拳繡腿；
當此時也，最宜長戈大戟，拔劍張弓。

此乃磊翁夫子於民國七十三年（七十八歲）所撰聯語，邊跋中並引前賢論書語以作注腳：「昔湘鄉曾文正公有云：作字之道，寓沉雄於靜穆之中，雄字須有快劍長戟，龍拏虎踞之象，鋒芒森森，不可逼視為正宗。不得以劍拔弩張四字相鄙，作一種鄉愿字，非之無舉，刺之無刺，終身無入處也。」此可視作夫子自道語，而磊翁夫子崇尚雄強開張，鄙薄纖弱美秀之藝術觀點，於此發露無遺。

中國書法史上，以二王為中心之帖學派書法，發展至明季以後，由於閣帖輾轉翻刻，致多每下愈況，刻本之劣者，甚至唯存點畫位置，全無神采可言。後學承習，末流乃日趨靡弱，漸為士子所厭棄。迨乎清代乾、嘉以降，地下金石碑誌大量出土，出土後既經刷洗，字口清晰，神情煥然，有如新刻，去真未遠，且面目繁多。臨習此等碑版，自較臨仿偽劣閣帖更易於契入本真，具現藝術生命。於時金石考證學家阮元秉運發表〈北碑南帖論〉及〈南北書派論〉二文，大張崇碑抑帖旗鼓，並對以二王為中心之帖學派書法在書史上之正統地位提出質疑，一時學習金石碑版之風氣大開。其後，包世臣撰《藝舟雙楫》，其中論書部分，則以鄧石如之創作實踐為主要依據，極力闡揚碑學。清末康有為撰《廣藝舟雙楫》（後改名《書鏡》），更將此一碑學派理論作系統完整之建構，堪稱集碑學派書法理論之大成者。三賢前後遙相唱和，其論著雖各有側重之點，所論亦不免武斷，未必盡當。唯皆出於對帖學末流衰弊之反動，其崇碑抑帖之主張，則可謂前後一貫，一脈相承。流風所及，非特在清代書壇出現不少如鄧石如、吳熙載、趙之謙、何紹基、楊沂孫、楊峴、吳大澂等金石派大師，民國以後，如吳昌碩、李瑞清、曾熙、于右任、張大千等大書家，亦莫不深受此派學說影響。

磊翁夫子作書素主中鋒，用筆率取逆入平出之法，蓋亦服膺於碑學派理論，且深造而得其會通者，為當今國內書壇健將。其書以遒厚豪邁見長，書如其人，均具龍馬精神。所書無不筆力矯健，氣勢磅礴，時人號曰「謝體」。每觀師作，真猶聽老生執銅牙鐵板唱大江東去，激昂痛快，意氣風發，直可廉頑立懦，振奮士氣。其篆書以鐘鼎及石鼓文為主，秦漢以下殊少措意。八分則出入桓、靈諸碑，成體最早，得力於〈華山廟碑〉及〈石門頌〉者獨多。楷書以北朝碑版築基，於鄭道昭諸刻及〈石門銘〉等圓筆魏碑尤所致力。至於行草書，中年以前，雖亦嘗於蘭亭、聖教上用功，終以筆路不協而廢然改圖，後乃擷取〈石鼓文〉之線條，與〈石門頌〉之開張，益之以〈石門銘〉之錯落參差，始漸蛻化成自家獨特面目。蓋將篆、隸、楷、行、草書諸體，就用筆與結體上會通為一，雄放自然，風格獨特。為誌此段陶鑄之艱辛歷程，因自號為「三石道人」或「磊翁」。晚年更將漢分結體與魏楷方筆冶為一爐，名曰「漢魏合體書」，沉鷙勁拔，別開生面。前人有言：「若無新變，不能代雄。」磊翁夫子既深入傳統，又復能不泥於傳統之窠臼，其求新求變之精神，老而彌篤，亦足使彼略無傳統根柢而竟侈言創作、自詡「前衛」者，為之匍伏汗下也。

磊翁夫子於公職退休以後，開館授徒，課以傳統書法，顏其室曰「敢覽齋」，蓋寓回甘之意焉。

「作書・飲酒」古楷五言聯　謝宗安作　1993

三石老人八十歲以後，把漢代八分書的開張結體與北魏正書的方折用筆冶為一爐，名為「漢魏合體書」。此件雄強朴厚，為其晚期力作。

並經常應邀至各公私機構講授書道，其教學主旨，以修身立德為本，書藝創作為次，強調人品須與藝品合一，故特重倫理文化意識之陶養。由於教法靈活，學子氣類不齊，每能善誘裁成，凡從受學，均蒙啟益，以是從遊者日以眾。為鞭策學子更求精進，乃擇其尤者，另組九個子會，曰「墨象」、「墨緣」、「墨皇」、「墨華」、「墨鄰」、「墨林」、「墨濤」、「墨音」、「墨源」，每一子會成員約十餘人不等，定期雅集，以便交換心得，切磋書技，並定期舉辦展覽，推廣書法之研習風氣，今已然蔚為國內私人書法講學之最大群體。

邇者磊翁夫子深有慨於社會上民情澆薄，世風日壞，為擴大影響層面，期能透過傳統書道之研習，轉移社會不良風氣，進而提升國人生活品質，弘闡中華倫理文化，更決意以一手培植之敢覽齋母子諸會會員為基本成員，向內政部申請成立全國性之人民社團法人「中華書道學會」，並擬公開徵求同道，俾能集思廣益，眾志成城，共同為中華傳統書道而努力。

磊翁夫子為人剛正不阿，平日律己甚嚴，視門生如親子弟。唯遇弟子中有重大過誤時，輒能曲為曉喻，不稍假借。曾子云：「君子之愛人也，以德」，夫子有焉。以是弟子對於磊翁夫子，既愛其親切溫和，復敬其威嚴切直。夫子在書藝創作上，雖已格致標拔，早為各方仰重，猶慮未能盡善，常云「當事者迷」，時命我等各就夫子所作，求其闕失，直言無隱。實則，我輩小子識見淺狹，學植荒陋，以蠡測海，即有所見，亦未必真能有可裨補夫子於萬一者。唯夫子此一謙撝自牧，精益日新之作略，對於我輩後生而言，寧非最佳之身教乎？

磊翁夫子書風素稱穩健，含弘渟蓄，曾多次應邀赴海外展出，並皆載譽而歸。其書藝非但國人喜愛，即海峽彼岸，乃至鄰邦日、韓等國同道，亦莫不同聲嗟賞。數年前，韓邦舉辦全國美展，且禮聘夫子為主審委員，凡遇有眾評委相持不下之作品，均由夫子一言決之。倘非夫子之道德文章普受彼邦士林所共推尊欽服，焉能致此也哉？

頃者，磊翁夫子復應馬來西亞中央美術學院院長兼大馬書畫總會長鄭浩千先生邀請，將於本年十一月二十八日起，假吉隆坡舉行公展，彼邦華僑眾多，斯道鉅眼應不乏人，此行既可宣揚吾華傳統文化，亦可以文會友，增進國際友誼。屆時盛況，可為預卜。茲當展品付梓之際，敬就所知，略綴數言，用祝展出成功。

（《三石翁近作書展集》書後，端明藝術書局，一九九二年十月十日）

《陳振濂書法、國畫、篆刻、論著展覽專集》序

知道有陳振濂其人，主要是從各種報章雜誌得來的印象，那大約是十幾年前的事了。但真正讓我產生共鳴和震撼的，是我在留日期間讀到他發表在《中國書法》的兩篇文章——〈線條構築的形式〉和〈線條運動的形式〉。這兩篇論文是從美學的角度，對書法藝術的本質構成進行深入分析的好文章，簡直就是書法藝術的「護法」。之後，也常在陳教授的論述中，獲得許多意外的感動與啟發。我雖癡長陳教授八歲，可是在書法美學及理論研究方面，他卻是我的先進，也是我努力學習的對象。

一九九二年五月，我曾追陪磊翁老人率中華書道學會同仁應邀赴北京（中國革命博物館）舉辦海峽兩岸交誼展。開幕以後，同行的謝老師返安徽故鄉探親，我則飛往杭州，專程拜會了心儀已久的陳振濂教授。這是我們的初次見面。

經過兩天的密集接觸，泛舟湖上，杖笈孤山，頗有一見如故、相見恨晚的感覺。去年暑假，攜同內子與愛女暢遊長江三峽及黃山勝景之後，再度漫步於西子湖畔，當然又有緣與陳教授促膝深談。經過如此的晤敘，對於陳教授的為人與藝事，認識加深一層，內心的感動也加深了一層，

因而動念想邀請他到臺灣來作交流訪問。並且，就在那時與陳教授大致商定了來臺的活動與展覽時間。

陳教授此次訪臺能順利成行，說起來也真是一件不可思議的事。今年三月間即已著手進行的邀約活動，由於「千島湖事件」而橫生波折，原本預定八月初在華視畫廊舉行的展出，不得不被迫取消。六月中旬以後，又積極反覆聯絡，多方奔走，承蒙教育部大陸工作會以及外交部入出境管理局有關人士的鼎力協助，原已不抱希望的事，竟奇蹟似地有了新的轉機，終於實現了我們的構思。回頭想來，還深深覺得其間若有神佑。

陳教授給我的印象，是眼光犀利、文思泉湧、條理密察、辯才無礙，同時又是人格磊落、性情豪邁的篤實學者。表現在其生命情采上，不僅書畫、篆刻之藝術創作成績斐然，其在學術理論研究方面，更是迥超常流，質量並重。截至目前，其前後著述文字，已逾七百萬字，以致十年前在大陸與日本藝壇掀起了所謂「陳振濂旋風」，所到之處，人皆樂於稱道。然而我們這次的邀訪，並非是趕風潮、湊熱鬧。實在是有感於陳教授學術與藝術的不凡造詣，以及他那不卑不亢的學者風範，特別是他對於宏觀的把握能力和縝密的思辨才調，在在具有高瞻遠矚的超前關懷，是當前臺灣文化藝術界所共同需要的。

近十幾年來，大陸有所謂「書法熱」，臺灣的書法學習風氣雖未必能與之相頡頏，相較於過去，也有一種如雨後春筍般的欣欣向榮景象。但就發展趨勢來看，許多還是不免偏向於保守與因循。

在此中，有一小部分人似乎也看出了端倪，極力想打破既有的窠臼，而所走的方向卻是矯枉過正，為了打破傳統，尋求創新，不惜以犧牲傳統的精華為代價，這是很可惋惜的。當然，傳統未必都是精粹，對於其中不合時宜的形式窠臼，固然要細加甄別，設法予以揚棄或加以轉化。然而，如果一味追求形式上的「創新」，卻不去探討書法藝術的內蘊與本質，這種缺乏內在真誠生命的創新，也同樣令人不敢苟同。死於傳統，固是令人不屑；死於創新，實亦無足為訓。藝術是生命情感的表現形式，如果沒有真實的內在感情基礎，其作品是很難產生動人力量的。在這一方面，陳教授的理念與鄙人極為接近。

據我所知，這十餘年的大陸書法熱潮裡，陳教授向來是以反對保守與封閉聞名的，他一直被認為是離經叛道、勇於革故鼎新的代表而領導著大陸書法思想的變遷，可以稱得上是一位典型的開新者。但是他的開新，是具有深厚的傳統作為基礎，是一種傳統的轉化與超越，是有源的活水，絕不是憑空而來的。尤其可貴的是，陳教授有此美才，但在他身上卻看不到恃才傲物、盛氣凌人的習氣，有的只是謙懷真懇與平實自然。

在陳教授的藝術創作與學術理論著作中，我們看到了一種體大思精，氣象宏闊的本質力量在鮮活地躍動著。特別是創作方面，這種感覺尤其強烈。陳教授的創作涉獵範圍甚廣，他幾乎把中國歷代文人雅士所能表現的詩詞、書、畫、篆刻一口吃進，而同時又能在每一個領域中展現出超乎流俗的卓越成果。依鄙見，陳教授的創作表現，基本上是偏向於「才情勝於工夫」之類型，無論書、畫、篆刻，都是情趣兼具、舒卷自如的。在其行草書作品中更能看到他的瀟灑倜儻，縱橫不羈，總覺其中似有一股遏抑不住的生命內力欲向外噴勃，使人為之駐足屏息；卻又天馬行空，如行雲流水般的自在，使人賞心悅目。也正由於他的「才情勝於工夫」傾向，所以他的各類作品形式儘管表現傑出，但也並非全是面面俱到、完美無缺的。今後倘能在點畫線質上更加錘鍊，相信作品的境界當會更勝一籌。

陳教授出生於民國四十五年，文革時他年方十歲，有幸避開了這場千古浩劫，在求學進程中並未受到太多耽誤與扭曲。又有其書香的家世背景（其尊親祖範先生亦為滬上名家），這使他在早年即能打下紮實的學問根基。其後在一九七九年，因為考入浙江美術學院（去年已改制為中國美術學院），又受到當代名家陸維釗、沙孟海等大師的傾囊指授，耳提面命，濡染日深。今天陳教授敏悟通達之思辨能力與謙沖平粹的處世態度，這些在中國典型傳統讀書人身上才看得到的美質，恐怕都跟兩位大師的悉心調教不無關係。此外，他很早就接觸到重邏輯分析與思維辯證的西方美學，並用來觀照探討國內尚少被開發的傳統藝術，故能有如此的豐碩成果。由於這些綜合因素的「發酵」，再加上他本身的卓越天賦及勤奮努力，從而造就了這個掉臂獨行、吞吐六合的「陳振濂」。

大陸之有陳振濂，是華族文藝界的光榮。之所以這樣說，絕非故作奉承，因為今天陳教授生命才華的表現，不僅在中國藝術界是絕頂拔尖，連東瀛的藝術同道也紛紛折服，還專門為他成立「陳振濂後援會」。我認為這是一種精誠生命的感召效應所致。這些都不只是陳教授個人的榮耀，應該也是海峽兩岸藝文界、乃至華夏子民的榮耀。

此次我們在舉辦展覽的同時，也印製了專集，除了收入陳教授近兩年來的書法、國畫、篆刻作品五十餘件以外，還收進了幾篇有關書畫篆刻方面的學術論文，並收錄了一份較新的〈陳振濂著述提要〉，以便讀者在欣賞他的藝術之美的同時，也能領略其學術研究的生命丰采，更能藉著這份〈提要〉，讓大家對陳教授學術研究成果的廣度與深度有一全面的理解。

為了讓陳教授的研究成果分享國人，也為了提高陳教授此次訪臺的實際交流效果，我們還為他在臺灣北、中、南三地分別安排了五場學術演講。其中兩場在臺北市立美術館，講題是「中日書法藝術比較」和「當代中國書畫的發展態勢」；一場在高雄市立美術館，講題為「當代書法史上的『學院派』思潮與『學院派』運動」；一場在臺中市立文化中心，講題為「書法理論與書法教育的時代動向」；最後一場在臺北國立臺灣師範大學美術系，講題是「藝術教育與書法教育的共通性」。此外，本會也將與雄獅美術雜誌社聯合舉辦「兩岸書法發展討論會」，邀約有關學者進行討論。相信通過這樣全省巡迴式的深入講學活動，必能在國內當前現有的藝術與學術資源以外，注入一種清新的創作理念與思維激素，有助於我們對傳統文化藝術之吸納、轉化與開新。特別是對於創作形式已日趨僵化的書法界，更加格外有其積極的啟發與提升作用。

除了本會為陳教授所安排的幾場演講及討論會以外，他也應邀參加近期由中華文化復興運動總會主辦、中華民國書學會承辦的「國際書學研討會」，並發表論文，屆時大家又有機會聆聽他的高論，對於臺灣藝文界的朋友來說，都將是一場極豐盛的「文化饗宴」。

（《陳振濂書法、國畫、篆刻、論著展覽專集》序，中華書道學會，一九九四年九月）

王愷和先生事略

先生諱愷和，字子中，安徽省桐城縣人，民國前十年四月三十日生。尊翁長府公，為樸厚長者，世以耕讀傳家，善及鄰里。母陶氏，主理家政，戶內灑然。昆弟十一人，先生排行第四。幼時以體弱多病，九齡始入塾讀書，尤喜描紅習字。十六歲，館於桐城名秀才兼書家方翠珊先生府中，專研經、史、詩文，並學得魏碑及漢碑門徑。先生自述後來對藝文有所長進，實植基於此。十八歲，考入武昌私立法政學堂，在學中除精勤課業外，日以臨池染翰為事，心無旁騖。五年後，卒以優異成績畢業，嗣即束裝返歸故里，應聘為同邑陶府教席。陶氏富收藏，遂得縱覽歷代法書名拓，眼界頓開，習興遄飛，書藝大進，名聞鄉里。

民國十六年，北伐成功，先生不願久居窮鄉，乃離皖赴蘇，得時任溧陽縣公安局長之友人史某佽助，暫任該局文書。未幾，縣長史志雲先生見公安局報縣府之公文字跡雋美，特指調為縣府祕書，旋即擢升科長，此為先生服公職之始。翌年，史氏因事解職，先生即轉往河南，任職於捲煙洋酒印花統稅局，後改派安湯林區局長。此職原屬肥缺，人人爭欲得之，先生以性格不合為詞婉拒之，主事長官某云：「君之性格是不會中飽，今所用者，正是君之性格特點。」卒勉赴其任。

五閱月後，即卸職南歸，服務於安徽省政府教育廳。其後，又在湘、贛等地辦理稅務，所至著有清聲。抗戰軍興，調任中央陸軍軍官學校特訓班祕書，襄佐康澤先生。三年後，擢為科長。三十二年返回安徽任潛山縣縣長，兼三民主義青年團安徽潛山分團主任。閱三年，調任安徽省政府視察。三十八年元月，改任桐城縣稅捐處處長。嗣以戡亂局勢惡化，先生經一再支撐，卒將稅款賬冊移交桐城縣參議會。皖省省垣秉承中央指示，發表先生為桐城縣縣長，顧以共軍擴張迅速，未及赴任，不得已隻身喬裝經已淪陷之京、滬地區，輾轉由香江渡海來臺。四十一年四月，初入考選部任科長，旋升專門委員，主辦高等考試。五十六年，孫哲生先生就任考試院院長，先生被指調為簡任祕書，兼綰機要，直至民國六十一年屆齡退休。

先生幼承庭訓，自髫齡授書之際，即喜臨池，日有定程。及壯，宦遊南北，所至不惜重資，廣事蒐購法書碑帖，行篋日豐。退食餘暇，皆一一臨摹，游目騁懷，心手俱進。及違難來臺，任職於考選部，生活漸臻安定，乃重理舊業，益自奮勉，日以廢紙臨寫五百字以上。公退後，自課益勤，樂以終身。其書出入晉唐法帖，遍橅漢魏六朝名碑佳拓，臨仿之勤，求之並世，實為罕見。真積力久，神交古人，用能融會眾長，自成體貌。民國六十六年榮獲中山文藝獎，實至名歸。歷任全省及全國美展、教育部文藝創作獎、中山文藝獎等評審委員。民國七十六年，並膺選為中國書法學會第十屆理事長。在任期間，和洽人事，正直無私，推展藝文活動，不遺餘力。

先生嘗自言：「一生萬緣，皆由字起。」晚年有感於民風日益澆薄，傳統道德淪胥，慕弘一大師以翰墨作佛事之意用，於落墨之際，多選取古聖先哲之嘉言美訓，錄在箋軸，期能深入人心，以收潛移默化之效。楷書〈孝經〉、〈學庸〉、〈千字文〉、〈金剛經〉及書法選集等十數種，印行於世，流布海內外，名重藝林。

先生於書藝，兼能諸體，唯篆書所作最少，僅偶一為之而已。其行草書，師法孫過庭〈書譜〉、顏魯公〈爭座位帖〉及王右軍諸帖，而用筆結體，仍多歸本於其北碑墓誌銘體之楷書意趣。所作隸書，早歲廣臨桓靈諸刻，迨其晚年自運，輒多參其鄉前輩完白山人筆意，而易之以剛毫為之，故於渾厚中別見峻逸之趣。至其楷書，篤好尤深，初則廣泛涉獵六朝，以植其骨勢；繼參以初唐諸家，以博其體態。於〈石門銘〉之洞達開張、〈張黑女誌〉之古樸茂密，及褚河南之秀勁飄逸，契悟獨深。小真書則規橅鍾元常之〈宣示表〉及王右軍之〈樂毅論〉、〈東方朔畫贊〉諸帖，所臨有至千百通者，故所作多氣骨英拔，疏朗靈秀，當代之言楷法者，僉以先生為翹楚焉。

先生作書，運筆轉鋒，疾徐有度，意甚沉著，未嘗有一筆輕易滑過，故點畫勁健，畫面常呈現一股詳靜之氣。其教導門生習字，有一名言，曰：「交代清楚」，可為初學金訣。已故詞壇祭酒成惕軒先生，與先生相交數十年，嘗論先生之為人曰：「其人輕財利，重然諾，明辨是非，纖介不苟。」所謂誠於中者形於外，先生作書之端重精嚴，一筆不苟，蓋與其日用待人接物，敬謹謙退，表裡如一之行履若合符節，此固人品之見徵於藝品者也。

公職退休後，先生時應各大專學府及公私機構之聘，講授書法，前後從遊者逾三千人，乃結合門人同好，創立「慎獨軒書會」，共研傳統書道，發揚藝術精粹。其平日教誡門弟子，每曰：「欲學書法，先學做人。必於人倫日用無虧，然後學書，方為有本之學。」先生循循善誘，誨人不倦，桃李成蔭，英髦繼起，其學而有成者，頗不乏人。先生亦曾多次率同門人等應邀赴海外展出，並皆載譽以歸。民國七十三年夏，並與同為皖籍之書法大家謝鍾厂先生所指導創立之「敢覽齋書會」，假國父紀念館舉行二門聯展，時人號稱「王謝一家」，引為藝林佳話。

先生八十歲以後，體氣仍甚康強，健步如飛，不讓少年。九十高齡，猶能自在揮毫，並應邀外出講演書道，此固與其澹泊灑落之仁者胸懷，及習字養靜之效驗不無關係，實亦夫人蘇氏長期悉心照拂調護之功也。迨乎兩年前自大陸探親歸來，或緣長途舟車勞頓，元氣大為損耗，始漸有龍鍾之態。而夫人亦已年老多病，日常照料倍感吃力，無已，乃於去（一九九六）年元月二十一日住進臺北天恩安養中心。至十二月二日，以偶染風寒，小便困難，入新店耕莘醫院治療，幸獲痊可，其間尚曾一度擬辦出院。親友門生等正喜其克享期頤，不意今年元旦午後，忽昏睡不醒，至元月二日晚間十時二十分，卒安然溘逝，享壽九十有五。遺命將遺體火化後，擇吉歸葬於大陸祖塋。

先生學養醇正，恂恂儒雅。一生報效黨國，服公職垂四十餘年，勤慎廉潔，所至甚得上司之器重與下屬之愛戴。和厚慈仁，待友以誠，有長者風。今以遽逝，老成凋謝，知交等於哀悼之餘，因述其生平事略如上。

（一九九五年）

臨雁塔聖教序　王愷和作　1963

此作以王老師本色筆法臨褚遂良〈雁塔聖教序〉，以臨為創，是先生重要代表作之一。卷前有于右任「妙墨參玄」四字題簽。

《墨》雜誌「留學與日本書道界」專題受訪稿

我四十歲到筑波大學留學時，正是個人在藝術創作和學術研究兩方面都進入所謂瓶頸狀態，內心苦悶，有待突破之際。當時海峽兩岸尚未開放，資料取得不易，國內研究環境並不理想，故有出國留學的念頭。

日本的關係者

留日三年間，我的生活重點在於研究，跟日本書道界的交往並不多。比較常接觸的是今井凌雪、谷村憙齋和青山杉雨三位先生，他們都是我在赴日留學前在臺北就已認識的前輩，能夠有機會聆聽他們的教言，深感榮幸。一九九〇年三月，我在畢業歸國前夕，曾在東京銀座的鳩居堂畫廊舉辦留日書法個展，若非谷村和今井兩先生的錯愛而合力鄭重推薦，那是絕無可能的事。尤其是今井先生，當時正因腦血栓住院中，還抱病堅持為我的專輯作序，這些隆情高誼，都令我銘感五內，永遠難忘。展出期間，承蒙日本藝術界及學術界前輩如青山杉雨、小林斗盦、有光次郎、長谷川誠、成瀨映山等先生的蒞臨參觀與指教，獲益良多。在筑波大學就學中，受到指導教授伊藤伸先生及村上翠亭、岡本政弘、中村伸夫等師長先生多方面的照顧與指導，也受到不少前後期學友如河內利治、橋本匡朗、平野和彥、池田利廣、輿水英次、國定貢、鈴木明子等諸君的協助。此外，如我赴日的保證人千知能先生（華僑，本姓詹）、日籍長者友人橋本晉社長夫婦及關正夫社長夫婦等，也常給我很多必要的照顧和幫忙，使我能夠順利地在三年內完成學業，這一切，我都心存感念。唯一遺憾的是性情率真，對我鼓勵最多，也是我最敬愛的指導教授伊藤伸先生，卻在我正式著手撰寫碩士論文之際意外地逝世，內心之悲痛，絕非任何語言文字所能形容。伊藤老師是日本書道界大導師西川寧先生弟子中，在學術研究方面最為傑出的（書藝創作方面則為青山杉雨），他的亡故，對我個人而言，固然是一個極大的打擊；就整個日本書道學界來說，我想應該也是無可彌補的損失吧！

我對日本書道界之觀感

書道是一門極特殊的藝術，沒有深厚的文化素養與深刻的生命體驗，就難以真正領略其中的意味與奧蘊。在二次大戰前後成長過來的日本現代少數幾位大師級前輩書家身上，基本上都具有這樣的條件。書藝的現代化，經過當時第一、二代書家們多方嘗試與探索的結果，傳統書藝中有關筆墨、造形等潛在表現力，獲得了大量的開發與強化，日本書壇也因此呈現出一種前所未有的活躍景象。以此而開宗立派者大有人在。在他們的作品中，我們看到了藝術的崢嶸氣象，也嗅到了他們歷經一番「寒徹骨」的艱辛探索後所散發出來的撲鼻芳香。

然而，這些讓我們感動、嘆服的芬芳氣息，在他們的弟子、乃至再傳弟子們的作品中，便很不容易再嗅得到了。試隨手翻開當前日本全國性的書展圖錄，我們看到的儘管繁花似錦，卻多半是形式技法的模仿與複製，難以看到真正藝術的創造與生命的感動。不知是前代書家未能善盡教導啟發之責呢？還是後學者由於前輩的庇蔭太過，導致創作意識自覺力的薄弱與慵惰？或許這與日本文化中一向嚴密封閉的家元制度，乃至西方文化的後現代社會思潮也不無關係。但歸根究柢，藝術的創作，仍離不開心靈生命的自覺、解脫與超越問題。關於這一點，我想，東方文化中以內在生命主體的開發為重點的道家與禪佛學說，也許是一劑值得嘗試服用的良方吧！此外，日本書道界與「金錢遊戲」掛鉤太深，也是筆者深感憂慮的事。在日本，年輕書家儘管作品傑出，創作力極強，如果家庭經濟能力不夠雄厚而繳不起「藝術獻金」的話，就難有出人頭地的機會，這無疑是對書壇後進的一大壓抑與扼殺，也是不合公義，極不正常的社會現象，有待導正。以上是我對日本書壇的一些粗淺感想，也算是我對日本書道界的一點善意諍言。

返國及就業概況

一九九〇年四月，我束裝返國。那年秋天，應國立臺灣師範大學國文系之聘，在母校任教。一九九二年八月，考入師大國文研究所博士班進修，專攻漢字形體學，繼續在筑波大學時對甲骨文、金文及戰國秦漢簡牘帛書之研究。同年十一月，全國性人民團體「中華書道學會」成立，我被推舉為首任理事長，並經常受聘擔任國內各級美術館及全國性獎賽評審委員等職，平日創作與研究不輟。

（《墨》一一三號受訪稿，日本藝術新聞社，一九九五年三、四月）

山鳴谷應　杜忠誥作　2001

此件的創作靈感，係因對現代建築的鋼架有所感動而激發，也是古篆文字的現代轉用。原作每字達三十公分見方以上，寫成後將字的邊緣裁去，使畫面更具飽滿的張力。

書法藝術的人文觀照

——序姜著《書道美學隨緣談》

書法是中國歷代讀書人共同必修的游藝項目，在晚近西方硬筆書寫工具未輸入中國以前，作為一個讀書人，可以不唱歌、不跳舞、不畫畫、不吹簫笛、不捏陶土，卻不能不學書法。幾經耕耘與灌溉，在這門藝術遺產中早已積澱著無數先賢們的審美情趣，也反映了中國人共同的心理結構與文化意識。再加上它以漢字作為表現素材的此一事實，更加突顯了這門藝術的高度文化性格。倘若對於這個生成的文化背景缺乏深入的體認與把握，則對於書法這門藝術的理解，也將難免是皮相的。

就書法的創作活動上看，點畫線條是其藝術表現的唯一語言符號，而筆畫的力感、運動、節奏、旋律等生命意味，則全在筆毫與紙張之摩擦抵拒中，隨著時間之推移而展現。由於毛筆的既柔軟又富彈性的特質，書寫時隨著心念意識活動的起伏，筆下會立即產生相應筆鋒運行軌跡，進行首尾俱全，鉅細靡遺的忠實記錄。同時，這種由筆端與紙面的抵拒態勢所傳導出來的輕微曼妙之力，其強弱大小的變化，也能透過書者手指的末梢神經去「感覺」而為心靈主體所清楚把握。能如此「明覺精察」地書寫，筆者名之為「寫有感覺的字」。事實上，「寫有感覺的字」和「做有感覺的人」同樣重要。也唯有如此，藝術與生命才不會劃作兩截，方有體用一如，打成一片之可能。此種「感覺」雖無形象可以捕捉，卻是真實的「存在」，完全要靠書寫者個人去體取把握才行。毛筆書寫的此一特性，實與老子《道德經》上的「視之不見，聽之不聞，搏之不得」、「惟恍惟惚」、「不可致詰」等有關形而上「道」體之描述相似。也因此在禪道盛行的唐代，書論家們多稱書法為「書道」，這絕非偶然。

中國書法是一門既通俗又深奧的藝術。說它通俗，因為只要略懂漢文的人，大抵都會喜愛它。乃至完全不懂中文的外國人，也因書法中含具高度抽象性的藝術形象而為之著迷；說它深奧，因為即使是學貫中西的飽學之士，也未必真能曉解其中的底蘊。可惜的是，現代一般文人學士已不太有耐心去對這一門古老的藝術作深入的探討，便輕率地宣說它的「死亡」，這也正突顯了現代人浮華淺薄的一面。

事實上，西方的文化是向外頭看的，側重在對客觀事物的征服，追求外在理性形式的建構，強調名理知識的論析，因而開出了現代科學文明，形成一種「英雄式」的文化特質；東方的文化傳統則是向內看的，追求當下的把握，強調實存的證悟，其最大殊勝在於開出了戰勝自己的安身立命之道，而形成一種「聖賢式」的文化特質。前者重競爭，後者重和諧。不同的文化傳統之間，可以也應該相互借鑑，相互輔成，卻絕不宜相互對立或相互取代。自從五四運動以來，中國傳統文化被當作是「迂腐」、「保守」的代名詞，視若弊屣，早已被「丟入茅廁」，打入冷宮，一切唯歐美的現代文明之馬首是瞻。結果把自己的家當全丟棄了，別人家的東西又只學了半調子，提不起來，整個生命虛懸在中間，成了「失根的蘭花」。

書法是中華文化的特產，生長的土壤乾涸了，書法這棵奇異的花樹，自然也跟著凋萎不振。特別是處在這個一切解體，是非無正，沒有理想，無所宗主的後現代時空下，大家都不免沾染了幾分躁進的習氣，普遍缺乏一種冷靜深刻的思想，以致這門藝術所包孕的豐富文化內涵和現代審美價值，並沒有獲得當代人如實相應的了解，甚至還遭受到不少無謂的扭曲與誤解，這是很令人遺憾的一件事。

人類在初生之時，無知無識的，渾沌真樸，對於外在客觀世界的刺激與反應，全憑其直覺感悟的本能。後來為了生存與存在上的需要，不得不鑿破渾沌，去學習一些相關的知識與技能。不過，凡是能夠通過人的官能而被心靈主體所感知把握的客觀事物，其本身都以某種特定的「形式」呈現。如眼中的形色，耳中的聲波，都是一種現象，一種符號。現象背後隱含著本質，符號的本身就象徵著意義。《老子》云：「少則得，多則惑。」你越是向外追求，你就更加容易被外在知識的形式符號所迷惑，離生命的本真就越遠。弔詭的是，人類人格生命之成長，原就是一個從「直覺」到「直覺」的發展過程。就生命始初的「直覺」，到「復歸於朴」的「直覺」，其間還須經過一個漫長且艱苦的「既雕既琢」的知識之洗禮歷程。而這個知識洗禮本身，它既是一種憂患與災難，卻也正是人類證悟菩提，探索究竟真理的一大契機，它同時含具了障縛與成全的兩歧性能。

因此，在「為學日益」，向外追求卓越的同時，還必須練就一套「為道日損」，向內省視的虛靜工夫，以消解來自心知的思惟概念之迷障，超越一切現象形式，直接把握本質內涵，方能「歸根復命」，開顯那「本自具足，本自圓成」的真心自性，恢復那「真誠惻怛」的本體之仁。如此，自能漸次臻達清明在躬，道藝合一（為學即為道）的人格生命之圓熟理境。《中庸》所謂「其為物不二，故其生物不測」，這才是人類盡心知性以知天，參贊化育的創生之路。它既是一種工夫，更是一種智慧，這是中國儒、釋、道三家思想的精義所在。而這種通過「無的智慧」，對於人類直覺感悟本能「原創智慧」的一種保存，正是姜一涵先生在本書中屢屢提及的人類「三層智慧」中的「兩極智慧」，也是貫串全書的一個重要論點。

姜先生長久以來一直任教上庠，講述美學相關課程。他的這一系列關於書道美學的論述文字，基本上是以《周易》與《莊子》為其理論依據，兩書分別是儒、道兩家的重要經典，《周易》一書更是中國文化的總源頭。至於《莊子》，可以說是先秦諸子中，就藝術實踐（含創作與欣賞）方面立論，發言最多並且談得最精彩、最深刻的一家。《莊子》學說的核心思想，頗與晚出的禪學有通契處，以此作為思想主軸來談論書道美學，可謂知要。同時，姜先生又長年旅居海外，對於西方藝術思潮及流派的來龍去脈，知之甚詳。能夠隨時參酌西方現代藝術理念，用來觀照這一門古老傳統的中國藝術，故其立論既能「放眼古今，觀其要略」，又能「深入核心，探本追源」。姜先生說得好：「若離開中國文化背景，離開藝術創造的根源去討論書法，便無法抓住書法創作中的大問題。」姜先生所真正關懷的，並不僅是書道界，還包括整個文化藝術界，乃至整個人類心靈慧命的發露與展現。關於這一點，細心的讀者，自能在他文章的字裡行間體會、印證得到。

姜先生本身既是學者，又是水墨畫家，具有相當豐富的創作經驗；近年也從事書藝創作，頗饒別趣，能新人耳目。以他這樣的學術研究與藝術體驗的雙重背景，再加上他個人對於生命的獨特感悟能力，所採取的「隨緣」點化式寫作形態，也迥異於一般正經八百的高頭講章式論文，讓人讀來倍覺親切，很能引人入勝。誠如大陸學者葉秀山所言，美學不是教你如何去創作的，它是教你去「理解」藝術的。姜先生的這些言論，不僅對於書藝創作風氣近乎僵滯的臺灣書壇，具有振聾發聵的提撕功能，即使是一般文化藝術界人士，對於這門古老藝術的理解，無疑也將因此而起到一種撥雲見日，豁人心目的啟迪作用。

書法是一門很獨特的藝術，在西方美術史中，找不到它的直接參照系。也不知是否因為如此，在臺灣幾乎沒有什麼書法藝術評論；偶爾看到幾篇比較有水平的論述文字，雖也有其精彩處，又往往只偏重在藝術「形式」的表詮或相關文獻的考據上，很少兼能觸及到書法藝術表現的內在生命之本質，讀後多少總有一種沒說進去，搔不著癢處的惆悵感。跟我們心目中的書法藝術評論之理想，還有一段距離。至於某些不辨皂白的吹捧，或過激情緒的語言，缺少學術探討的真誠文字，所謂自鄶以下，也就無足深論。事實上，真正的藝術評論並不好寫，因為除了要具備從事藝術理論建構者不可缺少的「才」、「學」與「識」之外，還需要有相當的良知照察與道德勇氣。否則，即使實有所見，也將因為瞻顧太多而趑趄不前，在真理面前有所閃躲，這跟無此「眼目」何異？所謂膽識，對於一個心理發展正常的人而言，「識」是因，「膽」是果；「膽」之不足，只緣「識」之不真。只要見得事理真切，義所當為，則「雖千萬人吾往矣」，還有什麼好顧忌的呢？所謂計利則忘義，人一旦顧慮太多，畏首畏尾，便已缺少那種直覺的真誠之心，落入虛矯，而失去人之所以為人的尊嚴了。

姜先生在書中曾對「後現代」有所指陳闡釋，均極深切。根據我個人的觀察與理解，所謂「後現代」，說穿了，就是良知判準的取消，功利取向勝過一切。倘若這個說法可以成立，那麼，臺灣當前社會確實是非常「後現代」的。這種普遍對良知真理的漠視與忽忘，是很令人憂心的事。一般世情如此，尚有可原，而從事藝術創作與學術研究，以追求並體現真理為鵠的的人也不免如此，那就真要教人哀嘆了。因此，能夠讀到像姜先生這樣既有深刻的文化意識，又能一秉其學術良知，直抒所見，無稍逃隱的論述文字，內心真有一種說不出的喜悅。儘管書中的部分別裁獨見，我們也未必全皆贊同，但這並無損於他這本書的價值。唐代書論家張懷瓘就說：「若與諸子雷同，則何煩有論？」學術貴在討論，倘若大家都能秉持研究學術之真誠，共同參與探討，則真理將因眾人平情的論辯而愈加彰明，我們衷心期待著百家爭鳴的繁榮景象之早日來臨。

（姜一涵，《書道美學隨緣談》序，國立臺灣藝術館出版，一九九七年六月）

書藝求索的雙重困境

——《游國慶書法選集》序

二十世紀初葉，由於西方現代科技文明的大量湧入，我們整個社會結構與傳統文化生態都受到嚴重的衝擊，作為中華文化「核心中的核心」（熊秉明先生語），以漢字書寫為表現形式的書法，自然也無法倖免。首先是西式硬筆書寫工具的引進，繼而是打字機與電腦之普及，數千年來文人學士賴以展現文采風流的毛筆之實用功能被「罷黜」了，將原本是傳統士大夫共同必修的游藝項目，暗中轉化成為現代知識分子可有可無的業餘愛好。

身為現代的學書者，無可迴避的都要面對著兩重困境：一是樹立自家風格；一是從傳統向現代之轉換。前一困境是古往今來所有書家共同要面臨的。不管是任何時代的哪位書家，都必須先深入前人所闢建的一座座高峰中，去瀏覽揣摩一番，待究明其所以然之後，方有可能別行闢建屬於他自己的另一座高峰。後一困境則是現代書家所獨有的。古代書家要入古出古，以開新境，面對的泰半屬於同質性的中華文化體系，無論就創作方法或作品形式上說，多處在一種相對穩定的態勢下發展，其相承的成分居多。然而到了今天，我們除了要應付這些與傳統式創作的有關諸問題外，還要面對一個由異質性的西方文化之強勢介入，外在客觀環境的激盪與變革性需求，倍蓰於往時。

然而，這兩種困境也並非可以截然割裂開來，它們彼此之間又是一而二，二而一的。比如我們在書法發展的長河中，也看到不少創作意識強烈的書家之傑作，雖屬傳統作品，而其表現形式卻體現了十足的現代精神，從這個角度上看，傳統作品也自有其不可磨滅或忽易之處。相對的，欲求由傳統向現代轉換的順利成功，又往往取決於創作者對傳統的理解與把握之深刻程度。作品形式儘管千般不同，有關創作的理則往往互相通契。它們既可以分開來個別討論，個別實踐，又似可以會通而為一。誰能夠在面對第一重困境時，以超人的敏悟與才情，用最少的心力，掌握傳統筆墨造形中的一切原理與技巧，快速通過此重困境之考驗，直接切入第二重困境之嘗試與實驗，誰便能夠在現代書壇上展現新猷。

書法的創作，要求的是瞬間一次性的完成，時間性格很強，基本不許塗改，或描補，確是一門帶有高難度技巧性的藝術。這些技巧法度的體會與把握固然不易，但只要依照一定的要領，循序持恆練習，要掌握它也並非什麼了不得的難事。不過，這些技法之操練，充其量也只能對作品外在形式表現之精能有所助益而已。欲求內在蘊涵之深刻、豐富，乃至於境界之高華、超逸，單憑技巧之磨練是遠遠不夠的，除了在人情物理上虛心涵泳體悟之外，還須在創作理念與人文學養上多所著力才行，這卻有賴學書者平日讀書的涵養工夫了。書畫是雅道，書法界真正需要的是這兩者兼備的人，可惜的是，務於此者，常忽於彼；而不少在文學或學術領域中卓有成就，已然具足相當藝術內涵的學人，卻又往往志不在此。雖說都是美中不足，但兩者相較，只喜歡拿毛筆而對書本不感興趣的人，要他去讀書是極為艱難的事。而要讓一個雅好讀書的人去學習書寫的有關技巧，卻相對簡易得多。大書家黨國元老于右任先生曾說：「寫字是讀書人的事，書讀得好而字寫不好者有之，斷沒有不讀書而能把字寫好的。」書法是文人的武功，而且是輕功中的輕功，其最高境界是「意到筆隨」，與內在主體心靈最為近密。因而隨緣常勸一些學界與文藝界的朋友提筆練字，不僅可以為自己開啟另一片情思的表現天空，而且一定很快會有好的成果，但大多數人似乎都對我所說的「簡易」二字信不過。實際上，書法寫不好，主要是平日未接觸毛筆或接觸太少的原故；之所以會如此缺乏信心，恐怕是早年被一些三家村的學究所唬壞了的結果。看來我們過去幾十年的書法教育是徹底失敗了，竟然讓國人對毛筆產生如此大的恐懼感！相對於此，國慶君對於書法的好之樂之，無疑的是幸運多了！

國慶君自少小見其尊翁書寫擘窠大字，便不由自主地喜歡上毛筆書法。初、高中階段受教於周添文先生，在楷、隸書方面紮下一定的基礎。大學讀的又是中文系，深受中央大學洪惟助先生之啟迪。一九九一年夏間，以《戰國古璽文字研究》論文獲得中央大學中文研究所碩士學位。三年後，復考取輔仁大學博士班，繼續其古文字之學術鑽研。厥後並任職於故宮博物院，得能經常坐對先賢寶墨，眼明心開，自是不在話下。一路走來，除了讀書就學以外，前後也曾幾度改易服務單位，唯公餘仍以古文字與書法為其研究重點。暇亦多方參學，廣事搜討，頗得黃群英、王靜芝、張十之（隆延）、張清治等諸先生之指點，勤學好問，可以稱得上是讀書與學書兩相兼顧了。

前月，國慶君應邀假陽明山國家公園遊客中心舉辦他平生首度書法個展，為期一個月，頗獲佳評。令我印象深刻的是，他的各式作品，選句都極典雅；偶見一些書寫的自撰聯語，極工穩貼切；有不少作品的邊跋文字，也極精鍊且饒有意趣，這些都是他平日善於讀書的心得語。當然，從作品中關於墨色、結體造形與章法布局的書寫表現，以至用紙、裝裱上有關作品形式之講究，在在展現他力求新變的創作企圖；其中如〈奔雷〉、〈趁風濤〉、〈墨分五彩〉等諸作，都跟一般傳統形式之作品拉開了距離，展現了一定的現代感。

這回展出作品中，以先秦古文字及新出土的簡牘帛書等墨跡文字資料之利用所占比例為最重，主要是因為這類文字資料正好跟他在碩、博士班的研究主題密切相關的原故。相較於前此的古人，這些近百年甚至近數十年來才大量出土的文字資料，何異是上天對於這個時代的學書者之一大恩賜！然而，要能在實際書法創作上承受此一特別恩典，沒有相當的六書常識與古文字素養的人，單憑幾本錯誤百出的工具書，恐怕也難真正消受得了。書法創作的途徑多方，時至今日，以古文字或簡帛資料作為素材的創作進路，仍然存在極大的開展空間，國慶君無疑是此中極少數有能耐參與逐鹿的一員健將了！

在此必須懇切指出的是，儘管國慶君的作品已有具體而微的自家面目，也呈現了幾分現代感，由於他的取資廣博，相對於一門深入的專精式學習進路，在個人風格之樹立上不免會稍顯遲緩。

當然，對於一個胸懷遠大的學書者而言，這些問題都在預想之中，故不僅不成其為煩惱，甚至早已轉化成一種坦然乃至歡喜之承擔了。我們從國慶君資性之穎悟與為學之勤劬看來，在目前廣博的基礎上，倘能稍事揫斂，力求其篤實深化，並由博返約，相信不久的將來，必能漸次在這一書藝樂土上，開拓出一片朗麗的天空！

（《游國慶書法選集》序，一九九九年十月）

剛健含婀娜

——我看洛夫的書法

一九九九年的初冬，詩人洛夫應探索文化出版社之邀，曾以毛筆抄寫他被評選為「臺灣文學經典」的詩集《魔歌》。書出後，洛陽一時為之紙貴。一年半後的今天，他再接再厲推出這本《雪樓詩稿》書藝集。詩與書法的結合，是這兩本集子的共同特色。

書法與詩，同樣都以漢語的書面符號——漢字作為表現媒材，不同的是，詩歌憑藉漢字的「音與義」，書法則憑藉漢字的「形」。正由於二者之間存在這樣近密的文化血緣關係，再加上詩中所含具的精鍊語言特色，故詩作向來是書家創作時的選材大宗。在洛夫的第二本書法集裡，也呈現了這個歷史特質。

《雪樓詩稿》分成「古典詩文」與「現代詩文」兩個部分，這或許只是詩人一時權變的分法，卻也正凸顯出一個事實：書寫的文字內容，仍是作者關注的重點所在。儘管文學性的題材內容與藝術性的書法表現，分屬於截然不同的兩個範疇，倘若兩者結合得宜，對於賞會效果，無疑具有正面的加乘作用。平常我們觀賞一本書法集，從作品的書寫內容，也大致可以看出該書家的人文素養之一斑。而詩人揮毫作書，取材特重詩文，更是天經地義的事。

《雪樓詩稿》後半部的「現代詩文」部分，全係洛夫自書己作，其中包括整首的現代詩篇或詩中警句，也有他的自撰聯語。如「秋深時，伊曾託染霜的落葉寄意；春醒後，我將以融雪的速度奔回」的對聯作品，音韻鏗鏘，意象鮮活；復以遒麗矯健的筆勢出之，真不愧是現代白話詩聯的上乘書作。又如「雲擁千嶺雪，花吐一溪煙」一聯，是今年暮春在溫哥華即景撰就的，興象高華，雖說是現代詩文，即使置之唐詩聯句叢中，諒也不易被人察覺。雄渾典麗的主文，配以一氣飄灑、錯落有致的邊跋，構成一幅珠玉跳擲、芳華繽紛的動人畫面。詩句中的鮮明意象，跟書法中由飛舞的點線所暗示形成之躍動意象相互交融，給人以一種等比生發的心靈感悟和享受。至於前半部的「古典詩文」卷，則似乎有意跳開其作為現代詩人的印象角色，而純粹以一個書法家身分所進行的創作之結集，其分量比重遠超過「現代詩文」卷的兩倍以上，看來倒有幾分想跟一般專業書家一較短長的味道。

平情而論，即使撇開這後半部詩人本身專屬的「現代詩文」卷不計，而單就這「古典詩文」卷部分來看，其書作骨健神清，意氣風發，文人雅逸的氣質濃厚，絕對禁得起書法的專業檢驗。取與當前書壇專業書家的集子並置一處，不僅絲毫不覺遜色，並且格調還頗出群，別具一種難以名狀的味外之味。從中不難窺出洛夫在鍾情並勤研書藝二十年後，滿懷歡悅的自得心境及其強烈的表現意圖。在這裡，書法已然由原本的「副業休閒」角色，躍升而為其「本業」現代詩之外的另一個新的生命重心，書法的主體性在此已充分體現無遺。

洛夫在中國式現代詩的長期求索過程中，詩的語言不斷翻新，詩的風格不斷蛻變。他以那豐碩而多彩的創作成果，雄辯地見證了整個現代詩體之發展與完成，其成就有目共睹。中年以後，因著某種偶然的機緣，有鑑於書法的表現形式雖極為單純（只是線條與空白的對比分割），而表現內涵卻無比豐富；被書法中所展現的「生機」、「靈氣」和「無言的禪意」所觸動，而決心縱身墨海。此中的轉進，既有盈科而前的不得不然，似乎也凸顯出洛夫「空故納萬境」，勇於歸零而獲新生，勇於嘗試開拓新領域的強毅生命特質。詩人頂門上別具隻眼，洛夫之投入書藝研習創作，無異為當代書壇增加了一員健將。

洛夫的書法雄傑豪邁，跟他本人一樣，都有幾分「南人北相」的特點。這固然跟他師承磊翁謝宗安先生的碑路書風不無關係，但真正的關鍵因素，恐怕還是他那內在生命中本具的一股剛健鬱勃之氣的自然映現，一切師法充其量也只是一個媒介催化作用的機緣罷了。至於他由顏魯公楷書轉而臨習漢、魏、六朝碑刻，更進而臨寫王羲之〈聖教序〉與懷素〈自敘帖〉等，在筆力沉雄的碑路書法基礎上，益之以帖路婉轉飛動的行草筆勢，吸納了碑帖中的諸多有利質素，故其作品無不血脈暢旺，韻格高古，頗有蘇東坡所謂「剛健含婀娜」的意趣。這些都是書家在臨池學習過程中，依照自己性情所近，不斷開發探索，不斷去蕪存菁，不斷融攝轉化的結果，故其個人書風日益鮮明，在當代書壇獨樹一格，早已不是任何師法之所能範限的了。

值得一述的是，洛夫在書藝中所體現的現代觸覺，如在後半部「現代詩文」書法卷中，他一

莫洛夫作　2001

雲擁千嶺雪，花吐一溪煙。

這是洛夫旅居加拿大時自撰自書的聯語。落款題云：「既降雪，又開花，季節似有錯亂。但此聯之意象，確為溫哥華三、四月間之眼前實景，非為製聯而硬加拼湊也。」此作體兼行草，渾勁飄逸，心手相師，體態婀娜而自在。

方面跳脫了詩集形式的單純抄寫，一方面又保存了現代詩的書法意象加工之美化功能。由於現代詩段落與句式參差錯落的特點，在視覺上已跟傳統書法作品形式拉開了距離，讓人耳目一新。

此外，墨色層次的講究，也是洛夫所關注的焦點之一。墨色關乎作品氣韻的表現，傳統書法創作，幾乎都偏重線條點畫的用筆，較少在水、墨交融的濃、淡、乾、濕等層次上留意，這是長期而普遍被忽視的一環。洛夫在用墨方面的嘗試性表現，無疑大大強化了作品氣韻上的氤氳效果。像「落花無言，人淡如菊」這件作品，先以濃墨書寫上句，再將毛筆洗淨，另以淡墨就著寫成的「落花無言」字跡之上，重疊地書寫了下句，造成畫面上一種縱深的幻象立體效果，頗與先師王壯為先生的「亂影書」有同工之妙。所不同的是，壯為師係以同樣的文句，分別運用各種不同的墨色重疊且重複著書寫；而洛夫則是用不同的文句來重疊書寫。這些，在在足以看出他對於書法的現代表現可能之藝術嘗試與創作企圖。

近代美學家朱光潛曾說：「凡是藝術家，須有一半是詩人，一半是匠人。」筆者以為這樣的說法並不周延，還稱不上是理想的藝術家。一個理想的藝術家，必須同時兼具三種角色：匠人、詩人與哲人。「匠人」著眼於法度技巧的錘鍊，「詩人」重在情感趣味的涵泳，而「哲人」則指向人格生命本質意義的關注，重在對於道之體悟與把握。

「詩人」與「哲人」的感性與慧悟，雖多源於先天之稟賦，卻也有賴於人為之實踐方得顯揚；至於「匠人」的部分，雖不能離開理性的知識思惟作用，主要仍多倚賴後天之勤習力行而獲致。

一旦展現為藝術作品時，「詩人」與「哲人」的角色功能是作品的內涵，側重的是觀念理境；「匠人」的角色功能則是作品的形式，側重的是格律與技法表現。不論是何種藝術，「匠人」的本領，都是該門類藝術專業規範的基本要求，依其本領之高下，可以界定一個人對於這門藝術是內行或是外行。有了「匠人」的本事，若缺乏「詩人」的氣質，作品便顯得瑣屑庸凡而少情趣；若缺乏「哲人」的思想，作品即使有法度，有情趣，卻極易流於淺薄，絕難產生意境深遠的動人作品。當然，若缺少了「匠人」的本事，任你有再深刻的生命體驗，再高妙的思想觀念，再豐饒的情感趣味，也都無從表現。因此，評斷一件作品，不應只在該作品花費工夫的量之多少——即「匠人」的外在形式上措意，同時還應在其工夫本身的質之高下——即「詩人」與「哲人」的內在蘊涵上考量。不如此理會，便無法明白所謂書法家與一般寫手的差異，也絕難理解藝術家真正可貴之所在了。

洛夫之於書法，常自謙晚學。其實，晚學比起久習，稍感吃虧的，也只是在初入門階段，作為書家必要條件的「匠人」部分之專業技巧稍感不足罷了。就洛夫來說，在作為書家充分條件而為一般書家較難臻達的「詩人」與「哲人」兩個部分，則由於他在現實人生豐富而曲折的歷練，以及他在現代詩壇的創作實踐與理論建構之長期浸淫，已甚具足。更何況他一開始便有緣獲得書壇耆宿磊翁先生之指點，少走了不少冤枉路，又已積有二十年精勤工夫之紮實功底，故起步雖晚，而進境卻極神速。《圓覺經》上說：「不重久習，不輕初學。」願行之勇猛與否，以及慧悟之深淺，才真正是學習成敗的關鍵所在啊！

洛夫在他的第一本書法詩集自序中，對於他把詩集以行草書寫出版的藝術實驗，自況為「以最古老最傳統的藝術形式，來表現最前衛最現代的詩歌內容。」又說：「表面上看來，這絕對是矛盾的，但矛盾的極致是否可以轉化為一種新的和諧？當然，對此我是有所期待的。」在這裡，似乎也隱約透露了洛夫對於傳統書法未來發展錯綜糾葛的焦慮與關懷之情。

「身為現代人，要寫現代詩。」這是數十年前，洛夫在現代詩之實驗探索上所拈提出來的口號。今天的書法界，又何嘗沒有「身為現代人，要寫現代書法」的同樣強烈警悟呢？近年來，我們在國內結合一些有心人士，正在大力推展「傳統與實驗」的書法革新運動。現代性實驗書法的主要宗旨之一，在於設法剔除傳統書法中的「非藝術」因素，削弱書寫內容的閱讀性，而強化其在視覺上的觀賞性；提煉出傳統書法創作中的重要基元，而直接切入純粹藝術面的審美追求，探索傳統書法向現代轉換之種種可能。這跟洛夫當年在現代詩上的探索精神實相通契。當然，書法界的蹣跚，相較於其他各種有西方模式足資參照的藝術門類而言，自不無「乃覺三十里」之憾。不過，藝術文化的發展，與人生際遇一樣，各有其相應的時節因緣，只要起步，便永不嫌晚。但能知恥知病，急起直追，焉知來者之必不如今呢？更何況任何新變，都離不開母體之成全，倘能善於轉化，傳統的堅實筆墨基礎，不也正是現代實驗性書法成功開新的最大保證嗎？

今後，這位具有強烈的主體自覺意識與自我批判精神的詩壇老將，一旦挾其豐富的奮鬥經驗，以其「豹變」的開拓性格，大力投入現代實驗性書法之創作，誰敢說在不久的將來，洛夫不會像他在現代詩中由原本的「樂詩不疲」轉為「玩詩不恭」一樣，施展其慣長的「魔」法，也從目前的「樂書不疲」快速轉進「玩書不恭」的「所向無空闊」境地呢？屆時，不僅能替未來書法的「新傳統」之開創作見證，同時，洛夫的詩與書法，也將因此由原本在表現形式層面上的「矛盾」結合，而自然進入到精神內涵層次上的「和諧」融契。

今天，書法界所面臨的，是一場既富於嚴峻挑戰又屬於千載難逢的創作難關，「洛夫模式」學書的成功，正象徵著書法未來的新希望。

（《聯合副刊》，二〇〇一年十月二十一—二十三日）

自得天機自長成

——從「朱秀櫻」到「釋如撿」

認識「朱秀櫻」其人，是二十年前的事；而認識「釋如撿」，則是最近幾個月來的事。

朱秀櫻的少小時期，經常三餐不繼，家境極貧寒。首屆義務教育的國中畢業後，家人無力供她就學。為了不願讓自己的青春生命，就這樣埋沒在鄉下女工的生涯裡，她懇求母親讓她獨自到臺北闖天下。拗不過女兒的堅定決心，母親終於將身邊僅有的三百元全數塞給了她，並勉勵她無論如何要好好為自己爭一口氣。這筆錢可是大兒子方才寄到，準備給老人家當藥資的啊！從此，朱秀櫻展開了曲折艱苦的求學歷程。對於一個十來歲的鄉下女孩而言，只此「不甘自埋沒」，其慧悟實已初見兆端。

由復興美工夜間部補校到國立藝專日間部國畫組，朱秀櫻過的始終是半工半讀的生活。這期間，她當過送報生，也當過家教，更到自助餐廳幫人家洗過碗盤。雖然無法做一個全職的學生，但藝專畢業時，她還是拿到篆刻及書法第一名的亮麗成績。外在既無任何金錢支援，每學期有限的獎學金，也成了她的重要經濟支柱。就在這動心忍性的心志淬煉中，嚐盡了人間的辛酸與冷暖，度過了她那徹骨寒冬的學生生涯。

藝專一年級時，曾經為了照顧母病而休學一年，眼看著母親長期與病魔纏鬥，終至於亡故；加上後來她胞妹的往生，都讓她對生命的無常，有了比常人更加悲切的感發。藝專畢業後，為了自力更生，她曾在臺北市三元街開班教授書畫，並兼賣印為生，我們就是在這個時候認識的。二十年前的「朱秀櫻」，給我的印象是性情爽朗，言語真率，勇敢果決又肯吃苦，志趣不凡。當年筆者在臺中師專畢業後，也是單槍匹馬，舉目無親的來臺北闖蕩，或許由於「同是天涯淪落人」之故，這樣一位「正精進」的朱秀櫻，其刻苦自勵，不屈不撓的堅毅生命，是令我感動的。「雨後山中蔓草榮，沿溪漫谷可憐生。尋常豈藉栽培力，自得天機自長成。」每當憶起「朱秀櫻」其人，便讓我想起先賢杜審言的這首詩。

記得當時她不但印章刻得好，價格也便宜，我曾經介紹不少前來寒齋就學的學員向她求刻。後來，只知道她搬到臺中去開設「廣石齋」。又後來，聽說她出家了，其他情形則略無所悉。彼此各忙各的，有好長一段時間失去了聯絡。然而，由於二十年前她為我刻製的一方姓名章，是我極喜歡的少數用印之一。這一方印章雄厚樸茂、機趣盎然，氣象開闊，渾然天成，根本不像是出自一位妙齡女子之手。這種獨特的印格，即使在名家如林的當代印壇中，也是難得一見的，故每回鈐蓋時，都會不自覺地感佩懷念起她來。

今年春間，故宮博物院為壯為師的捐獻作品舉辦特展時，遇到李國揚君，聽他說已聞有「朱秀櫻」（當時尚不詳其法號）消息，我還特地請李君有便代為轉達懷念之意，或代為訪查其通訊處。

幾個月後的某一天，我突然接到一份由陌生地址捎來的掛號郵件，署名「釋如撿」。啟封之後，內有一巨冊的書、畫、篆刻作品照片，冊中並穿插有一篇篇的詮釋文字。才一照面，便覺似曾相識；待讀過所附長函，方知是朱秀櫻在出家封筆封刀的八年後，假借刀筆以寫心境的初步成果。為了紀念及警策自己，擬在近期舉辦「朱秀櫻出家十年感恩書畫篆刻展」，並將編成專輯，希望我能為她寫一篇序文。筆者一向口快，既不願說些違心之論，也未必能道出幾句中人聽的話；兼以不擅作文，缺乏倚馬可待的文才，故每寫文章，多至「出則忽忽，入則靡至」，往往因而引致家人的抱怨。自忖既不合替人作序，實在也怕為人寫序。然而，對於「朱秀櫻」其人其藝，總覺得親切有味，有好些話要說，義不容辭，更何況她已是「如撿法師」，即使她不開口，我若知情，也會主動想寫幾句的。

觀賞其作品，只覺較昔沉靜老練，又富於空靈的禪趣。且所描繪及書刻之題材內容，幾乎都與佛法相關，又讀其所撰習藝與學佛心得語，字字句句，無不從其心坎中流出。如雲行水流，自在宣說；信手拈來，無非妙法音，令人歡喜信受。然心中不免暗自驚詫：這哪是曩日的「朱秀櫻」所能道得出來？離別才幾多時，而識度轉變如此之大，委實令人納悶。待讀到冊中〈如來有大力〉一文，欣知其精進修習多年的「白骨觀」，就在「九二一」之夜晚，大地震來

如來有大力　如撿法師作

此作運刀如筆，離方遁圓，渾然天成。

臨前觀成，因定而發慧。在歡喜讚嘆之餘，我方才明白，這一切畢竟不是偶然。

後來，有緣會面，觀其舉止安詳，言語柔和，顏色潤澤，一臉慈悲歡喜相，氣象頗不平凡。跟二十年前所見，印象中略帶粗獷野氣的朱秀櫻，前後判若兩人，信乎佛法妙難思啊！過去，嘗聞南師懷瑾先生說：「修行佛法若果得力，色身無不轉化者。」所謂相由心生，我常持此以自檢驗。今見如撿法師之法相莊嚴，正是其修行得力之最佳寫照。同時，也充分印證了筆者在觀賞其書、畫、篆刻作品，及誦讀其文章時所得之感受，不覺為佛門增一真修實證之未來龍象而衷心歡慶！

如撿師在出家之前的書、畫、篆刻研習過程，除了受到學校師長們的薰陶指導外，篆刻方面受到王師北岳及梁乃予兩先生的裁成獨多。至於書法與繪畫方面，受到入迂本慧法師（俗名任博悟）用羊毫寫字作畫的啟示，影響極大，這使得她那質朴矯健，蒼茫鬱勃的內在生命之律動，找到了可以如實宣寫的管道。故其作品渾淪豪宕，金石氣息濃厚，也難怪早年朱玖瑩老師看到她在臺南展出的各類作品時，會發出「女中丈夫」之喟嘆。

當然，「從門入者，不是家珍」，再高明的老師，也給不出你內在心性中本來沒有的東西。「不憤不啟，不悱不發」，這是聖人的真實語，受教者唯在自我憤悱，而施教者則唯在啟之發之而已。故所有的師法，都只是一種機緣，只是一種方便，猶如渡河時不能沒有舟船一般。之所以需要它，為的是要早日登上彼岸，完成自我；一旦到岸，便須離船。蘇東坡說：「學即不是，不學亦不可。」此中別有真意，須要辯證地加以體取。鄭板橋所謂「十分學七要拋三，各有靈苗各自探」，出家前的朱秀櫻，早已深領此意，究竟如何方能活出自家本色來？這是她常自反省與思維的。她似乎強烈警覺到，有師之智非真智，必得因此更加進步，從自家靈源深處，開出人人本自具足的「無師智」，方為究竟。正因為有了這樣的一層體悟，出家後的「如撿法師」才會斬決地棄藝從道，心甘情願地走上老實修證之路。

在相談之下，方知她在善德禪院從真本法師剃度前，也曾多方參學，受到諸多大善知識的點化與指引，在修行上少走了許多冤枉路。經惟俊法師介紹，得依止南普陀寺方丈廣化老和尚為戒和尚，並賜法名為「如撿」，期勉她向中土第一位比丘尼「淨撿」看齊。出家後，又在美國法雲禪學院從妙境長老習得二甘露門，覺甚相應。因即決定以數息觀與不淨觀（白骨觀）作為修行重點，止、觀並進。有感於大道場的作息，在時間安排分割上，對自己選定專修的行門恐多不便，為了剋期取證，不負初衷，乃決定走住茅蓬的專修路。這期間，她解、行並重，除了固定修習上述的止觀法門外，在教理方面，受到印順長老《妙雲集》的中觀思想之影響很大。在禪學思路與修行步驟上，因閱讀聖嚴上人《禪與悟》等著作，也獲得不少啟益；日用之間，動靜語默體安然，頗有幾分「默照禪」的味道，可以說是聖嚴上人的私淑弟子。最後，在同道善知識如誠法師的全力護持下，嚴守戒律，專心辦道，終有所成。

當然，此中有一個重要關捩，即南普陀寺律宗名宿廣化老和尚對她的一番教誡：「聽汝出家，但須六年學戒，不許世間技藝。」好一個眼明手快的鉗錘師啊！所謂「為道日損」，吾人若不能在妄想情識上大死一番，自性清淨心便絕難有全體發露之可能。為了成就其法身慧命，如撿師敬謹遵守了老和尚的教誡，竟然真個全皆放下，與跟她數十年日夕相親的刀、筆、紙、硯，說斷就斷。其慧力之大，道心之堅，誠非常流可及。這一切，都不外是因緣生法，如撿師也只是隨緣而行，歡喜隨緣而已。

劉熙載說：「筆性墨情，皆以其人之性情為本。是則理性情者，書之首務也。」其實，豈止是書藝，其他藝術，乃至世間一切有為諸法，無不皆然。倘若不能在自家性靈器識上澡雪涵養，而只是一味在才藝上逞能求勝，終必使得才藝與生命劃作兩截，追求從事愈力，其違離生命的本真也愈遠，則才華藝事上的成就，反而容易成為其人迷失墮落的階梯。就此一視點上看，如撿法師以道業器識為重的生命進路，對於從事藝術工作的朋友而言，應具有一定的警策作用。

特別是這本冊子裡頭所附的文章，全是如撿師真修實證，中得心源，在定慧等持的觀照下，面對二六時中的生活種切，所抒發出來的如實感悟語。其中洋溢著當機點化的禪機，提示我們於日用中，要能廣隨智慧行，不隨煩惱行，安住所緣境，「從禪出教」，這些正知正見，不僅對於書、畫、篆刻等藝術的愛好者有益，甚至對於有心修學佛法而不得要領的在家或出家眾，也應可從中獲得點撥與啟示。可謂字字珠璣，篇篇皆含妙諦；即便是吉光片羽，都值得大家珍惜視之。

如撿師以三十七歲出家，出家後則盡捨世間技藝，一依釋尊所教，勤修止觀梵行。與弘一大師三十九歲之捨藝出家，可以前後輝映。然而，為了接引度化眾生，弘一大師仍然選擇了書法，作為他與信眾結緣的主要資糧。他曾在其《李息翁臨古法書》自序中說：「夫耽樂書術，增長放逸，佛所深誡。然研習之者，能盡其美，以是書寫佛典，流傳於世，令眾生歡喜受持，自利利他，同趨佛道，非無益矣。」如撿法師素來景慕弘一大師之為人，今其在居俗因緣時會所習得的書法、繪畫與篆刻等技藝，不也正可作為她來日圓成願行，弘法利生的重要道糧嗎？上引的一段弘一大師之愷切開示，無疑給予如撿師對未來的弘法路以極大的信念。

如撿法師曾說：「『我』沒有能力『一切法不受』，只好法喜接受一切。」（〈說似一物即不中〉文中句）這是一句老實話，更是一句透脫語。其中蘊含著多少的慧悟與承擔，不是一般人隨便說得出口的。這豈僅是如撿師個人出家十年後「法喜做出家人」的最好「註腳」，其實也為世間一切眾生指出了面對順逆諸境時，解脫煩惱，成就菩提的無上妙法門。所謂「一切法皆是佛法」，書、畫、篆刻不離「一切法」，從事之者，但能明覺精察，自淨其意，實無一法堪捨，亦無一法可得。這又何嘗違離「佛法」呢？所謂「正人用邪法，邪法亦成正；邪人用正法，正法亦成邪」，法本身原無邪正可言，而人心自有等差。只要誦讀如撿師所撰〈佛法與書法〉一文，自可明其見地。筆者深信，以如撿師一向之明覺與精勤，必能善加護念，刻刻不忘其出家的菩提初心，稱法以行。不僅不會因操刀筆而「增長放逸」，且更將以其「無緣大慈，同體大悲」之菩薩悲願，繼續以藝事作佛事，如法而寫，如法而畫，如法而刻，乃至如法而說，法喜充滿，廣度有情，同生極樂國土。

（釋如撿，《說似一物即不中》序，蕙風堂，二〇〇二年四月）

由傳統向現代轉換的思維與實踐

——為《黃智陽書法集》而寫

書法在中國傳衍了幾千年，作品的展現形式，也往往因為時代的發展而有所變革。唯其變革範圍大率不離中土，故每個時代多少均有其獨特的風格特色。因此，變革的要求，出於作家內在自發性的居多，受到外來因素影響的較少。近代以來，由於西方科技文明大量輸入中土，交通事業的迅捷便利，不僅本國資訊獲取容易，即東西方文化相互交流，相互衝擊，相互影響的力量，也不斷在增強擴大之中，生長在這個時代的藝術工作者，其創作活動，除了作家內在自發性的動力而外，來自於外在的無形激盪與需求，也相對倍蓰於往昔。正由於此，不管是走傳統開新，或是激進革新的路，取徑儘管不同，而求新求變的創作意圖，卻已隱然成為學書者共同努力的指標。

創變開新既是大家必須關注與面對的共同課題，目標雖甚明確，而想法與做法卻千差萬別。意識決定行動，創作理念的釐清，將是此中成敗利鈍的重要樞紐。近年來，有不少學者論述書藝時，都涉及「時代風格」與「個人風格」的命題。所謂「時代風格」，實際係就各該時代眾多個人風格殊異的藝術創作中所抽繹概括出來的共同趨向與特色。一個藝術家若缺乏「個人風格」，便不足以與言「時代風格」。再說，藝術家的個人風格，原也是自前此的時代風格中提取生發出來的，其中有繼承，也有新創。倘無新創，便談不上個人風格；而如果沒有繼承，就難以開發出真正可大可久的個人風格來。

以上所論，實已觸及傳統與現代的轉換問題，這是古往今來所有藝術工作者所無法迴避的，也是當前書法界所面臨的一大嚴峻考驗。如前所及，繼承原是開新的必要條件，甚且可以這麼說，一個書家創變開新的高度與深度，實與其對於傳統繼承體悟的深度成正比。但所謂「繼承」，充其量也不過是一種借鑑作用而已。任何藝術創新上的借鑑，只能是前（他）人有關藝術神理的啟示，絕不能只是現成程式的依樣套用。由於書法藝術係以漢文字作為表現媒材，不以現實客觀物象為描摹對象的獨特性，並且在西方藝術史上，缺乏可資借鑑的直接參照系，再加上它本身長期在中國地區幾近於封閉式的發展，使得這門藝術在與現代接軌的轉換試煉中，方向顯得特別迷離，腳步也顯得特別蹣跚。書法處此境況，究竟是危機或是轉機，其間關鍵，仍操在這一代的國人手中，尚待大家共同來思考探索。

智陽君資性穎悟，敦篤善良，自從染翰學書以後，虛己以進，轉益多師，走的是傳統創新的路子。長期以來，博采諸家，廣泛研習各體。並曾從事繪畫創作，多方涉獵現代西方美學思想。意在博通，不以一曲為已足。不僅在傳統碑帖的研習中，深入契悟各種體勢的用筆精蘊，對於畫面的構思，也充分體現了他自家的才思與情趣。既有紮實的本質把握，更有深刻的形式思維，在他前此的學書歷程中，也常提出作品參加國內一些公開性展賽。相對於其他青年寫家，智陽君的得獎記錄，並不是那麼的烜赫。可是，他始終忠實於自己的創作，對於本身創作能力上達成長與否的關注，遠過於對評選結果名次得失之計較。

尤其難得的是，他所提出參賽的作品，明顯可以看出係以藝術性之考量為重的傾向。在目前國內書風普遍偏於保守的書壇生態下，實驗創發成分高的作品，其爭議性也相對為高。若純就功利目的說，拿這類作品應徵，肯定是要吃虧的。但我們從旁觀察，他似乎並不太在意這些。先賢有言：「志心道義者，功名不足以累其心；志心功名者，富貴不足以累其心。」我們也可仿此說一句：「志心創作者，名次得失不足以累其心。」正由於此，參加展賽成了他磨礪創作技能的媒介與手段，而非其目的。長年以來，智陽君也常至寒齋談道論藝，甚相洽契。深知其內心所關注的，無非是如何可以走出一條屬於自己的路子來。當前青年學書者不少，似智陽君這般具有一定的傳統功底，創作意識強烈，而又頭腦清楚，思想敏銳，腳步踏實，襟懷淡遠的，委實不多。像他這樣能對理想指標有所堅持，不以外在境緣的違順得失而遷轉的真懇情操，是很令人敬畏的。筆者曾經說過：「一個藝術學習者，愈早能夠突破展賽的範限，在創作的天地裡，便愈早能夠振翅高飛。」也因此，他的作品，就在不斷摸索實踐中，漸趨成熟，已然跳出傳統的舊框框，有了令人刮目相看的初步成果展現。揆其原由，固然跟他本身天賦與真誠努力有關，恐怕還跟他多年來致力於禪修，澄心靜慮的沉潛工夫漸深也密切相關。

藝術創作乃人類心靈生命的總合反映，倘若心靈不能凝定澄澈，對於生命的價值意義與方向，便不免昏瞶迷茫。事實上，禪修的實踐，主要在於返觀自照，收攝身心，進而強化心性的定靜工夫，以求「靜能生悟」，「因定發慧」，庶幾能將此有限的生命，做出最大功能之正面發揮。這不僅止是佛家修持的基礎，更是儒（定、靜、安、慮、得）、道（致虛極，守靜篤）兩家所共同強調的最起碼實踐工夫。可惜自五四運動以後，國人一味求變趨新，對於傳統文化棄若敝屣，而於儒、釋、道三家學術精義所在的有關生命之學問，更是嗤之以鼻，不屑聞問。其中況味，也只有「如人飲水，冷暖自知」了。

（《黃智陽書法集》序，二〇〇三年）

刀口上的生命進路

——悼念何謹居士

何謹兄往生後的第三個七日，摯友游祥洲兄夫人玫槐女士來電告知他因心肌梗塞離世的惡耗。在一陣驚愕之後，不覺悲痛了起來。像這麼一位才華洋溢，又深具悲天憫人胸懷的行者，正值壯年，就這樣匆匆撒手人寰，真是令人難以接受啊！一時間百感交集，不免讓人生起「斯人斯疾」的喟嘆。

猶記去年聖誕節後不久，經由祥洲兄的介紹，我和何謹兄夫婦在臺北首度碰面，他那安閒溫文的談吐舉止，豁達兼容的宗教情懷，以及夫人葉秋紅女士的秀慧賢淑，令我印象深刻。隔不幾天，我們又有緣再度相聚餐敘。雖說是新認識，彼此卻很投緣，無所不談，宛如多年老友一般。

何謹兄回大馬後不久，就寄來一本他所撰著的《大寶法王傳奇》，還前後在《福報》雜誌上發表了兩篇文章，以記因緣。在《大寶法王傳奇》書中，對於十七世大寶法王，從尋訪、認證到出走的整個傳奇過程，以及達賴喇嘛禪觀後給予認證的經過，都有翔實的記載。其中敘述到一九九〇年某日，泰錫度仁波切忽然「靈機一動」，想要打開身上長年佩戴而不疑有它的護身符。沒想到大家百覓不得的十六世法王遺書，赫然就包藏在這護身符內。時間點上，正與護身符內十六世法王遺書所記「藏曆鐵馬年打開」（即一九九〇年）出奇的吻合，教人對於日用之間的起心動念，更增一層警策。原來人類的生命不僅可以輪迴轉世投胎，修證工夫到家的行者，甚至還可以自由選擇所要投胎的父母、出生地，並決定自己的生肖（出生年分），這不能不令人感悟到佛法因緣不可思議的一面。

幾年前，筆者在埔里中臺禪寺禪修期間，有緣認識到當時年紀尚不及十歲的見蹥法師，親耳聽聞他上臺說法。見其法相莊嚴，舉止安詳，而口中所宣，字字句句，無不契機契理。其所示現的一切，跟他的實際年齡全不相稱，真是讓人既感愧又驚嘆。也曾親訪其已由臺北遷往埔里的俗家，見其生母，親聞她述說如何由於未出家前的見蹥師所示現的種種異象，舉家由原本信仰基督教而改信佛教的傳奇經過。因此對於文獻上有關「乘願再來」的說法，已經有了親身聞見的印證與肯認。

先前，我雖曾在報端看過十七世法王轉世被尋覓認證以及後來鬧雙胞的有關報導，但對於生命輪迴轉世的問題，仍有一些微細的疑惑橫梗胸中，未能釋懷。而在拜讀何誰兄所撰寫的這本《大寶法王傳奇》後，心中的疑雲一掃而空，從此對於佛家有關三世因果與六道輪轉之說，更加深信。除了書中所載都是作者根據實地訪問考察所得外，更重要的是，因為我有機緣結識此書的作者，深知他是一位質樸無華的讀書人，更是一位虔誠篤實的修行人。書中所述，皆有實據，與一般攙雜作者想像虛構的文藝小說迥然異趣。此書既能讓我解開對於輪迴轉世說認知上的最後一點迷惑，相信其他有緣閱讀此書者，也必然會有不少從中獲得啟示而受益，則何謹兄之護法功德無量。凡是對於自家身心性命有終極關懷者；對於「生從何處來，死往何處去」的千古大迷團有意一探究竟者；對於六道輪迴有所疑惑不解的朋友，都應一讀此書。

何謹兄！您辭卻大報社副刊主編職務，全心投入散發人生熱能的佛教《福報》雜誌而擔任總編輯，不分教派，廓然無私，大力歌頌人生的光明面，讓世人更加知道惜福造福；您不辭奔波之勞，廣事搜訪，潛心撰著《大寶法王傳奇》一書，讓多少人因而對於佛法去除了斷見，生起了正信。而今，該做的，您都盡心地做了，您的生命是放在刀口上的。由於您的存在，這個人間世變得更加光明，更加圓滿。謹合十祝願您早證菩提，誕登極樂，乘願再來。

（馬來西亞《福報·何謹紀念專輯》節刊，二〇〇三年十一月）

淬煉與蛻變

——畫者的真容

一

民國八十二年春，簡美育在臺北市立美術館辦完個展後不久，攜帶她的展覽專集來到寒齋，除了表明要跟筆者學書外，還希望我能為她的畫作提供一點改進意見。在大略翻閱了她的「紙上展」作品後，不覺眼睛為之一亮，對於她在工筆花鳥畫上所表現不同流俗的清雅高華之氣質，甚為感動。直覺她才氣超邁，潛力雄厚，且謙虛踏實，未來還有無窮的發展空間。儘管她已辦過兩場出色的個展，但缺乏足夠的自信心，對於未來也還有太多的矛盾與困惑。我除了勸她練習篆書，藉以強化線條的澀勁及表現力外，還建議她試行打坐禪修，藉以提升心靈士體自覺及反省照察能力，必先能擺平自己，才有可能不斷自我突破。對此，她大致都還認同。這是我對於簡美育其人其藝的首度認識與交流。

二

最近，簡美育又邀我去看她新近完成的畫作，對於她突飛猛進的畫藝，真是令人歡喜讚嘆。流連畫前，久久不忍離去。清朝詩人袁子才說：「選詩如選色，總覺動心難。」尤其當我靜心觀賞了〈油麻菜籽〉、〈竹雀圖〉與〈芙蕖圖〉等幾件畫幅較大的作品後，不只「動心」，簡直是震撼，跟我十二年前初次觀賞她的畫作時，有截然不同的感受。

〈油麻菜籽〉，是她第二次個展後的第一張設色畫，此畫是運用多年來幾次從日本寫生回來的上百件手稿圖精心結撰而成。她走出畫室，到田野去耐心觀察體驗，真實地感悟大自然的脈搏與生趣。讓人在才情與功底之外，也看到她的誠篤，更感受到一種生命的華滋、躍動與莊嚴。

至於〈竹雀圖〉，不只畫幅尺寸數倍擴大，氣勢也非常懾人。前此諸作，每一幅畫，表現的似乎都只是作者內在心靈的小角落。〈竹雀圖〉則在氣勢磅礴之外，兼有一種崇高磊落的氣象，堪稱是充實而有光輝。曾經有一位來自大陸的姜姓友人，在簡美育家看到這幅作品，一時忍不住竟然嚎啕大哭起來。問她原因，這才破涕為笑地回答說：「如此小女子，哪來的能量讓你畫出這麼氣勢磅礴的大畫來？」

值得注意的是，她在這幅畫中對於空氣和光線的極力描摹，使得畫面顯得更加靈動飄逸。在中國傳統繪畫中，光線與空氣一向是最被忽略的一環，也是最難表現的。它事實上是一種看不見，摸不著，但卻讓人可以清楚感受得到的節奏與氣韻。此種蘊藏在事物內部的節奏和韻律之美感，正是南朝謝赫在「六法」中提出的「氣韻生動」的具體內容。它不僅是東方繪畫的核心價值，更是古今中外所有藝術創作共同追求的精髓所在。

簡美育對於自然中的這種節律，不只善於捕捉，也善於傳達。為了強化光線的層次感與空氣的浮動感，她在整體畫面及墨彩之間，和以金泥，並逐層遞加，曲盡其致，直到自覺滿意為止，大有「畫不驚人死不休」之概。既宜於遠觀，又禁得起近看，真正達到了「致廣大而盡精微」的高妙境界。這原本是一種高難度的自我挑戰，但她成功的加以突破了。展現的正是她那超常的慧悟善巧，以及追求實現真理永不止息的頑強生命力。

儘管〈竹雀圖〉表現傑出，但畫中人為描摹痕跡還很明顯，而且所描繪的這個祥和靜謐之情境，宛如只有那雀群與竹林所能享有，任何其他生物置入其間，似乎都有些格格不入。兩相比較，我還是偏愛〈芙蕖圖〉。

〈芙蕖圖〉是簡美育花費三年時間完成的一件大作，尺幅及筆墨工夫雖與〈竹雀圖〉大致相若，而精神境界則又有了一番大的突破與超越。〈芙蕖圖〉的完成，頗有點「繁華落盡見真淳」的意味，已經由「充實而有光輝」轉進「大而化之」的化境了。這正是簡美育歷經修煉的證道成果，也是她全部藝術心靈的如實展現。此作舒捲自如，大開大合，擺脫了一切客觀理論和既有成法的羈縛，建立了個人獨特有效的表達詮釋方式。所有在場景中出現的角色，包括動、植、礦物，彼此之間互不妨礙，卻又息息相關，悠遊自適於「是法平等，無有高下」的無垠天地中，示現了自在解脫，究竟圓滿的華嚴妙境。

西哲有言：「沒有藝術，只有藝術家。」一切傑出的藝術作品，都是藝術家內在美感心靈的映現。沒有清明透脫的偉大心靈，怎可能會有清明透脫的偉大作品產生呢？「無不從此法界流，無不還歸此法界」，畫面上的一草一木，一蟲一魚，那晶瑩剔透的筆墨與色彩，全都是作者技法純熟，在摒絕外緣，心凝形釋的三昧境界下，由她那純粹淨化了的心源處汩汩變幻出來的。這已經超出一般「技」、「藝」工夫層次之表達，而升進到「道」的美感境界層次之朗現了。

藝術學習的歷程，與人間百千事業一樣，都是由「無」（未學之時，知識、技能全無）到「有」（含知識、方法與技能），由「有」到「萬有」（不斷增益累積的「有」），由「萬有」（一切存在）到「妙有」（不斷轉化而致神妙）的一個淬煉與蛻變的歷程。在心智的聰明和意志的堅持之外，還需要有性靈上致虛守靜的陶養鍛鍊工夫，才有可能讓那滿溢著哲理觀念與情感表現的作品，漸次轉「萬有」為「妙有」（神妙之存在），由「聰明相」進一步轉化為完全自由又有節制，圓滿自在的「解脫相」，幻變成神奇美妙的生命創化果實之「歡喜相」。

三

簡美育是天生的畫家，從孩兒時代，就喜歡塗塗抹抹。遠在就讀小學階段，所畫的畫，迥出同儕，因而常被老師誤會是找大人代筆的。高中畢業，不聽家人勸告，仍然忠於自己的選擇，投考臺灣藝術專科學校（即今臺灣藝術大學的前身）。為此，惹得家境曾是東部一時首富的乃父大為惱怒，認為她「太沒出息」，並未提供足夠的必要資助，使得她在學畫的路上，走得倍加艱辛與坎壈。

直到十年前她在臺北市立美術館辦過平生第二次個展後不久，才獲得父母諒解，唯此時家道也已中落。大概老人家看到這個倔強女兒的學畫志趣是如此的堅毅不拔，恐怕內心也難免要生起幾分敬畏之情。再說，她也已經做出一番可觀的業績，證明這個女兒當初一意孤行的堅持未必是錯的。這才回心轉意，開始按月匯款接濟她。

為了專心畫畫，簡美育沒有餘力下職場工作。她也曾結過婚，生過孩子，但婚後生活並不美滿，未蒙良人疼惜。從此閒雲野鶴，在愛情的路上始終踽踽涼涼。多少濃情蜜意，多少鬱悶辛酸，也唯有透過彩筆向著紙絹去傾訴，去抒發，去超越，去轉化。

她的財用雖不寬裕，只因視繪畫如生命，故只要是與繪畫有關的材料、畫具及裱褙等，均極講究，都要用最上等材質，為此往往所費不貲，令她經常處於經濟拮据困厄的邊緣。她原本就不善於處群，曾經半開玩笑地說：「有人的地方，真是麻煩！」財力的艱困，更加使得她害怕與人交往，讓她不得不從現實做出更加徹底的撤退，長期過著幾乎與世隔絕的日子。畫畫、寫字和讀書，是她每天的修習課程，也幾乎是她生活的全部。她對於時間異常珍惜，幾乎把每一天「都當生命的最後一天在過」，絲毫不敢懈怠。儘管如此，其實在她內心深處也並不孤獨，人際交往雖經大力壓縮，但以道義相挺的知音好友卻愈來愈多。他們無論國別、性別與職別，往往在獲知簡美育對繪畫如此癡狂的奉獻與投入之後，大受感動，常有發自內心的及時義助，卻又不致干擾她的清靜。她曾引史懷哲的話說：「當潮水退時，底層的東西會留在海灘上，而表面的東西會隨波逐流。」堅信耕耘者必有收穫。但當她面對旁人偶來的質問：「為什麼像你這麼努力，生活卻還老是不安？」她的回答卻不免令人聽來心酸：「我怎知善於耕作的人，居然沒有好收穫呢？」

她雖常在鬧窮，卻又始終堅持不肯賣畫，以致迄今仍是無殼蝸牛，長期以來一直過著居無定所的日子，不免令她周遭好友感到不解。旁人看她家裡既無長物，又從來不打扮，什麼飾物都沒披戴，便以為她很貧窮。哪裡知道簡美育根本就是一個為真理與藝術而活的人，除了繪畫上的堅持與獨斷無可妥協外，其他一切似乎都好商量，都不妨從簡。穿著儘管樸素，生活儘管清苦，看得見的財富儘管少得可憐，但內在蘊蓄的無形法財卻無比豐富，對於未來也充滿了信心，精神上的喜樂更是難以估量。永嘉大師說得好：「實是身貧道不貧」，缺少了道心與真志，迷失了生命的方向，才是真正的貧窮。她雖然看似什麼都沒有，可卻什麼都可以有。誰說簡美育窮呢？

婚姻愛情上的滄桑與悲涼，以及生活上的窮困潦倒，儘管讓她在現實上吃盡苦頭，看似一大缺憾，但對於她所熱愛的繪畫來說，反而讓她更能擺落一切人事上的干擾，一步步突破現實上的層層封限，回歸自我。更加速催化了她的性靈與藝術的接洽與統合，早日脫胎換骨，蛻化成一條悠遊自在的透網金鱗。人生禍福原相倚伏，幸與不幸，得失之間，又有誰能斷言呢？

四

她的整個學畫歷程，是一個像天蠶般不斷蛻變的過程。早期也從模仿入手，在藝專就學期間，多半以臨摹老師畫稿為主。直到一九八一年，遇見金勤伯先生，經常將自己豐富的收藏古畫讓她觀賞，甚至供她臨摹。且為她講述字畫故事，介紹收藏家給她，讓她眼界大開，像千里馬碰到伯樂，真是如魚得水。

一九八四年以後，開始練習寫生，對自然進行初步的觀察與探索。一九九二年在臺北市立美術館假行第二次個展。畫展結束後，她曾為自己前後兩次展出作出概括的比較，認為首次個展是以感官的攝取和單純的描述為主；第二次個展則多少已由純粹外在物象的描摹，向內在心靈感受之表達轉進，漸有藝術貴在精神性抒發的深度表現之體認。是一位經常向自己追問，反省性很強的藝術工作者。一九九七年，有緣認識吳翰書先生，在美學思想與藝術創作理念方面，受到吳先生不少的點化與裁成。對於一個善於參學的人，來自前輩或師友的幾句話，往往可以讓他少走不少冤枉路。

簡美育選擇花鳥工筆繪畫作為終身依歸的創作進路，是基於自身的性向能力和大時代環境的機遇所作出的決定，可以說是謀定而後動的結果。畫畫既是她的天生興趣，花鳥寫實工筆畫，又最能傳達她心靈底層的聲音和律動，在這條路上長期辛勤實踐的心得與果實，是讓她能夠清楚認識自己，並自我肯認的最大依據。晚近由於經受到西方現代藝術思潮之強烈激盪，使得國內原本體質偏弱的傳統工筆寫實繪畫，更加顯得衰微和蒼白，甚至有被視為俗工之虞。每念及此，她內心總是在滴血，因而引生一種想讓工筆畫起死回生，捨我其誰的豪情壯志來。她將用她的實踐來證明，中國傳統工筆畫是沒有極限的，可以有廣闊的前景，可以別開生面，甚至可以跟西方寫實繪畫平起平坐，一較短長的。真正的藝術創作，是不分畫種的。為了達到此一目標，她徹底放下了現實的一切榮名利祿，勇往直前，面對一切可能的挑戰。繪畫於此儼然成了她唯一的志業，也唯有如此，才可望能為東方工筆畫殺出一條血路來。

隨著時光之遷移，她的這個悲願與念力愈來愈不能自已。她宛似在黑暗裡瞥見了光明，迷茫中覓著了方向，全身能量頓然增強起來，這促使她更加義無反顧地投注於畫畫。長年累月，萬事不關心，為了繪畫她如癡如醉，甚至整天苦思冥想，頹然兀坐，滿腦子盡是有關繪畫的事。往往整整一個月沒跨出家門一步，人間一切是是非非，渾然忘懷，只是不斷地工作，工作成為她的修行，彷彿被這個世界拋棄似的。簡美育總是說：「我的這些作品，是為了教育後代子孫，替後來者指路而畫的。」正由於她始終抱負這種為東方傳統繪畫背十字架，重啟新機運的弘深悲願，才有可能忍受得了現實生活中孤獨、寂寞、悲涼、困頓的多重煎熬，禁得起這麼漫長的徹骨寒冬之摧逼與考驗，因而生起對藝術真諦的掌握和自己畫作的十足信心，特別是在她完成了《芙蕖圖》鉅作之後，更有伐毛洗髓，一切忽然洞明透亮的自在解脫之感。在龐大的現實壓力下，她不僅沒被逼到神經失常或崩潰瘋狂，反而漸次體現出光風霽月，歡喜自在的平和簡靜，把她用心血所鑄煉的最美最圓滿的一面呈獻給世人。這種無私無我的付出與面對悲苦的轉化情操，早已超越藝術家的角色而昇華為宗教家了。

五

藝術家大抵都是天地間執著於追求真實理想的人，而真實之理又往往多被表象的形式符號所障隔，非經一番徹底嗇斂的沉澱工夫，難以識取。因此，很多偉大的藝術家最後都有厭棄煩囂，選擇遠離群眾，走向孤寂的自我回歸之路。唯有在這孤獨寂寞之中，才能真正遺形棄智，徹見他們所苦苦追尋的真理實相之美。簡美育不就是這樣的典型人物嗎？

觀賞簡美育的畫作，總是不自覺會讓我想起周夢蝶先生的詩和弘一大師李叔同的書法。弘一大師晚期完成的那種刊落鋒穎，返虛入渾的「綿酥體」，圓淨柔和，安閒自在，令人看來如服「清涼散」，舒爽無比。而每回誦讀周夢老《孤獨國》和《還魂草》集中的詩作，總有一種冷凝峻逸，清澈圓明的感覺，卻又情真語摯，親切警策，心靈彷彿被澡瀹過般滿懷歡喜。

周夢蝶先生在〈菩提樹下〉一詩中說：「誰能於雪中取火，且鑄火為雪？」這兩句詩固然是周夢老的夫子自道，倘若藉以描述這個冷逸絕倫的簡美育，似乎也頗覺適切。葉嘉瑩曾經把周夢蝶先生比作是「以哲思凝鑄悲苦的詩人」，傳神極了。姑仿其句式，簡美育其實也正是一位「以彩筆凝鑄悲苦的畫家」。

筆者將簡美育的繪畫拿來跟周夢蝶先生的詩作和弘一大師的書法並列比觀，其生命情采所展現的天地雖然不同，而內在的精神氣品則大體相類。他們都同樣具有一顆「以淚水洗過的眼的清明」之靈魂，同樣證入了原始靈感，同屬於「冷逸」一格。不過其間體質稍有老嫩，境界也有大小之別而已。大致說來，凡「逸」者必「冷」，不「冷」不能真「逸」。他們面對一般世俗中人所處心積慮，熱中追求的名聞利養和物質欲望，都感到興趣缺缺；對於現實世界，往往採取謙退逃避的「冷處理」態度。不知者或不免要以為他們是不近人情，高傲而沒有人情味。事實不然，他們不但是最服膺真理，最誠懇，最熱心的人，也很有人情味，只不過不是一般世俗人眼中言不及義的「人情味」罷了。

簡美育對人群世務上的「冷處理」，跟她在畫畫工作上的狂熱，表面看來似乎自相矛盾，其實正好形成一個辯證的絕妙組合。面對世俗的「冷」，原是為了節約能源，儲備面對藝術之「熱」時燃燒之用。在這裡，冷是一種放下，是一種割捨；熱則是一種提起，是對精神理念的堅持。人，不管她所放下或提起的內容為何，凡是在這一方面放不下的，則在另一方面勢必也難提得起來。人的一生不外是「放下」加「提起」的總和，凡是能放下現實物質性追求而堅持提起精神理想的人，總是更加令人敬慕。

六

如今，從來不知道要製造「議題」，也不會刻意去設計「事件」的簡美育，在倍嚐辛酸，經受了一番徹骨寒的嚴峻考驗之後，苦心孤詣所創造出來的作品，由於精品意識強烈，可以說件件皆精。幾乎每一件作品的背後，都隱藏著一個甚至多個感人的故事。這豈非件件是「事件」，處處是「議題」？

簡美育的存在，是當今藝壇的奇蹟。放下，才是真正存在的開始；絕對的放下，成就絕對的存在。這些道理，我們迫於衣食，泰半只是在知識概念上明白，「看得破，忍不過；想得到，做不來」（南懷瑾先生語）。可她卻真能放下，並且徹徹底底的做到了，將全副生命投入創作實踐中，印證她那不容輕忽的「大存在」。她用超凡的耐力與真情孕化出來的精美畫作，是以性靈為根株，以情感為土壤，既是藝術的，也是學術的；不僅是知性的，更是靈性的。藝術對於人類最大的價值與意義，在於它能幫助我們在不斷發現自我之中，也不斷地調整、轉化自我，以至復歸本然真性之無執狀態而完善自我。就此一觀點上說，只要能夠達到此一目的，所有一切藝術門類都是等值的，更哪分什麼工筆與前衛？通過簡美育的畫作，人們將不難明白真誠與矯飾、深刻與膚淺之間的真正差異所在，在這裡，藝術成了真理的見證者。對於藝術工作者而言，或許還將會引生如暮鼓晨鐘般的醒腦與鞭策作用，其內在蘊含的豐富性，是難以估計的。且讓我們借用《莊子》書中的寓言人物宋元君的口氣，也說一句：「是真畫者也。」欲知世間畫家的真容，「簡美育」是一個極好的閱讀對象！

（《靜觀——簡美育作品集》序，歷史博物館，二○○四年十一月）

完僧上人呂故教授佛庭先生事略

先生於民國前一年農曆十月初九日生，乳名天賜，字佛庭，號半僧，又號迂翁。河南省泌陽縣人。遠祖本籍山西洪洞縣，明末崇禎間為避闖賊之亂，乃徙居河南。先生早歲喪母，由篤信佛教之周姓保母撫養長大，愛逾親生。五歲從尊翁海波公習書，八歲始習花鳥畫。十五歲入基督中學，學畫人物、仕女，並習西畫。二十歲結婚，得岳父張松齋先生佽助，順利負笈考入北平美專深造，習畫山水，亦嘗學古琴於管平湖先生。當時校內師資如齊白石、秦仲文、王雪濤、陳緣督、徐燕蓀、許翔階、吳鏡汀、管平湖諸先生，皆為北平藝壇名家。在此環境薰陶下，視野為之大開。

美專卒業後，竹杖芒鞋，尋幽探勝，海內名山，足跡殆遍。外師造化，中得心源，融會貫通，自成一家。其書初法歐、顏、鍾、王，繼習隸書及泰山摩崖。後又廣博涉獵，雜揉眾體，渾厚靜穆，淵雅古朴，別具一格。自民國二十三年起，先後曾在北京、開封、武漢、南京等地舉辦過書畫展，甚得佳評。

抗戰軍興，先生有感於「國家興亡，匹夫有責」，遂與友人在泌陽縣內發起組織抗敵後援會，奔走捐輸。民國三十三年春，攜新繪八十幅歷代名將圖，在省府所在地之魯山展覽。更西行入蜀，於西安、成都、重慶等地展出，民心士氣為之激昂。

民國三十七年夏間，自西安輾轉渡臺。翌年秋，應聘任教於臺東師範學校。後應黃金鰲先生之聘，至臺中師範學校任教。

民國四十五年元月，應教育部部長張其昀先生邀聘，赴教育部任美育委員會專任委員，兼參與籌設國立臺灣藝術教育館。後以行政工作與志趣不合，不到兩年，即毅然辭卸教育部本兼各職，仍回臺中師範任教。

民國四十九年，教育廳派朱匯森先生接黃金鰲校長職務，改臺中師範學校（三年制）為專科學校，續聘先生為專任副教授。民國五十二年，復改為五年制專科。明年，升等為教授。直至民國六十一年退休，均未離開臺中師專（今改制為臺中師範學院）教席。其教導門生弟子，於技藝學理之外，尤重人品修養，且以身作則，可謂經師而兼人師者矣。

自民國五十一年起，先生以近八年之時間，繪就《長城萬里圖》、《長江萬里圖》、《黃河萬里圖》及《橫貫公路圖》四幅百尺以上之長卷巨構。其精誠與毅力，非常流可比。畫作完成後，並曾在國立歷史博物館、省立博物館、臺中市立文化中心、高雄市新聞報社及圖書館等地公開展出，既發故國之思，又顯本土山川之美。觀眾踴躍，皆轟動一時。其後，先生將長城、長江、橫貫公路三幅長卷無償分別捐贈國立歷史博物館、國立臺灣美術館、文化大學華岡博物館典藏。並將畫作五十幅義賣所得五百萬元，悉數捐贈臺中市立文化中心文化基金會。關懷文教，熱心公益，有足多者。

先生幼承庭訓，律己甚嚴，一毫不苟。其講學論藝，既重培本，尤重創變，故其畫境無不與時俱新，不主故常。民國六十年起，曾先後利用甲骨、金文等古象形文字創作近百幅「文字畫」，更以潑墨畫法試作「禪意畫」，絕去雕飾，專重天趣，戛然獨造。

先生不僅擅長書、畫及詩詞創作，亦精通禪學義理，並深入研究書畫史與繪畫理論。著有《中國書畫源流》、《中國畫史評傳》、《石濤大師評傳》、《中國繪畫思想》、《文字畫研究》、《新一元論》、《憶夢錄》、《蜀道萬里記》、《美歐遊蹤》、《中國十大名都》、《臺灣漫遊記》、《澳紐與巴里島之遊》及《江山萬里樓詩集》等專書出版行世。無不立論謹嚴，迭有創發，為國內少見藝術創作與學術研究兩皆斐然之前輩藝術家。

民國六十二年，先生因腦疾而申請退休。痊癒後，曾受臺北國立臺灣師大美術系、國立藝專（今國立臺灣藝術大學）美術組、文化大學藝術研究所邀聘為兼任教授，作育英才無數。歷任全國及全省美展評議委員，並受聘擔任教育部學術審議委員會委員。

先生畢生獻身美術教育，捍衛傳統文化，藝術成就非凡。於民國五十五年榮獲首屆中山文藝獎；民國七十八年獲國家文藝獎；民國七十九年獲頒教育部一等文化獎；民國八十二年獲頒行政院文化獎，識者榮之。唯先生素性寧靜淡泊，視一時之聲聞如夢幻泡影，謙懷禮賢，不自矜滿。以此望重士林，尊稱為「佛老」。近年來隱居東山半僧草堂，足罕出戶，布衣蔬食，怡然自樂。

先生年逾九十，除血壓偏高外，體氣猶甚康強。今年入夏以來，元氣漸衰，鎮日嗜睡。遂於六月三十日在法院公證人及門生見證下，立下口述遺囑，交代一切後事，並指定若干門生為遺囑執行人。七月五日已無法下床，以遺囑中表明剃度出家之願，乃於七月十五日恭請臺北縣山佳淨律寺住持上廣下元法師為之剃度，法名「完僧」。先生一生曾經三度發願出家，皆以時節因緣未熟，不能如願。唯數十年來，長期茹素，參禪靜坐，日課不斷，身雖在家，實與出家僧侶無異。此回因緣殊勝，在觀禮者念佛聲中得償夙願，法相莊嚴，見者無不歡喜讚嘆。心事既了，至七月二十四日（農曆六月十九日）十一時五分，終以心肺衰竭，在吉祥臥安睡中捨報往生。享壽九十五歲。

先生在大陸時，曾與德配張夫人書蘭女士生一子一女：子名蘭清，於韓戰時陣亡；女名蘭秀，適李雲樹先生。外孫三人，外孫女一人；外曾孫及外曾孫女各一人。先生來臺後，未曾再娶。七十歲以後，生活起居，全由義子陳忠助先生一手呵護照料，風義感人。義孫一人。

先生遺命往生後事一切從簡，僅於報上刊登訃告啟事，不另發訃聞。並盼來弔者皆能含笑相送，毋須悲泣。其圓通洞達如此。爰述其生平事略而贊之曰：

覺迷說一元，道是眾生師保；游藝開新境，身為文化干城。

（二〇〇五年七月）

文字畫　呂佛庭作　1976

此件構圖精巧，意蘊深遠。這類作品，係運用古文字形體符號，作為繪畫創作之素材。畫上題詩云：「雲蟲蝌蚪任塗鴉，甲骨金文集眾家。書畫同源憑意造，何須紙上辨龍蛇？」正是呂老師在文字畫創作理念及技巧達到高度純熟階段的真實寫照。

成熟大地眾生，莊嚴十方國土

——聖嚴法師《游心禪悅——興學義賣墨跡選集》序

一

近年來，身為禪師兼學問僧的聖嚴法師，為了籌建法鼓大學，花了不少心血，利用弘法餘暇，抱病寫出了幾百件書法作品，準備拿來義賣募款興學，這是一件極有意義的大事。筆者有緣參與相關籌備工作，對於這一批墨寶，得能先睹為快，深受啟益。

聖嚴法師是學者、禪師兼大宗教師，不是書法家。他少小時期，雖然也學習過毛筆書法，但自十三歲出家以後，一向過著學道修法、弘法利生的日子，又遭逢戰亂，一生為荷擔如來家業而奔忙，實在沒有多少機會提筆練字。比起一般專業書家來，他所寫的字，在形式技巧上難免會稍感生疏。但由於他長期從事學術研究的學問涵養，讓他的作品氣格清雅，不落俗套；他數十年來止觀雙運，定慧等持的禪修工夫，反映在字跡上，則顯得骨勢洞達，閒逸自在，別有一種一般書家少有的凝定氣息；而他那人溺己溺的大宗教家淑世悲懷，更讓他的筆墨華滋，結體綿密，顧盼有情，讓人心生歡喜，易於接納。

這些書法作品內涵韻致上的殊勝處，早已令外在形式技巧上的缺憾變得微不足道。更何況世間萬事，總是一通百通的，聖嚴法師在這一、兩年來為了全力籌劃義賣展，而緊鑼密鼓勤勞揮毫的結果，不論用筆結體，都明顯比先前所寫精鍊沉穩許多，轉化的工夫進境神速。我們至誠祈禱十方三世諸佛及諸大菩薩多多護祐聖嚴法師，讓他老人家的病體早日康復，得以步著弘一法師後塵，以書法為眾生多做佛事。

二

這一次的義賣展出，作品大小不一，形式多樣，書寫內容有儒、釋、道三教的經典文字，也有古來賢哲的詩偈、聯語或錦句。有些是抄錄現成文句，有些則是出於聖嚴法師所自撰，有些是古典的文言文，有些則是現代化詩文。但基本都是一些有益世道人心的「法語」，這可以說是此回義賣展的最大特色。

「法語」是佛家的稱法，又稱「金言」，是一種具有正知正見，足以開顯智慧，豁醒性靈的語言。一般稱為「格言」或「嘉言」。這類語言，包括三教經典在內，原都是一種真理的聲音，是調適暢遂的聖者心靈所發出來的生命訊息。而所謂「聖者」，說穿了，也只不過是善於轉念，消除了主客對立，徹底擺平自己，隨緣歡喜，真正回歸自家心靈故鄉的人。哲學家唐君毅先生則把這一類「句句指向心靈主體」的語言，稱為「啟發語言」，它跟文學藝術以形象思維為主的「情感語言」

不同，更與一般財、經、法、史、地、數、理等以邏輯思維為主的「科學語言」迥異。

記得在二十幾年前，筆者特別喜歡誦讀《菜根譚》，對於書中「完名美節，不宜獨任，分些與人，可以遠害全身；辱行汙名，不宜全推，引些歸己，可以韜光養德」一節，感應特深，經常以此作為書寫內容，以應求索。長年以來，不少友人受到拙作此段文字內容的啟示與影響，因而安然度過一些生命中的難關，前後已有多人向筆者表達了他們的感激之情。這事讓我深切體認到，題材內容在書藝作品中的無形魅力，是不容小覷的。

如果說，我們對於世間的一切分別執著是一種「病」的話，那麼，這種「法語」，便是一帖帖的「藥」。「我說一切法，為度一切心；苟無一切心，何用一切法？」當初宣說這些「法語」的聖哲，一時應機而說，都有很強的針對性，無非是藉此點化眾生，協助他們把心靈主機由偏失狀態加以撥轉，而導歸於中正平和的最佳運轉狀態罷了。

事實上，每一則法語，就如同一個個的錦囊，只要你熟誦它，它總會在你極端煩惱困厄而無計可施時，啟示你解決問題的靈感，如同暗夜的燈塔，為你適時展現希望的指引之光。因此，往往看似極簡要的三言兩語，便可令人頓時心開意解，豁然清涼，比吃什麼有形的藥物還靈驗。對於當前精神極端空虛，性靈缺乏潤澤的社會大眾而言，這類「法語」應是再好不過的心靈財寶。

三

此回義賣作品中，特別值得留意的是，聖嚴法師自撰自書的自家修證體悟之心得語。這一部分，由於宣法者跟我們時代相近，並且用以表述的是一般大眾易於理解的簡潔白話，少了一層文字上的隔礙，故讀來彌覺親切有味，也更加容易從中獲益。如：「需要的不多，想要的太多」，冷峻而簡切的語句，對於已被形式化物質生活嚴重陷溺的現代人來說，尤其具有深刻的針砭作用；「要學無塵的反射鏡，要做無底的垃圾桶」，上句講「禪定」，是教人要去除妄想，期能臻達「一切處無心」的深切指點；下句講「忍辱」，教人要含納汙垢，忍人所不能忍，只要信得過，工夫到了極點，自能淨念相繼，證得「無生法忍」；「需要人做，尚無人做，我來吧；已有人做，大家在做，我退讓」，這不僅是生命進路的具體指導，更是將有限的生命能量放在刀口上的生命理境之真切提撕；「天不錯，地不錯，是心錯；他有理，你有理，我沒理」，既有曹溪六祖「不是風動，不是幡動，是仁者心動」公案的義理含攝，同時又有祖師「如真修行人，不見世間過」的幽默式提示；「面對它，接受它，處理它，放下它」，這四句話邏輯嚴密，幾乎含攝了三教經典所關涉到的世出世間一切有為法與無為法，不只是聖嚴法師個人生命實踐徹頭徹尾的心得語，更是古今來大智慧成就者在面對一切順逆境緣所共同經由的解脫法門。這是生活智慧的綱領式拈提與點化，令人拍案叫絕。筆者常在「人生哲學」通識課堂上引用，稱之為人生哲學方法論上的「十二字金訣」；「放下萬緣時，眾生一肩挑」，上句指的是智者的空慧，下句指的是菩薩的悲懷，兩句合參，便是「悲智雙運」的菩薩行；「知恩報恩是飲水思源，恩情糾結會相互傷害」，既有正面積極的誘進與鼓舞，又有「過猶不及」的負面效果之遮阻與警策。經此一正一反的點撥，而佛法中道的靈智無不洞然開顯。

有些聖嚴法師自撰的聯語，還在旁邊加註邊跋，針對聯文做進一步的義理詮釋，如「多聽多看少說話，快手快腳慢用錢」一聯，主文旁邊加了註語：「聽者是聰，看者乃明，少話是智者也；手腳應有效率，不能忙亂，則事半而功倍。金錢不論公私，均屬天下所共有，應珍惜。」經此註解，文意更加顯豁，內涵義理也格外豐盈起來。

至於「願成大宗教家，勿作宗教學者」，這兩句話，原本是東初老人對聖嚴法師的告誡，期勉他能解行並重，不以學問僧自足，進而自度化他，普濟萬品。如今經他自己寫出，不僅明顯展現了聖嚴法師本身對這個教誡由衷服膺，躬親踐履，無愧所教的自許，並且還繼續拿來作為與出家弟子及十方信眾共相策勉的信條。意在提醒大眾，學佛修法，應把心量放大放遠，除了在理論知識的見地上要不斷提升外，對於實證工夫與度世願行，尤其不可輕忽。其本意並不是反對大家去作「宗教學者」，千萬不要誤解才好。

其他像「慈悲沒有敵人，智慧不起煩惱」（仁者無敵，智者無憂）；「以慚愧心反觀自己，用感恩心看待世界」；「忙人時間最多，勤快健康最好」；「眼前當下」；「最好沒有」；「少些人我是非的執著，多點成人之美的言行」；「感恩是終生受用的福報，懷恨乃永世糾纏的魔障」等，盡是一些淺顯易懂的文句，卻對我們在生活日用中極易蹈襲的盲點，具有無上的警醒與指引作用。有些雖然只是寥寥數語，若能細加參究，老實奉行，便是應世接物趨吉避凶，消災解難的一帖良藥。

四

或許有人會問，彈丸似的臺灣地區，目前大學院校已有一百五十餘所，各校所需錄取人數早已超過應考學生總人數，不少學校甚至已有招生不足額現象，理應裁減大學院校數量，真有必要再倡議與建新的大學嗎？這是合乎情理的質疑。不過，這也是對宗教辦學的人性化訴求與一般制式學校教育的本質差異缺乏認識，同時也是對目前國內各級教育現況缺乏實質觀察與了解，才會有這樣的提問。

教育事業原有兩個重點：一是傳授謀生的知識技能；一是培養端正的人格品德。前者是專業知能的學習與訓練，足以增加生命的廣度；後者是生命意義的追問與心靈的涵養，關乎生命的強度。須是這兩個方面兼籌並顧，無所偏廢，才稱得上是「全人」教育。今天，由於國人始終走不出西方實證量化的科學主義窠臼，以及二元對立的哲學迷思，我們的教育主事者似乎只看到「科學語言」實用面的急迫性，而嚴重誤解，甚至刻意抹殺「啟發語言」對於人性中道德感的啟導功能。因而對於人格道德的生命教育，不斷被迫令撤守，如近年取消了中小學生學校的操行成績考核，何異於通令身負交通違規督察責任的警察人員撤守崗位；而將高中課程中唯一比較具有人格品德教化功能傾向，以儒家經典為主的「文化基本教材」，由「必修」改為「選修」，不啻公開宣告有關人格道德教育的可有可無。中小學基礎教育如此，大學以上的教育方針偏差更甚。再加上先前師資訓練的多元化教育政策，也導致了一向重視倫理道德的各級師範體系之崩塌，使得師資的養成所，形同於職業的訓練機構。整個教育機制幾乎已淪落到「只教知識不教做人」的「半人」式教育，使得我們的下一代，大多變成只會在成績名次等現實利害上思考計較，而不知人間尚有生命意義追問的安身立命之學，這是很令人憂心的。

宗教團體，基本上仍以生命的自覺與心靈的淨化為講求重點，故宗教團體辦學，固然不能沒有知識技能等學問之講求，但相較於一般制式學校，在教育內容的考量與執行上，往往更加重視品德的陶冶，更具有人性化管理的理想與堅持。儘管目前國內大學數量已達飽和狀態，但真正能夠堅持人格教育與知識技能並重的大學，仍然為數不多。因而，我們對於法鼓山籌辦大學活動，仍舊滿懷信心，並且寄予厚望。

五

「成熟大地眾生，莊嚴十方國土」，這固然是當年佛陀的本懷，其實也是過去、現在乃至未來，所有一切善心人士共有的悲願。這既不是佛陀一個人的事，更不是聖嚴法師一個人的事，而是我們整體社會大眾共同的事。聖嚴法師與歷代祖師、諸大菩薩也只是率先「鳴法雷」、「擊法鼓」，帶頭引導的先覺前驅罷了。聖嚴法師說過：「行善沒有條件」，今天大家有緣，恭逢這個際會，只要大家能夠真切體認到，宗教興學確實有其積極面的價值意義，而願意為它盡一點心，有錢出錢，有力出力，則眾志成城，法鼓大學必定可以在諸位大德的協力護持下，更加快速而順利地興建完成，早日實現佛教理想的人間淨土。

布施，是菩薩道「六度」的總關紐。過去長期以來，法鼓山接受各方信眾只願付出，不求回報，「三輪體空」（施者、受者與所施之物，全皆放下）的無私捐款，各項基礎建設得以順利奠定。此回聖嚴法師為了興學經費短缺，特地「為法托缽」，大發慈悲，以抱病所寫的「法語」墨寶，作為與捐獻者的結緣品，藉以表示酬謝之意，因緣尤為殊勝。既然是藉「法語」墨寶來托缽，托缽豈非就是在弘法？手段本身就是目的，托缽跟弘法已融合為一，無二無別。難怪聖嚴法師要說：「不管義賣成績如何，我都感恩。」他老人家早就隨緣歡喜，歡喜隨緣了。這豈非又是一種「法」的示現？總之，不管您喜歡的是墨寶的形式之美，或是法語的內容，乃至純粹只是為了助成興學而已，大家就跟著隨緣歡喜便好！

捐錢興學，既可以抵稅，又可以請到禪師兼大宗教家的墨寶，如此方便功德，大家曷興乎來！

（聖嚴法師，《游心禪悅——興學義賣墨跡選集》序，法鼓出版社，二〇〇六年十二月）

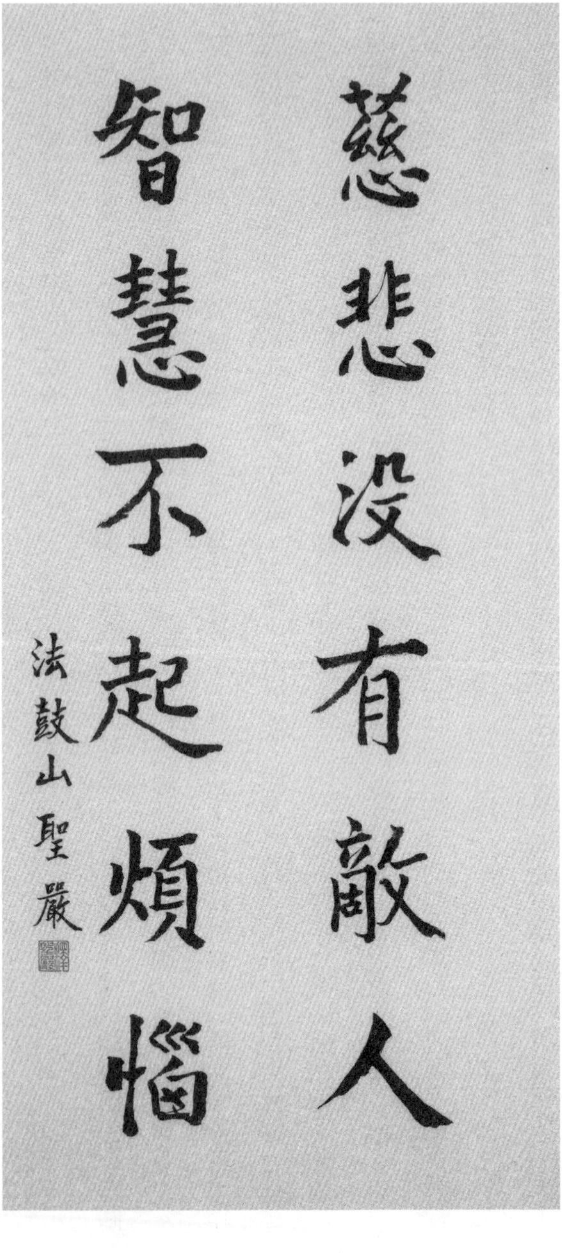

楷書自作嘉言　聖嚴法師作　2008

這件是法師晚年抱病所寫，而點畫精氣未衰。書寫內容為其自撰文句，實為古賢「仁者無敵」、「智者不憂」之說下一轉語。

臨老猶變法，雄豪無比倫

——略述「磊翁體」行草書創體的一段公案

磊翁在書法上的成就，是多方面的。

他生長於書香世家，幼承庭訓，總角習書而終生樂之不倦。又曾跟隨皖籍經學及古文家——姚永樸、陳朝爵等名師宿儒治學，熟讀經史，習作詩文。後來歷經戰亂，顛沛流離，最後在民國四十年輾轉來到臺灣時，已是四十五歲的中年人了。前此的二、三十年歲月，幾乎都在不遑寧處的奔波中，臨池學書的進程受到極大的干擾與妨礙，這對於生長在安和樂利臺灣土地上的後生晚輩說來，恐怕是很難想像得到的吧！話雖如此，但書法跟中華文化關係密切，由於它以漢字作為表現媒材的特殊性，使得這門藝術的文化性格特別濃厚。他青少時期打下的深厚國學文化基礎，以及長期困頓閱歷所磨就的堅毅不拔之生命力，對於他來臺後重拾筆硯時，在中華書道上的理解、詮釋與融攝、開新，絕對具有關鍵性的生發作用。

磊翁在六十八歲公務退休後，除了潛心臨池外，還大力開班授徒，成立「敢覽齋書會」，並鼓勵學子成立小型書會，以便互相砥礪。十餘年後，並且以十個子會作為基礎成員，擴大成立為「中華書道學會」，將私門式書會提升為全國性社團法人，使其書法教育理想之傳承，因而產生量的擴充與質的飛躍，其對臺灣文化藝術之建樹與貢獻，有目共睹。

民國六十九年，韓國大書家宋成鏞先生公子宋河璟先生來臺進修博士學位，正巧與筆者同賃一屋，茶餘飯後常談藝論道。由於宋先生對磊翁夫子的道德文章甚為景仰，故筆者特為引介而偕同前往拜見，因而促成中韓「敢覽齋」與「研墨會」締結為姐妹會，相約兩年互訪一次並作聯展。磊翁很得韓邦書家敬重，曾應邀擔任韓國全國書藝比賽的特聘評委，凡是遇到名次高下爭議不決時，都聽憑磊翁一句話作為裁斷，其受推尊如此，平添中韓文化交流史上的一段佳話。

綜觀磊翁一生，除老而彌堅，揮毫不輟外，更孜孜誨人，演講教學不倦，因而弟子遍三臺；除在寶島展出外，又常遠赴大陸及東亞各國舉行海外書法個展，發揚傳統書藝不遺餘力。晚年曾書「傳中華文化，振大漢天聲」一聯，聯文雖非己作，經他書寫肯認，直可看作是磊翁最為貼切傳神的自我寫照。

在書藝表現方面，磊翁自少年時期即服膺包世臣及康有為等碑學派理論，創作方向以石刻的碑路筆法為主，墨跡相對臨寫得較少。弱冠之年即以榜書擘窠大字飛聲皖江，雄強豪放為其風格特色。他篆、隸、楷及行草書各體兼擅，四體之中，隸書成體最早，也最拿手。篆書非其所長，寫得不多，自運之作，尤為少見。楷書及行草書成體較晚，尤其行草書的創體過程最為艱辛。

磊翁五十七歲時，與王愷和先生等同道好友組成「八儔書會」，並舉行公開展覽，他的作品被「龍頭」道長馬瀞廬先生評為「主文尚稱穩健，款字似不協調」，因而發憤勤習〈蘭亭敘〉及〈聖教序〉五百多遍。隔年再展，主文與款字不協的情形依然，還是未蒙馬瀞老的首肯。事實上，馬瀞老當時對磊翁作品的評語，充其量也只是單純的症狀之「診斷」，並沒有提供任何去病的「處方」，留給磊翁夫子的也只是「山重水複疑無路」，一連串的悲感與迷悶罷了。然而不管如何，所謂當局者迷，能夠在這創作瓶頸的緊要關頭，有賢達肯為點出，磊翁還是幸運的。但真正可貴的，還不在於他因此明白了自家的「病症」，而是他有足夠的智慧去正視這個「病症」。

磊翁此際所面臨的，顯然是一個臨池學書以來前所未有的大瓶頸、大難題。現實的挫敗儘管也曾令他感到失落，但磊翁並未就此投降，他很快便回復了戰力，坦然接受這個嚴峻的挑戰與考驗，而念茲在茲地尋覓破解瓶頸的方策。後來老人家發現，原來問題並非出在用功不夠上，而是用功的路徑不對頭。長期以來，他創作時一向用逆入平出的筆法寫篆、隸或六朝碑書，卻用順入仰鋒的筆法來寫邊款，把側勢流麗的帖路行草，拿來跟沉雄豪邁的碑書大字並置一處，怪不得會「扞格不入」！問題的癥結一旦理清，磊翁宛如絕處逢生，頓時豁然開朗起來。幾度摸索之後，老人家終於找到蛻變的策略：擷取〈石鼓文〉線質的遒厚凝斂、〈石門頌〉氣勢的開張縱放與〈石門銘〉章法的錯落參差，準備冶為一爐。經過約莫十個年頭的慘澹經營，方才漸次蛻化成他獨具面目，風格強烈的行草書，為此還特取「三石老人」及「三石翁」為別號，或合三「石」為「磊」而號「磊翁」。

磊翁的這一段有關行草書創體過程的嘔心瀝血情狀，在他七十八歲所寫的〈學書自述〉中堂，及「八十回顧展」專輯書前的〈自敘〉中，都有所披露，足見其刻骨銘心之一斑。就這件用「磊翁體」行草所寫〈學書自述〉的書風看來，不僅格致標拔，並且容與篤定，顧盼自雄，大有凱旋立馬，「曾經滄海難為水」的氣概，令觀賞者為之動容。

值得關注的是，磊翁〈自述〉所提到的三個石刻，一篆、一隸、一楷，既無行書也無草書，卻都成為形塑「磊翁體」行草書的重要得力成分。實則，磊翁得益於〈石鼓文〉的，只是師法其中鋒圓勁的用筆意味；取法於〈石門頌〉的，是其洞達開張的結體氣度；至於〈石門銘〉，則是從中獲得章法布局上開合變化的啟示。換句話說，磊翁對於「三石」的利用手段，是批判性接受的「拿來」，而非「照單全收」式的簡單移植。此中既有傳統古法的取資，還兼有觸類旁通的妙慧。在這裡，三方碑刻所扮演的，主要是創作靈源的媒介角色。這種吸魂攝魄式的「意象」之提取，跟前代書家張長史見公出擔夫爭道、懷素觀夏雲隨風、黃山谷見群丁撥棹等現象而書藝大進的故事，多少具有異曲同工之妙。故與其說「三石」對於「磊翁體」行草書的影響是「形象」上的，毋寧說是「意象」上的，似乎還更加貼切些。若純就藝術「形象」看，「磊翁體」行草書裡來自「三石」的成分，大致已被銷鎔轉化殆盡。唯其左撇右捺過度誇張伸展的體態，倒跟宋代黃山谷長手長腳的行書體有幾分神似處。

當然，古來書家異源同流，偶然若合一契的情形，也是有的；在磊翁〈學書自述〉的文字及傳世遺作中，似乎並未發現足以證明其書風曾受黃山谷影響的直接證據。但磊翁一向服膺山谷老人「藝道相發」的書學理論，也常取為創作題材。是否其早年曾經學過山谷書，也難斷言無此可能。再說，所謂「目擊道存」，一入眼根，便永成道種，何必一定要苦苦追摹，才算得益呢？因此若說這種「神似」處曾受到山谷體影響的結果，應該也算是合乎邏輯的推論。至於其是否竟為「偶合」，也不妨仁智互見，必欲強人同我，也殊無謂。走筆至此，真恨不得能起磊翁夫子於地下，好讓他老人家也來個「一言解紛」！

磊翁對於書藝境界的追求，不僅沒有因為年紀老大而稍減其意興，相反的，還頗有倒吃甘蔗，愈戰愈勇的勢頭。八十歲那年，由於受到包世臣《藝舟雙楫》論書文字的激發，領悟了分隸相通的道理，因而將峻宕的北魏碑書、莊雅的漢碑分書，以及晉代雲南地區奇逸的二爨書風冶為一爐，創為「漢魏合體書」（亦稱「分隸合體書」），雄豪奇古，別樹一幟。而磊翁自己對於這種老當益壯，「筆不驚人死不休」的開新玩興，也頗引以自豪，還特地以「八十學書」四字，倩請篆刻家梁乃予及韓國朴元圭兩先生刻印以記其事。磊翁這種求新求變，老而彌篤的創造精神，固然是他老人家積健為雄的強韌生命力之朗現，更是我輩後生所當師法學習的。

（《謝宗安先生百歲誕辰紀念展專輯》序，中華書道學會，二〇〇七年一月）

剛健・篤實・輝光

——《何石先生周甲榮慶韓中四門聯展集》序

壬戌（一九八二）暮春，何石朴元圭先生方獲「東亞藝術祭大賞」未久，專誠買翼飛來臺北，向前輩書畫篆刻家李大木先生拜師請益。事畢，特來拜訪書家友山宋河璟先生。友山道兄乃何石恩師剛菴宋成鏞先生之令公子，時正在臺留學並撰寫博士論文，與余同賃一屋而居，以是得與何石結識。雖云初見，而意氣相投，形同宿世老友。彼時，何石語我：當渠全北大學卒業時（年逾而立），特稟於母前曰：「阿母能再養我十年乎？十年後，兒於家產將分文不取。」母云：「十年何為？」何石對曰：「將以潛心讀書創作也。」世伯母許諾之。余聞言驚異，知其為有道君子，遂訂交焉。

實則，我倆相交已逾二紀，何石既不解華語，余亦不解韓文，而兩人相晤，莫逆於心。談藝論道，欲有所表述，則用漢文筆談，亦覺無甚隔礙，交彌久而情彌篤。所謂「海內存知己，天涯若比鄰」，豈不然哉？

客歲之冬，忽接何石自首爾（漢城）來電，告以此番周甲之慶，石曲室諸生將為其籌辦展覽以為壽。何石擬議邀請好友鶴亭李敦興、紹軒鄭道準兩先生及鄙人，協同三門弟子聯合展出，俾共襄贊。余與鶴亭先生既為舊識，紹軒先生與余亦有尺素往來，兩人皆余向所心儀之名書家，其超卓造詣，早已飛聲國際。而今有緣與諸先生同堂展出，既可藉申頌祝之忱，復可親聆諸同道先進教言，得觀摩切磋之益，榮寵曷似！日知書學會諸門弟聞訊，無不欣忭鼓舞。特恐珠玉在前，以我等未盡精熟之薄技，有負壽星寵邀之雅意，為可慮耳。繼而以思，此回乃以祝壽聯誼為主，我等即便充磚以墊玉，有何不可？言念及此，乃欣然應命焉。

前月，何石先生復偕祝振財兄飛來臺北，賜告聯展相關事宜，並擬出版專輯，藉資雪泥鴻爪之紀，囑余為文以序之。一人有慶，萬人仰賴。此盛事也，義不容辭，遂自忘譾陋，略述七事以報之。

何石少小時期，家甚殷富。而稟性剛烈，桀驁不馴，學業多所荒廢。然以穎悟過人，弱冠之年，仍以第一志願考入漢城（今首爾）大學法律系就讀。大二時，因故輟學，未幾而入伍服役。解甲後，於徬徨中誤入歧途，虛擲不少光陰。迨遭喪父之慟，方才猛覺前非，痛自檢束，發憤向學，以廿七之齡再度應試，入全北大學法律系就讀。課暇則師事剛菴先生學書，兼治篆刻。剛菴先生乃一代大書家，余有緣多次拜謁請益，見其身著寬博布袍，頭戴高聳禮帽，望之儼然，即之也溫，恂恂然儒者也。何石幸得明師之善誘裁成，方能由泛駕而漸歸馴良。自此勇猛精進，懸命以赴。真積力久，大學畢業不數年，即以書藝榮獲「東亞藝術大賞」之肯定，可謂實至而名歸也。

周夢蝶長老有言：「自度之道無他，曰：一切皆不受。其次為：受而不愛；愛而不取；取而不有；有而不貪；貪而勿至其極；至其極而能悔。悔也者，困獸之一搏，懸崖之一勒也。自茲以降，雖千佛授手，奈何他不得矣。」夫悔者，吉之先兆也。人而知悔，則必轉凶為吉，轉禍為福。真悔者何？曰：不貳過也。彼時，何石既已懺其前愆而洗心革面，修德勵學，以迄今茲，數十年如一日，是真能悔過者，用能轉血氣之勇而為德性之正智。《圓覺經》云：「一成真金體，不復重為礦。」苟非德力充盛，如香象渡河之截斷眾流者，豈能知非便捨，永無退轉，若是其果毅貞固乎？此非余所及者，一也。

自癸亥（一九八三）迄乙酉（二〇〇六），二十三年間，何石每年就其研習重點，出版書藝篆刻作品集一冊，用自鞭策，總計二十三冊，未嘗間斷。而其長年以來，深耕易耨，善於汲古生新之「天蠶變」蛻化歷程，可於此二十三集中清晰考見也。蓋其創作進路採行「臨古」與「自運」交互並進之法，臨古譬猶蠶之食桑，自運則如同吐絲。成熟而自具面目之自運，方得名為「創作」，此學藝之正路也。何石既深知臨古之要，而稟性倔強，好學深思，主體意識強烈，絕不肯輕易盲從他人。且看其廿餘年前在癸亥第一集中，諸如「血性男子」、「源遠流長」、「法古知變」、「真金不鍍」、「大器晚成」等書寫內容及「自立門戶」自用印之鐫刻，復顏其室曰「古為今用齋」，則其宿昔懷抱可知矣。要之，何石之學藝也，如同將軍之經略，運籌有方，智深勇沉，用能令行事舉，取次完結。故爾長足騰化，氣格日益清邁，遒逸天成，儼然一代大家。非余所及者，二也。

十年前，何石為欲提升韓國書藝研究及創作風氣，獨資創刊發行《烏》誌。余雖不解文字內容，唯觀圖版作品，製版印刷皆極精雅，始終堅持理想，不肯稍有乖違。發行期間，除介紹前代及海外書藝外，於韓邦書壇老、中、青三代，其有一長足取者，無論識與不識，皆能一視同仁，加以報導推介，故《鳥》誌堪為當代韓國書藝發展之實錄，勳猷固已足垂千秋，而其高瞻遠矚與恢宏器度，尤迥非常流可同日而語。《易・繫辭傳》有言：「化而裁之謂之變，推而行之謂之通，舉而措之天下之民，謂之事業。」何石劍及履及，開創事業之覺知力與實踐力，非余所及者，三也。

何石有二子，均已成家立業，兩媳皆知書達禮者，何石實視同己出。客秋，兩媳為表慶賀翁姑六十雙壽之忱，無視於利息損失，特將未到期之定期存款提前解約，以供翁姑海外旅遊，此奇事也。兩媳之賢淑，固有足多者，而倘非翁姑待以至誠慈仁，焉得感此兩媳而慇懃如是耶？又聞何石之兄某，因駕車肇禍不幸身亡，世伯母為喪子哀慟逾恆，何石不忍，乃立誓而慰於母前，曰：「阿母在世之日，孩兒謹誓一日不驅車。」父母愛子女，順乎天性之本覺者也；子女能純孝，則須有一段逆向之始覺強勉工夫乃得。故能曲意承歡之孝順子女，世間絕少。何石之仁厚與純孝如此，非余所及者，四也。

側聞何石之女讀高中時，有公民倫理課教師以「父母未曾口角者請舉手」相詢，唯一舉手者竟是何石之女。世間夫婦恩愛者，所在有之，而能臻於「未曾口角」，以因緣生法覘之，則為妻者固淑善，為夫者亦必通達，方得情篤款洽，要之，皆非常人也。何石之妻許氏，實朴老伯生前所媒介成親者，自渠來嫁朴家，理內教子，任勞任怨，使何石全無後顧之憂，得能埋首學問藝業，實嫂夫人輔相之力也。邇來夫人患關節風疾，發作時輒劇痛難忍，至出入不便。何石悉心照護，無微不至。夜晚就寢時，甚且將一腳與嫂夫人以布條並繫之，以備緩急有所服事。何石劍膽琴心，敦厚溫良，其待妻也恩義如斯，非余所及者，五也。

丙寅（一九八六）夏間，當李大木先生六秩嵩慶之際，何石且獨資裒輯乃師印稿，編為《李大木印譜》，在漢城精印五百部發行以為壽，其尊師之風義，臺北藝壇一時傳為美談。世人多重利輕義，古道今日少人行，此何石之所以為人間寶也。非余所及者，六也。

何石凜於年少時期，因浪蕩而多所蹉跎，思欲謀補斯憾，更求長進，年逾知命，仍拜入當代宿儒地山張在釪先生之門，受學《詩》、《書》、《易》、《禮》、《春秋》五經。每週上課三回，於茲七載，風雨無阻。其密勿不懈之問學精誠，非余所及者，七也。

余質性魯鈍，雖亦酷愛臨池，而迫於衣食，紅塵白浪，多所牽纏，諸皆淺嚐輒止，未能懇習。兼又貪多務得，入海算沙，百無所成。以視何石先生之剛健篤實，精一無雜，又何異淵泥之望天雲耶？其所能者，皆我所不及；而其所行者，皆儒仁之行，唯在感人，不務勝人，亦我所不及也。余雖慕道而未至，每欲寡過而未能。所幸有友賢達如此，非唯不以愚頑而棄我，猶且屢蒙錯睞，時相獎掖，多所激勵。常恐因循疏慵，習與性成，重負老友雅望，故亦夕惕若厲，未敢少自暴棄也。所謂見賢思齊，何石先生者，豈唯吾友，實乃我師也。

昔者孔門立教，四科之中，以「德行」居首焉。仲尼之言曰：「行有餘力，則以學文。」生而為人，其首當力行者，厥唯孝、悌、忠、信，敦倫盡分而已。所謂「志道、據德、依仁」者，本也；至於文學藝術，乃至世間一切治生事業，所謂「游藝」者，末也。無本固不能以生末，捨末亦曷由彰本？但能本始所先而末終所後，本立則道生，道生而德成。德既成矣，又何患其藝之不能成乎？所謂「但得本，莫愁末」，此先哲居易俟命之教也。只今人人競以才藝勢利相高，率不復知有德義立命之學，況求其能力行踐履如何石者哉？《禮經》有言：「德成而上，藝成而下。」似何石先生之「德」、「藝」兩全，且能「有若無，實若虛」，以平常心為道，堪以垂範作則者，四海之內，洵亦尠矣。

余聞之：「德能感人之謂風」，風來，草斯偃矣。然則，若何石先生之聖且哲者，豈唯研農一人之師也已哉？余固知聞何石之君子風者，頑夫必改廉而懦夫必立志也。其於日漸澆薄之世風，必將有所諷喻裨補而移易之者，此私衷之所深信者也。只恨才疏筆拙，兼以聞見不廣，未能發何石先生潛德幽光於萬一，為可愧耳。

古德有言：「仁者，必得其壽。」謹以此蕪文為何石先生壽焉。並祝禱十方有緣參與或聽聞此會者，皆能康寧迪吉，悅樂無量。是為序。

（《何石墨緣展專輯》序，首爾兼修會，二〇〇七年二月）

澹中有味　朴元圭作　2006

此作行筆落墨自在飄灑；「中」字利用古金文的繁體構形，既強化了結體造形的奇突感，同時也從容解決了畫面東南角的虛懈困境，具見其巧思與妙慧。

多讀補多忘，漸老漸率真

——壯為師瑣憶

一

藝術界人士勤奮創作者，所在多有，但像王老師這樣愛讀書，創作與研究都有卓越成就的，便不多見。壯老喜好讀書，是從小養成的習慣。既能增長知識，又能從中獲得情趣。晚年公退後，記憶力漸差，往往過目便忘，仍然樂此不疲。自覺年近七十的老人，猶能讀書，應有紀痕，特別刻了「漸者讀書」閒章（「漸者」是壯老別號），鈐在讀過的書後，以備往後有機會再讀時推溯之用。隔沒幾天，又刻了「多讀補多忘」方形印，用來鈐蓋在重讀或三讀的書尾。大約一年後，健忘的感受益深，曾賦得一首絕句：「過目雖多只益慚，健忘偏足抵貪婪。好書畢竟還應讀，釋卷優游也不堪。」又以同樣的印文再刻了一方長方形的引首章。有一段日子，在家清理舊物時發現自己過去所作詩聯短跋等文稿，卻已完全遺忘，就如同閱讀他人文章一般。不僅沒有因此而起傷老嗟悲之嘆，反而認為健忘大有好處，可以因此變得更加客觀、理性而公正地對待自己的舊作。此老樂觀進取的精神，於此可見一斑。

王老師不但自己愛好讀書，對於喜歡讀書的年輕人，更是百般獎掖，也常勸我們要多讀書，更鼓勵要多發表以磨練文筆。見面時，多少總會問到新近所讀何書，或「有何發揮」（指書藝創作與文章論述）。除常以其發表於報章雜誌上的文章相贈，讓我分享其經驗結晶與心得，並常命我將所發表或撰寫的文章影印寄給他看，以為鞭策。老人家曾在筆者七十四年底首度個展專集序文中寫道：「藝事雖貴意興與操作，若無學問以濟之，終覺其氣息不醇，滋味不永。」又說：「凡思想文章之雋者，其書法無不更高，謂之學藝相生，亦未嘗不可。」受此激勵，就更加勇往直前、義無反顧了。

民國七十年，國內篆刻學會假國立歷史博物館舉辦「辛酉篆刻展」，除了由全體會員各刻「明良康樂」四字印付展外，展品還包括其他篆刻作品、拓本、印譜及印規、印泥、拓包等各式珍奇印材。王老師為了激勵後進勤研篆刻技藝，特地捐出一筆獎金，即以「明良康樂」為題，公開徵求全國印友競刻。學會同仁原本請求壯老針對此回展出，撰寫一篇評介文章。沒想到他老人家卻把攬來的「工事」往我身上推，一再堅持要我來執筆。當時，我實在沒有自信可以寫好這篇文章，然而老人的意志似甚堅決，在再三推躲不掉的情形下，我只好老實不客氣地跟他老人家說：「學生不是不願意寫，實在是沒有把握做好它。如果老師肯答應我一個條件，我就寫。」「要你做事，還講條件！什麼條件？說來聽聽。」「如果您願意陪學生到展場從頭到尾觀賞一遍，並為我解說，我就寫。」我提出了這個近乎苛刻的要求，原以為壯老絕不可能會答應，也好讓他知難而退，或許還有一線逃脫的生機。哪知道這位「倔強」的老人聽罷，竟然毫不遲疑且爽快地說：「行！」讓我全無退路。就在這師生兩人私下一來一往，討價還價的折騰下，我終於硬著頭皮寫成〈明良康樂頌中興〉的一篇小文。副題是「辛酉篆刻展觀後」，發表於民國七十年十一月三日中央副刊。當時閱歷尚淺，原本對於王老師寧願花費兩、三個鐘頭陪我參觀解說，卻不願意自己動筆的事象感到不解，事隔多年，才慢慢能體會到王老師為了鼓勵我提筆寫文章，曲成善誘的一片苦心。只是因循成性的我，若非外力相逼，平日多懶於動筆，有負壯老殷殷相期之意。撫今思昔，只有慚愧而已。

隨著年歲增長，也漸能領略書中的興味。我就因為與壯老同有喜歡讀書的癖好，每次見面都不愁沒有話題。偶爾也會遇到老師有意要引用某一事典，一時記不起來，由我幫他補充，老人家總會露出得意的笑容。有一回，還因此獲賞一本小小的集錦冊頁，裡面就有前輩詩人李漁叔、周棄子、袁榮法、江絜生、成惕軒諸先生的墨跡，都是作家用工楷親手抄錄的「自作詩」。這幾位全是詩道中的頂尖高手，也是壯老早年的文藝界好友，大概都是應壯老「出題」請求而抄寫的。雖然冊頁的紙質並非上品，形式也不完整，我卻珍如拱璧。

二

民國八十年夏間，我在臺北市立美術館舉辦留學歸來後的首度書法展覽。先前，壯老看過我的一些草書及融秦、漢簡牘帛書筆意所寫的篆、隸合參體新作，除了指出一些改進意見外，也曾給我很大的勉勵，並應允為我的作品專集寫序，表示開幕時一定前來參加。後來序雖寫了，卻只簡單的節錄明人王弇州論書語「有功無性，神采不生；有性無功，神采不實」，有關先天性分與人事功夫兩者不可偏廢的十幾個字，前後略加按語，用四尺對開橫幅寫成。壯老自云這是他幾十年來始終服膺，未曾改變的一個見解。事實上，這一小段文字，壯老在民國七十一年為拙作《管晏列傳贊篆書冊》後所作的跋語中，已經拈出引用過，並有進一步的申說。因此乍見此作，心頭不免一愣，甚至

1981 年 10 月，「辛酉篆刻展」假國立歷史博物館舉行，書篆前輩王壯為老師為筆者作現場講解時留影。

多少還有為何如此敷衍的納悶。經徵得王老師同意，乃將前述的冊頁跋語與新寫的簡序同頁刊載。展覽開幕儀式已經正式開始，約莫半個小時後，莊師的令公子大智兄匆匆趕到，以沉重的語氣告訴我一個晴天霹靂的壞消息：王老師病倒，住進榮民總醫院了。頓時間，喜悅的氣氛全被悲慼的心情取代了。開幕儀式結束後不久，待前來祝賀的朋友漸漸散去，便即趕往榮總相探，方知莊老所患為淋巴腫瘤，經檢查確定是良性的，刻正進行藥物控制治療，可望能不致轉為惡性，內心才稍感寬慰。

事後，聽師母細談，方知為我寫序時，體力已不堪負荷，是在抱病的情況下勉強完成的。因此，這件「極短篇」的序文，很可能就是老師臨病前的絕筆之作。言念及此，真是慚惶萬狀，深悔當時實不該提出這樣的要求，以增加老師的體力負擔。只是老師一向精神健旺，總覺他老人家可以長命百歲。並且當時前往興隆路王老師寓所取件時，也看不出莊師身體有何異樣。怎知會有如此無常迅速的不測風雲呢？

三

目前已由師大退休的沈伯時（秋雄）師，三十年前就很喜愛莊老的書法與篆刻。有一回，特地備妥上品宣紙，囑我持往請求莊老書寫。莊老聽過我的簡介，既知來意，便說：「依潤例，對聯每付三千，但他（指沈師）既是李漁叔（莊老好友）高足，又是師大同事（莊師在美術系任教），就由他隨意送好了。」伯時師一時難以決定，徵求我的意見。我說：「壯老是痛快人，既如此說，就打個七折送兩千，應不失禮。」沈師認為可行，後來我陪伯時師前往取件，壯老見沈師所呈錢封，竟云：「我只收一半。」堅持再退還一千，讓我這個中間人暗喜不已。伯時師又請刻姓名章及閒章各一方，計七個字。壯老說：「依潤例每字六百，你若願意，每字收五百計三千五，有沒有問題？」沈師笑答：「沒有問題。」壯老素性真率，有話直說，絕不拐彎抹角。有些在他人或難於啟齒的話，壯老則直截說出，真誠自然，一點都不覺彆扭。這正是壯老的可敬愛處。相較於某些明明心裡想要，卻又裝模作樣遮遮掩掩的人，迴然異趣。

王壯老雖然訂有潤例，但是對於至交好友乃至門生晚輩，也常免費相送。比如說，他曾在參加一個晚宴回來後，連寫了二十件兩三裁（書畫家以作品一尺見方為一裁）大小的作品，以償字債，大概是在酒酣耳熱之際做出的豪邁承諾吧！這雖然算是一筆不小的「債務」，若跟清朝何紹基的一寫八十付對聯比起來，又顯得是小巫見大巫了。

筆者在就讀師大期間，由於地利之便，常得就近請教。有一段時間，還相約每週四晚間前往金門街王府便餐，飯後則協助老人家整理書物資料，並聆聽他說些藝林掌故。有時候，壯老發現他早年所書，不太滿意卻又捨不得丟棄的作品，便會拿來充當我「勞動」的報償。這些作品因為小有缺點，壯老甚至不鈐蓋印章。但大瑜小疵，對於學書者說來，仍具有重要的參究觀摩價值。

有一回，談到他在擔任書法評審中，發現大專組江育民兄的篆書寫得不錯，問我跟他熟不熟。

我回說很熟，且常來往。壯老說：「有機會可以帶他一起來玩。」後來我因事須往王府，邀了育民兄一同前往。臨別之前，老人家還特地取出一付新近所寫的〈侯馬盟書〉小對聯送給育民兄，可見壯老的愛才心懷。

四

民國六十六年，某日前往王府請益。談話中，壯老提及近來正在趕鈔部分丙辰日記，準備找出版社出版，當時，我因為曾大力推銷過南老師所著《論語別裁》，而跟出版該書的負責人古國治兄熟識，向壯老表示願意試著代為居間聯絡看看，壯老答應了。後蒙老古同意出版，因緣湊合，此書乃得應運而生。當時，出版社剛由原來的「人文世界雜誌社」改易為今名，正需要一個代表出版社的標幟。國治兄要我帶他專程前往王府求刻「老古」印一方，也就是迄今老古出版物封底那一方古篆白文印。此書名為《石陣鐵書室丙辰日記摘鈔》，記載了不少當代藝林有趣的軼聞與掌故，由壯老親筆行草書寫，又收錄鈐蓋了丙辰（一九七六）年間壯老最感滿意的篆刻作品二十餘方。既可以當作書法篆刻藝術作品專集賞會，也可以當作筆記小品文閱讀。只是全書用小行草書謄寫，如果沒有一定的書學素養，恐怕也難全部通讀得了。

此外，由我代為居間協調出版的還有一部，就是文史哲出版社出版的《壯為寫作》，書題還是前輩書家臺靜農先生的手筆呢！此書原作是一本外觀不很醒眼，紙質也極平常，裝池又有缺失的冊頁，但字跡卻寫得出奇的精彩。壯老原本只想順手隨意揮寫，或許正因為這種「無意於佳」的放鬆心情，竟然成就這麼一件意外的絕妙精品。壯老也就在為我展示並講解筆情墨韻的書寫要領時，才決定交付出版的。壯老問我有沒有合適的出版社朋友，我說文史哲老闆彭正雄先生也喜好文藝，我來接洽看看。經與正雄兄研商結果，終於決定採取比較特殊的蝴蝶裝方式出版，並保存了原跡筆觸的墨韻風神，可以明顯讓人感受到，彭老闆是以宗教家的奉獻精神，不計血本的把該書當作藝術品般地對待下刊印的。正因為有這樣愉快的合作因緣，才有《玉照山房印選》一書繼續在文史哲出版發行的後續情形。前述兩部各顯精彩的出版物，印數既有限，流傳也不廣，藝壇朋友知道的不是很多，不免可惜。

五

壯老的個性，耿直率真，凡是跟他有過交往的人，大抵都可以感受得到。數年前才以百歲高齡去世的本省籍書家曹秋圃先生，在他七十歲時，壯老曾刻了一組對章為他祝壽。沒想到曹秋老在八十歲時，卻命他的門人謝健輝兄，帶著這兩方十年前壯老為他所刻的印章，請求壯老磨掉印面上「澹廬七十歲後作」的印文，用原來的石材再刻「澹廬八十歲後作」，並且「語氣自然了無歉意，其事甚妙」（壯老日記語）。這在曹秋老想來是很稀鬆平常的事，因為人壽已過八十，而印文字面則仍停在「七十」，儘管「七十」之下仍有「後」字，總嫌不能具體紀實。但一般大概都會另覓合適的石材送去請求再刻，把原來的印章當作藝術品收藏起來。曹秋老卻毫不自覺地對原刻者作出「磨滅再刻」，近乎屈辱的無理要求，真是情何以堪？面對這樣的情境，即使勃然動怒，或相應不理，也是人之常情，但壯老卻處理得極為玲瓏。他既已知道曹秋老對篆刻的認識，還只是停留在文房工具性的實用層次，並未進入藝術性的審美層次，你要動氣去跟他計較理論，也沒什麼意思。於是，壯老把自己的舊作留下來，另外找到兩方印石，替他再刻，交差了事。然而，卻在隔年老古出版社印行的《日誌摘鈔》書中，留下了他的「春秋之筆」，將此事的原委及其內心感受作了忠實的表達。最後一段，這樣寫道：「印章之不為書人所重有如此者，誠可謂一大諷刺也。然則，鄭曼青唆蔣夫人磨曾紹杰所刻印，另倩蕭石緣重刻事也無足詫，轉不如曹老兒之直接了當矣。一笑。」壯老這種開通豁達，得心應手的處事態度，不僅鮮活地展現出他那倔強率真的書生兼藝術家本色，對於我輩後生而言，也都具有深刻的啟示作用。

六

在王老師的生涯中，酒幾乎是他不可或缺之物。他每天，甚至每餐與酒為伍，經常一邊喝著酒，一邊寫字、作詩，或奏刀刻印，酒儼然成了他創作的靈媒。不過，王老師雖然善飲，仍以淺酌為多，酒品一流，即使飲至酕醄，只見其更加慷慨豪邁，逸興飛揚，也不曾聽他說過什麼不如理的話來。

王老師不但自己好飲酒，早年還常勸我多喝酒，理由是喝酒可以「去矜持」。但老師勸酒也看對象，如同門薛平南兄平日號稱能飲，壯老則勸他宜加節制，這該也算是另一種形式的「因材施教」吧！

自從八十年夏間王老師罹患淋巴腺腫瘤臥病以來，便遵照醫生囑咐，不再喝酒。壯老與酒關係如此近密，他長期躺在床上，不能寫字、刻印或作詩，固然難過。但更難過的，恐怕還是不能讓他喝酒吧！早期是住院治療，後來病況獲得控制，出院在家靜養，我每隔一段時日，便會前往探望並伺機請益。

有一回，特地找了一瓶老師最感興趣的紅牌金門陳年高粱酒帶去，壯老看我手上拿著東西，問道：「這牛皮紙袋裡裝的是什麼？」我答：「是金門陳高。」師云：「我不能喝酒。」我說：「暫時放著，留待哪天老師病體康復時，陪老師喝呀！」壯老聽了，仍不免見獵心喜，說道：「我原以為是什麼其他東西，準備要你帶回去。既然是好酒，這個可以留下來。」原先，將出門時，內人還怪我：「老師既不能喝酒，如何還送酒？」我說：「這並非送酒，是送老師一個『希望』啊！」令人遺憾的是，這個小小的「希望」終究還是落了空。或許，王老師這一生該喝的酒量，在他臥病之前早已喝足了吧！

七

早年我對自己落款的姓名書寫很不滿意，總覺得怎麼寫怎麼不對勁，都很難看。經向莊老稟明此意，老人家二話不說，隨手取出一些裁剩的紙條，就在上面書寫我的姓名，有魏碑體楷書的「杜忠誥」，也有行書和草寫的「杜忠誥」，大大小小總共寫了十來款。其中的「忠」字和「誥」字，大概也覺得不盡滿意，還特地多寫了好幾遍。這些珍貴的墨跡資料，如今都被我妥善保存著。每回展閱，而當年莊老對我這後生小子呵護備至的神情笑貌，便不覺浮現腦際，令人回味感念無窮。

（《典藏》九十四期，典藏雜誌社，二〇〇〇年七月刊登，二〇〇八年六月校訂增補）

畫家字與書家畫

——傅狷夫書畫及其創作進路對後學之啟示

一

書法與繪畫，其存在形式雖然同是二維度的平面藝術，但兩者的表現對象不同。繪畫的表現對象，是客觀世界的具體物象，其所表現的幾乎都可以在現實世界中覓得對應之物；而書法的表現對象，則是已高度抽象化了的漢字，漢字的早期形態，固然多的是描摹客觀具體物象的象形字，但它作為文字的功能，本質上是語言的紀錄載體，是文字性的，與「應物象形」的繪畫迥然異趣。兩者具有本質上的差異，分屬於兩個不同的範疇，是顯而易見的。

由於工具與材料的同質性，書法與水墨畫向來關係錯綜複雜，自古雖有「同源」之說，而各自發展的結果，早已「異流」。書法藝術的精髓是「骨法用筆」，這個用筆，直接關係到書法賴以說話的點畫線條之生成。因此，它是一個「生死關」；由點畫線條排列組合而成的大小不等的空間結體與架構，才是「風格關」。「風格關」讓你的感性存在成形而「有」，「生死關」則讓你的感性形象富含「活」的機趣。水墨畫家雖然也同樣使用點與線，但水墨畫中的點畫線條，是替物象空間之輪廓或紋理之描繪服務的，其存在是工具性的而非目的性的。不像書法中的點畫線條，既是工具性的，同時又是目的性的。

民國四十年前後，追隨國民政府來臺的書家與水墨畫家不少。這一批渡海第一代的書畫家，其蒙養工夫之傳承與築基幾乎都在未渡臺前完成，有不少甚至在大陸時期即已揚名。他們或專擅書法，或專擅國畫（水墨），有些則兩者兼擅，既是書家，又是畫家。在這極少數書畫雙棲的前輩畫家中，無論就創作質量或藝術性表現的自覺意識上看，覺翁傅狷夫先生絕對是名列前矛的。

二

覺翁承其家學，少小時期即鍾愛書法。其後廣泛涉獵，兼擅各體，融會貫通。最值得稱述的，是他那獨樹一格的「傅體」連綿草。連綿草的書寫，除了「寫活點畫」、「善記字形」、「妙於接氣」等跟一般今草所需的修學內容外，還須能機靈地「隨機應變」，在書藝表現中，算是難度最高的。書寫時由於速度相對較快，字勢離合較大，隨時處在必須在最短時間內覺知由筆端所幻化出來的形勢，並當下判斷次一筆或多筆的區處對應之道，且即以劍及履及的霹靂手段付之實現。其間幾乎都屬直覺反應，容不得些許思維擬議。所謂「纖微向背，毫髮死生」，成敗往往繫乎當下瞬間之一擊，宛如在劍稜上走，稍有閃失，便要成仁失命，故挑戰性特別高。覺翁的連綿大草，先天性分既足，後天努力也夠，可謂「性」「功」兼備，且開新意識濃烈，個人風格異常鮮明。即使撇開覺翁的水墨畫上的成就不計，單就書法創作成果而論，在民國以來的兩岸書家群中，覺翁的連綿草絕對是不容忽視的一大存在。

覺翁的草書，給予觀者視覺上的最大愉悅，是氣勢綿密，酣暢痛快。不論筆間（字內）氣、字間（字外）氣或行間氣，隨著筆勢之運動變幻與空間之分割構築，自在卷舒，機趣盎然。故欣賞覺翁的書法，常有一種「兩岸猿聲啼不住，輕舟已過萬重山」的自由暢快感。這固然是他深得映帶接氣之妙訣所致，但又何嘗不是因為他身為一流的畫家，長期在畫面上「經營位置」，因而練就一種「以神遇不以目視」的直覺感悟力之觸類朗現呢？

覺翁的連綿草書，用筆精熟，字形變化多端，宛如夏雲隨風，千彙萬狀，創作量又夠，故得據以編成「字典」。覺翁不僅在造形上善於離合，在章法上尤善於接氣，比如上、下兩字之間，下字的第一筆，往往是順著上字最後一筆的筆勢，一氣貫下寫定，然後再去蘸墨，接著寫第二筆以下部分。雖然消解了上下字間本當提虛的賓筆之映帶意味，卻大大強化了作品的連綿氣勢，與唐代狂草大家張旭的草法同一機杼。也正由於此，使得為覺翁「行草字編」的採樣者，往往誤將跟上字末筆連成一氣的次一字之首筆割歸上字，以致形成不少冗增一筆的「拖尾字」和少卻一筆的「截頭字」，無端為《字編》的校訂增加了難度。這也是因為覺翁特異的連綿草法，才有可能衍生的一個有趣現象！

此外，墨韻的淋漓與墨色層次變化的豐富性，也是覺翁草書的一大特色，這都跟畫家平日善於調融水墨運用工夫具有密切關係。如「一簾風雨」橫幅，創作時，先以淡灰青畫竹為底，未甚乾透之前，再用濃墨書寫主文，造成水墨沁滲暈化的立體效果。這種具有實驗性的創作方式，是「畫家字」的一個鮮明標幟。尤其在覺翁的那個時代，一般不兼繪事的書法家，是不太可能會這麼玩的。

覺翁的連綿草，不僅在當代獨樹一幟，即使拿來跟歷代草書家相比，也有其無可取代的鮮明標格。談到當代草書，自以于右任標準草書為極詣。把覺翁的連綿草拿來跟于右任的標準草書做個比較，也是很有意義的事。若以拳法為喻，于右任的標準草書，打的是太極拳，而覺翁的連綿大草打的則是少林拳。太極內家拳法強調柔勁，出手起腳，速度緩慢，移以用筆，適合羊毫，故點畫多沈厚，墨色變化不易凸顯，較少飛白。少林的外家拳法，重在剛勁，行拳較為猛迅，移以用筆，適合狼毫，故點畫多犀利，墨色的層次感容易發揮，飛白筆畫相對較多。這是于、傅兩家草法，在筆墨表現上的大略比較。彼此各有千秋，原本難分軒輊。不過，若就筆法的縝密精能上看，覺翁似應略居下風；而就墨法的濃枯潤燥之充分發揮上看，則覺翁似又奪回一城，略勝一籌。此外，于氏的標準草書，原是為了補救漢字「只有楷寫體，沒有草寫體」的缺憾而研發開展出來的。儘管其中含具的審美價值，早已超越同時代，甚至前代的草書家，但其出發點與結穴點，總歸是實用的，故寫來字字獨立。以其內功底氣強盛，在獨立之中卻又彼此顧盼呼應，略無凋疏支離之感，這是于書的不可及處。于氏用羊毫筆來寫字字獨立的標準草書，而覺翁則用他一貫善用的狼毫筆來寫連綿草。狼毫性剛，比羊毫筆更適合於書寫相對較為迅捷的狂草。因此覺翁草書，遠比以優雅安閒見長的于體草書更具風馳電掣的速度感，在情感的抒發上，益顯奔放。故在于體「草聖」的強力籠罩下，猶能別開畦徑，走出自己的一條康莊大道來。光憑這一點，也堪稱是書壇豪傑了。

三

覺翁既是傑出的大畫家，又是成功的書法家，故他的書作在章法的謀篇方面，其實也得到繪畫知能的無形滋養，遠比一般書家更具有藝術表現趣味，是典型的「畫家字」；他的畫作，在點畫線條的質感上也得到書法用筆的無形補濟，故筆觸比一般畫家都更為精勁，是典型的「書家畫」。

覺翁生長在山水清麗的江南，鍾靈毓秀，其繪畫才氣，早歲已顯崢嶸。待日軍侵華時，避走四川，又飽覽了蜀地的雄山奇景，畫風為之一變。大陸失守，輾轉來臺後，以性喜尋幽探勝，足跡遍及三臺，對於這個與中原內陸迥異的島國景物產生了既特別又深厚的情感。於是憑藉他那慧心妙手，即以這塊土地上的崖石草木、屋宇亭臺以及浪濤雲海為稿本，運用他那渾厚虛靈的精熟筆墨，為臺灣獨特的山川風物造象寫神，終於開創出前不見古人的「傅體山水」。

覺翁的書法表現在兩個方面：一是畫上的落款，一是正式的書法創作。覺翁畫上的落款，基本以行草書為主，尤其是連綿草。篆書次之，隸書較為少見。就字體的表現頻率看，他的落款書法與書法創作有近似處。覺翁的畫作，無論山水、雲海或樹石，多屬大寫意，故即便用的是偏於詳靜的篆、隸書落款，字體多少也都帶有幾分行書筆意，款字的筆勢與畫面景物的筆觸兩相融洽，達到高度的統一。有時興致一來，甚至在畫面上大幅題跋，暢快淋漓，構成有機的整體感，儼然書畫聯璧，成了覺翁畫作的特殊景觀。尤其那筆走龍蛇，開合有度的連綿大草，鑄落在畫面雲空之際，益發具現了畫龍點睛的妙用。

宋人郭若虛《圖畫見聞誌》上說：「畫有三病，皆繫用筆。」他所說的「三病」，是「版」、「刻」與「結」。版，是物狀平褊，筆畫版弱，線條缺少圓渾的立體感；刻，是轉彎抹角，雕鑿造作，有失自然；結，是指前後筆畫之間氣脈滯塞，缺少流暢的連貫性。繪畫作品出現這三種病症，主要都出於不解用筆。筆法不通，對於筆鋒之控縱未能真有悟契，則向下用力時，唯按無提，整個筆腹平貼紙面，便成「坐筆」，筆勢癱沓，略無骨氣，缺乏承上啟下的筆勢，是所謂「結」病；向上提時，則只提無按，鋒勢虛脫，內氣不能充實飽滿，便成「版」病；由於用筆的平「版」，容易導致「意」到而「筆」不到，故不免要填填補補，描描塗塗，結果愈描愈黑，徒存筆畫形模，略無神韻，便成「刻」病。這三種病症，由「版」生「刻」，由「刻」致「結」，是一個病筆三部曲。病象雖殊，病因則同，都是在用筆提按之間，筆鋒失去蓄勢待發的彈性狀態所致。北宋書畫大家米元章說：「得筆，則雖細為髭髮，亦圓；不得筆，雖粗如椽，亦褊。」這些深造有得者留下的寶訓，很值得拿毛筆創作的人再三深思。

實則，「版」病，可以透過篆書或魏碑之臨寫來對治；「刻」病與「結」病，則可以透過行、草書的臨寫與熟習來對治。不少畫家對此缺乏深刻體認，往往認為練習書法會侵佔繪畫創作的時間，因而說他「沒時間練字」。以致其畫作往往有「水」也有「墨」，就是看不見氣韻生動的骨法用「筆」。其實，這是不明「書為畫本」所導致的一大誤解。

傳統書畫作品的評賞，特別崇尚要能「有筆有墨」。有筆，是指用筆得法，筆畫遒勁有骨「氣」；有墨，是指用墨得法，故一點一畫不但有骨氣，還有墨「韻」。這個「氣」與「韻」並存的生動世界，正是一切東方藝術所追求的最高意境。筆法為書家之所長，而墨法則是畫家之所長，用筆立其骨，墨法得其肉，二者分別看待，雖然各有職司，而實際揮寫時，原也只是一事。筆法得「氣」是本，墨法得「韻」為末，由水墨生成的血肉，附生在由筆勢生成的筋骨之上，所謂本立而道生，其中也自有本末先後之分殊，凡有志水墨繪畫創作者，於此不能不辨。

畢卡索曾說，他如果生長在中國，他將不會是畫家而是一位書法（寫）家，他將用書寫的方法來完成他的畫作 (I'd write my picture)。他到底在東方書法中看到些什麼，令他對這門藝術如此傾心？從他最後一句的語意看來，漢字書寫藝術中，由前後筆畫的聯貫映帶所形成各種近乎音樂旋律般的靈動筆勢，似乎便是令他傾心的精核所在。同是「揚州八怪」的鄭燮稱讚黃慎的畫說：「畫到神情飄沒處，更無真象有真魂。」這個通達用筆法所生發出來的靈動筆勢，不僅是覺翁連綿大草的重要質素，同時也是他在畫作表現上的「真魂」所在。

覺翁書畫兼修而大成的創作進路，堪為那但知有「水」有「墨」而不知有「筆」的畫家，指出一條通往光明坦途的創作方向。對於後來的學畫者而言，無疑是一個重大的啟示。

四

覺翁質性自然，恬淡率真，平時話也不多，既有儒家的剛健性格，又具道家的沖虛精神，務實而不討巧。畢生心力，寄興在山川筆墨之間，對於名利場，多採取退讓態度，故能「身不炫而名立」。石濤在《畫語錄》上說：「在墨海中立定精神，筆鋒下決出生活，尺幅上換去毛骨，渾沌裡放出光明。」覺翁實足以當之。

筆者在民國六十年間服完兵役，返回南港舊莊國小服務時，曾以地利之便，就近向覺翁夫子學畫山水約半年之久。後來，覺翁遷居「復旦寓廬」，我已棄畫而專研書藝，也常攜帶書法習作前往請益，有緣觀摩其揮毫神情，並恭聆甚導，頗獲啟示。待覺翁行將移居加州「樺樺草堂」依親，當時我適留日歸來未久，覺翁知我對書學興趣濃厚，特將他手頭收集揣摩，圖文並茂的《書品》（日本學者兼書家西川寧創刊發行）雜誌六十餘冊惠贈給我。勗勵殷意，永難忘懷。茲值先生百年冥誕紀念，僅略述個人對於覺翁夫子書畫創作之管見，以告後昆，聊申孺慕追思之忱。

（《傅狷夫書畫集》書前，國立臺灣藝術大學出版，二〇〇九年五月）

其它

挨罵的藝術

有人罵人，當然有人挨罵。古今中外沒有一個人敢說自己是絕對的完美無疵，因此，我們可以大膽地說：天底下沒有一個不挨罵的人。

有一次，唐太宗問徐敬宗說：「我看群臣中，以你最為賢能，但有些人卻不以為然，這到底是怎麼回事？」徐敬宗答道：「春天的雨，何等酥潤！農民喜歡它能夠霑澤農作物，但是行人卻討厭它把道路弄得泥濘不堪，難以行走；秋天的月，何等皎潔！有情人欣賞它盈盈的清輝，偷盜者卻嫌它明亮礙事。天地之大，人們尚且對它有所遺憾，何況我小臣呢？」

其實，挨罵也不一定便是壞事，那就要看罵人者的動機為何，用意何在了。有些人罵你，絕不是存心嫉害你或非毀你，純粹是出於一種愛之深、責之切的情意，如父母責罵子女，師長責罵學生，他們莫不期望你成材成器，出人頭地。徐復觀自述他第一次去拜見熊十力先生，請教該讀什麼書，熊老教他讀王船山的《讀通鑑論》，他回說早已讀過了。老先生以極不高興的語氣說：「你並沒有讀懂，應當再讀！」徐復觀讀完後，再去見他。老先生問：「有點什麼心得？」徐復觀便接二連三說出一大堆不同意的觀點。他老人家不等聽完，便怒聲斥罵：「你這東西，怎麼會讀得進書！任何一本書，有壞的地方，也有好的地方，你為什麼不先看出好的地方，卻專門去挑剔壞的？這樣讀書，就是讀了千百部，也沒有用，你會得到什麼益處？讀書是要先看出它的好處，再批評壞處，這就像吃東西一樣，要消化而攝取其有用的養分。譬如《讀通鑑論》某一段是多麼的有意義；又如某一段的見解又是如何深刻，你記得嗎？你懂得嗎？你這樣讀書，真是太沒出息了！」這一罵，罵得他目瞪口呆，啞然失對。若說徐復觀後來的一些成就，是熊十力先生罵出來的，也未嘗不可。那麼，像這種令人心服，當頭棒喝的罵，我們想挨都還挨不到呢！若竟有人因此惱羞成怒，則此人豈僅是無可救藥，簡直是沒有心肝！

一般說來，才能高的挨罵機會也多，所謂「樹大招風」；因為你才能高，相形之下，便顯得人家矮了半截，不免招忌。有些人有自知之明，也很洞達，遇到比他賢能的人，他只是羨慕欣賞，或許還生起思齊之心呢！絕不會有絲毫嫉妬之意。但偏偏有些人不知天高地厚，往往目中無人，以為天底下唯我第一，數我最行，其他都是飯桶酒囊，笨蛋蠢貨。一旦碰到一個不是飯桶，不是笨蛋，成就又與他相伯仲，甚至凌駕其上的，他便白天緊張，夜裡睡不著，深怕別人搶走了他的飯碗，取代了他的名位，於是便搖唇鼓舌，千方百計，來破壞你，毀罵你，好像非把你給罵矮下去，便不足以顯示他的高人半個頭兒呢！事實上，你「遭一番訕謗，便加一番修省；遇一番橫逆，便長一番器宇」，畢竟「不遭人忌是庸才」，理當感到欣慰才是啊！

話說回來，挨罵雖不見得就是壞事，不挨罵也未必就是一件好事。記得有位先生，很喜歡罵人，也很有些罵人的本錢；罵人這玩意兒，對他來說，幾乎已經成為生活的必需品。他說他自己不夠當聖人，卻要求別人都當聖人；因此，凡是他瞧不起的，便習慣地罵將起來，並且每罵必淋漓盡快而後止，幾乎周遭的人全被罵盡了。獨有一人，沒被他罵到。此人還頗以此而沾沾自喜，你猜他老怎麼回答？「他根本就不值一罵。」你說妙也不妙！

有些人罵人還講道理，有些人就不然；對於這種不可理喻的西班牙蠻牛，你跟他講道理，簡直是對之彈琴，因為他根本就不知道理為何物。你要跟他對罵，也只是徒費口舌，白使力氣，倒不如當他是神經病者，還來得省事些。但這也只能在心裡想想，可千萬別說出口來，否則火上澆油，益增其怒，更加麻煩。因為一般犯神經病的，他是絕對不肯承認自己是神經病的，就如同喝醉了酒，不會承認自己酒醉是一樣的道理。但是對於那些肯講道理的罵人者，你可要「夜渡危橋」——小心點兒，無妨避讓他們幾分，因為他理直，罵起來自然氣壯，其鋒不可犯。既然是他理直，當然就是你理屈囉！（其實理直理屈，彼此都是「瞎子吃湯糰」——心裡有數）既然理屈，那就少開尊口，以免自討沒趣；這叫做「明哲保身」，這叫做「知進退者為英雄」。

武則天的姪兒武三思曾說：「我不知天地間何等人為善人，何等人為惡人，但知與我善者為善人，與我惡者為惡人。」可見在小人眼中，善惡好壞，並無標準，大凡你所以挨罵，至少站在罵者的立場，一定覺得你有可罵之處；但問題就出在這罵人者到底是何等人。假如對方是小人，那麼他罵你，正表示你不跟他同流合汙，慶幸猶來不及，還能對他生氣嗎？反之，如果對方是個正人君子，他罵了你，表示你必有「離經叛道」處，否則他怎會輕易對你口誅筆伐呢？這就該反身內省，有則改之，無則加勉。若他不罵，我便不自知其過，是罵有助於我的進德修業，難道我還惱怒不成？

如果你是「大人物」而挨罵，那你萬萬不能與彼輩一般見識，宜自愛惜羽毛，以免有失身分。要是你回罵了，反而使他得意。這等事，大概只有傻人才肯幹吧！如果你是小人物而挨罵，試想「是必我之道，可以與彼相抗也」，言念及此，對其擡愛之情，不去拜謝也便罷了，哪裡還有勇氣去回罵呢？

此外，除非你從來不上「衙門」，否則將不免要碰上「官腔式」的責罵。這種無關痛癢的罵，其實也只是他們久處在層層官腔的環境下，所產生習慣性的毛病罷了，打了一下官腔，也就沒事了。尤其當他在出門時才跟太太或先生吵過架，那罵起人來就更兇得可怕了。也許他平時很和氣，只是偏偏你選上他情緒欠佳的一刻去，充當他的發洩桶，除了自認倒楣，還能有啥話說？這時節你可千萬別生氣，因為在這個關頭，答腔生氣都對你不利，所謂「識時務者為俊傑」是也。要是你有恃無恐，不怕他刁難，也不怕他找麻煩，又正好精力充沛，時間寬裕，那就另當別論。

設若有朝一日，你莫須有地挨了罵，那斷斷不能就生氣，最好的處變之方，便是不理他。往往有時對方並非蓄意要罵你，只是由於一時誤會，要是你不明就裡便跟他鬧將起來，日後就不好見面。倘若當時能暫且不去理他，待他明白事理真象，反而會自覺不好意思，來向你道歉；或許他礙於情面，不便親自致歉，也必定會在適當時機設法補贖你。古人說：「忍一時則風平浪靜，退一步則海闊天空」，就是這個意思。

常常我們會有這樣的一種感覺：如果你早上跟某人吵過一架，即使在吵的時候佔盡了上風，把對方罵得狗血淋頭，無所容身，相信在這一天之內，你必然也不會過得很快活。因此，真正懂得養生之道的人，他不但不輕易動口罵人，並且挨了罵也不氣惱、不回罵，同時他也絕不認為這是懦弱可恥的事，因為他深知挨罵於我無損，氣惱卻對自己有害，萬萬逞強不得。《老子》說：「勇於不敢則活」，至堪玩味。

一般人挨罵之所以會動怒，所以會回罵，泰半因為被罵得忍不下這口氣，以為若是默不作聲，則親朋戚友必會認為我果真如其所罵，這豈非不戰而降嗎？天下哪有這等便宜事兒？可是，你回罵他一句，便提供他一分罵你的靈感，激發他一分罵你的怨氣。如此發展下去，至於扭衣拔髮，大動干戈，都有可能，又何止於相罵不下而已。

要是碰到對方正罵得如火如荼，欲罷不能的當兒，而你又不忍卒聽時，最妙的脫身之法，莫過於藉口「內急」，而溜之大吉。罵人者眼看有形目標已然消失，所罵者都無回響，自然會「凝結不通聲漸歇」了。但在一種情況之下，你不但不能溜，還得立正注目，表示洗耳恭聽，那便是長官大刮你鬍子的時候，要是你一溜，他的氣沒處出，可能會連降你三級呢！所以他越是刮得起勁，說不定他一罵出味道來，還給你來個「超遷晉祿」呢！

萬一以上的解數，都不靈驗，那就只好使出最後的一招「旋乾轉坤」。梁實秋先生說：「善罵者，態度鎮靜，行若無事。普通一般罵人，誰的聲音高便算誰占理，誰的來勢猛便算誰罵贏。唯真善罵人者，乃能避其鋒而擊其懈。你等他罵得疲倦的時候，只消輕輕的回敬他一句，讓他再狂吼一陣。在他暴躁不堪的時候，你不妨對他冷笑幾聲，包管你不費氣力，把他氣得死去活來。罵得他針針見血。」梁氏把這一招，列為「罵人藝術」的絕招之一，我倒認為，用這一招來對付那些喜歡罵人的人，也相當管用，這就叫做「以其人之道，還治其人之身」囉！

（聯合副刊，一九七七年一月十五日）

後記：此文因偶讀文壇前輩梁實秋先生〈罵人的藝術〉一文有感而寫，原稿開頭尚有略似評論的「讀後感言」約三百餘字。文投聯合副刊，當時主編瘂弦先生閱後錯睞以為可採，唯覺前述一段不甚「合宜」，擬予刪削後刊登。鄙人以為刪去緣起，亦無妨文旨，乃表同意。今忽忽已過三十餘年，趁著這個結集機會，本擬原汁原味登出，可惜當年底稿已不知散佚何處，百覓不得，只好記此因緣，聊當鴻爪。二〇〇八年六月，研農補記。

從禪宗頓漸之說談「漸修成頓」的實踐功夫

佛經記載，佛陀在靈山會上，手拈金婆羅花，遍示諸眾，當時唯有迦葉尊者會心微笑，佛陀於是當眾宣布：「吾有正法眼藏，涅槃妙心，實相無相，微妙法門，付囑迦葉尊者。」所謂「不立文字，教外別傳」，心心相印的禪宗法門，就在這神祕氣氛之下產生。

傳到第二十八代祖師——達摩，才東來而傳入中土，是為中國禪宗始祖。閱九年而得傳人慧可，是為二祖。慧可傳僧璨，僧璨傳道信，道信傳弘忍，是為五祖。在此以前，凡祖師傳法，都依佛陀「不立文字，教外別傳」之法，一脈單傳。到了五祖，欲傳衣缽，卻令門下弟子各就所見作偈語以見意，依其所詣高下以為簡擇。

當時弟子中，大家都看好首座神秀，認為傳人非他莫屬。神秀本人也頗自許，因作偈道：「身是菩提樹，心如明鏡臺。時時勤拂拭，勿使惹塵埃。」五祖看罷，知道他猶有滯相，尚未開悟。

惠能依此偈意，更越一層，作偈如下：「菩提本無樹，明鏡亦非臺。本來無一物，何處惹塵埃？」偈意活潑，無所住著，如鳥飛空而不住空，魚游水而不滯水。五祖看了，心大歡喜，深知他已能直指本心，見得自性，遂將衣缽傳給惠能。

其後，惠能開宗於南方曹溪，以「本來無一物」之頓悟法門傳心；神秀亦弘法於北方黃梅，以「時時勤拂拭」之漸修教義示人，旨趣不同，禪風殊異，而聲勢均盛，佛學史上遂有南頓、北漸之分。

我們試就二偈加以分析，神秀與惠能見地誠有高下之別，前者重在依次修行，循序契入；後者則重在當下之證悟，直契本心。然而法本不殊，只因各人識見深淺以為高下罷了！《六祖壇經》云：「何以漸頓？法即一種，見有遲疾。見遲即漸，見疾即頓。法無漸頓，人有利鈍，故名頓漸。」根據這段文字，可知所謂「頓漸」，純係個人器識之利鈍問題，並不是所傳之法有所不同。

大凡入道之門，約有兩端：一是理入，一是行入。悟理有賴於頓，行事則須漸修。理悟知解，修證所悟。理悟屬「知」，修證屬「行」。既知其理而又繼之以行；既行其事，益證其所知。王陽明說：「知是行之始，行乃知之成。」又說：「知之真切篤實處，即是行；行之明覺精察處，即是知。」體用一如，知行合一，不容偏廢。

《楞嚴經》云：「理須頓悟，乘悟併銷；事非頓除，因次第盡。」禪家所重在於當下之證悟，不僅止於見聞覺知之解悟而已。那些純屬於知解上的事，如說食不飽，終究是一場空言。務須在理悟之後，繼之以行修，以求行（實踐力）與解（覺知力）之相應，以至於理事圓融，了無滯礙，方纔稱得上真實受用。如或不然，說亦說得，明亦明得，只是行不得，則理仍只是理，事仍只是事，兩不相涉，到底有何益處？譬如你本不知車站在何處，經人指點，知道可由某路某路而到達車站，此時你可以說已經「知」得了。你可以從甲路去，也可以從乙路去；你可以走路去，也可以搭車去。但不管你是從哪裡去或怎麼個去法，總得由你親自去（行）。若只乾坐在家，而無實際行動，則前此之知便成為「徒知」，這跟不知沒有兩樣。又，當你既經指點，則於言下「頓」知，繼又依循指示路徑「漸」行「漸」近，及至抵達車站，才算「知」之完成，而此「知」乃為有用。

王陽明〈與黃應良書〉中，曾談到實踐之功，把人截然分為「聖人」與「常人」兩種，他說：「聖人之心如明鏡，纖翳自無所容，自不消磨刮。若常人之心，如斑垢駁蝕之鏡，須痛刮磨一番，盡去駁蝕，然後纖塵即見，纔拂便去，亦不消費力。」言下之意，即認為一切人格涵養與道德實踐工夫，乃常人之事；至於聖人，心如明鏡，纖翳無染，與道合同，根本用不著去做什麼克制消磨工夫。王陽明這話並沒有說錯，但不免有「聖人天生，常人無分」之語病。果如所言，則一切道德修為的實踐，意義便不免大為減殺，而《孟子》「舜，何人也？予，何人也？有為者亦若是」之言為欺我矣！

事實上，所謂「聖人」，只不過是道德修養所臻達的一種精神境界之代號。就以「至聖先師」——孔子來說，只因為他人格完美，德行圓滿，因此我們稱他為「聖人」。這「聖人」之名，乃是後人對他一生所修成「果位」的總評贊詞，並非孔子一生下來便是聖人，我所以說陽明之言「不免有病」者在此。並且既名之為「聖人」，則仍然是「人」。凡是活在現實中的人，都是「常人」。我們尊稱孔子是「聖人」，而根據《論語》的記載，我們知道孔子原是個「溫、良、恭、儉、讓」，

「望之儼然，即之也溫」的謙謙君子，和藹可親，平「常」得很，並不是什麼三頭六臂的怪人。其實他跟我們一樣有耳、目、口、鼻，一樣有七情六慾，一樣要吃飯睡覺，一樣會作夢……，只是他修養到後來，一切言行舉止及種種情感慾望，都能夠發而中節，德行接近圓滿的人格典型。後人見其不勉而得，從容中道，言行足為天下法式，故尊他為「聖人」。實際上孔子之具備此種完美人格，也是由於依次修習力行實踐得來，並非生就如此。在《論語・為政第二》，孔子自述其為學進德次第，說：

「吾十有五而志於學；三十而立；四十而不惑；五十而知天命；六十而耳順；七十而從心所欲，不踰矩。」根據這段文字，孔子自言「十五志學」，則十五歲以前，其志向尚游移未定可知。其後，經過十五年的寒窗苦讀，所學皆有所立，能夠自成一套學說系統，然而既強調「三十而立」，則三十以前尚不足以自立可知；再過十年，對於事物當然之理皆無所疑惑，則四十以前，尚不能無惑，斷可推知；又過十年，已能盡心知性，明白世間一切窮通得失，豐嗇順舛，似乎都有一種無形的命數在暗中牽引著，故凡事但當依義而行，為所當為，不必更問其他。則其前此或未必能夠如此可知；及至行年六十，對於外間一切恭維、譏嘲、順逆之言，入耳而心通意解，不為境緣所轉，無所嗔喜於其間，真正達到《莊子》所謂「舉世譽之而不加勸，舉世非之而不加沮」的修養境界。既言六十而後如此，則六十以前或不免有喜順恚逆處可知；至於七十歲以後，年事既高，德行益純，當下直覺應該怎麼做便怎麼做，無施不宜，已修到「安而行之」事事圓融的聖人境界。

然而七十歲以前，雖然也是「從心所欲」，猶或不免會有未盡適當之處，不然，他就不必在「從心所欲」之下，特別強調「不踰矩」三個字了。

由以上的分析可知，孔子一生的學問德慧成就，雖然達於「安而行之」的圓滿境界，總是由學而至，端賴其平日鍥而不舍、好學不厭的學習態度，與改過遷善、克己復禮的實踐工夫所致。此外，〈述而〉篇也說：「我非生而知之者，好古敏以求之者也。」孔子這些話，雖多少寓含勉勵後生之意，但也是老實話，所謂夫子自道是也。而朱熹集注竟謂：「聖人生知安行，固無積累之漸」，這話何異於沮阻後人：「爾後生小子！不必師法孔子，孔子是天生的聖人，並非積學可至。」誠如朱子所云，則一切德行修學工夫便無甚意義，而成聖成賢的實踐工夫成為不可能。既然「聖人」為不可學不可至，那麼還學他幹嘛？就如同買彩券，明知大獎已被摸走，還買它幹嘛？明知此神不靈驗，誰還肯費心去焚香頂禮？本來好好的一段話，經他這麼一注，便令後人視孔子為高不可攀的神話人物。無形中孔子變成了一個偶像，而他的言語乃成為教條，尊則尊矣，卻叫人敬而遠之。因此，我說朱子雖名為尊孔，實為誣孔，貽誤後生，罪不在小！後世之所以有所謂「批孔」、「反孔」等事發生，雖說緣於舉唱者本身不明孔學真相所致，而宋、明理學家太過於「神化」孔子，實在也難辭其咎。

記得六、七年前某個週末，唐君毅先生應邀在實踐堂演講「人的存在意義」時，曾經說過：「西方宗教之所以衰弱，都緣上帝離人心太遠。上帝站得愈高愈大，則人便自覺愈低愈小，也愈提不起來。」接著他說：「所以西方宗教如果想在中國生根，上帝應該謙卑一點。」這話頗能發人深省。

整部《論語》都離不開一箇「仁」字，「仁」是儒家學說思想之精核所在，孔子整個人格生命，就是「仁」的體現。而對於這個理想人格的「仁」，孔子卻說：「仁遠乎哉？我欲仁，斯仁至矣。」只要真信得過，肯確實修習實踐，人人都可達到像孔子一般仁智雙彰的理想人格境界，說得明白堅確，更無疑義。因此，當時乃有三千多人去受教，終於造就出七十二大賢，或為將相，或為卿大夫，對於當時及後世之政治社會文化產生鉅大而綿遠的影響力。若說孔子的學問德業純係「生知安行」，為「無積累之漸」，為不可學而至，則當時三千弟子豈不個個都是傻瓜，都是冤大頭？而顏、曾之德業成就，又如何成為可能？

我說這話，對孔子並無貶意，也不敢有貶意，孔子之德行有如日月經天，豈是我後生小子所能妄貶？相反的，我是絕對服膺孔子的。我不反對稱美孔子，卻不希望把孔子太過於「神格」化，致使孔子的學說思想之普遍性與可行性讓人產生誤解，有所偏差。實則，自從漢儒董仲舒以來，孔子便被披上神話的彩衣，因而引起王充在《論衡》書中的大力闢論。他認為凡是不待學而知的「生知」者，那已經不是「人」而是「神」了！至於人倫極致之「聖」，猶賴修學而至。他說：「所謂神者，不學而知；所謂聖者，須學以聖。以聖學人，知其非神；聖不能神，則賢之黨。」又說：「夫賢者，道德智能之號。神者，渺茫恍惚無形之實。實異，質不得同；實鈞，效不得殊。聖、神號不同，故謂聖者不神，神者不聖。」這些話對於當前思想學術界的虛妄迷執，何啻是當頭一棒喝！

唐君毅先生稱孔子的人格為「圓滿的聖賢型」，至為真切。因為孔子畢竟仍只是「人」，他的人格修養已然接近圓滿，具備完全人格形態之精神。但這種最高的理想精神境界，是他老人家修養到最後所證得的「果位」，我們不能只見其「成功之美」，便不追索其「所致之由」！當我們深入考察知曉孔子的圓滿德行，原來只是精誠的「改過遷善」以後，便當興起孟子所謂「有為者亦若是」的信念而力行實踐，以求自我人格生命之不斷提升與上達。

在儒家如此，在禪家也是一樣。一般禪家悟道，有所謂小悟若干次，大悟若干次者，必先積累若干小悟，乃得一大悟，積累若干大悟而成一徹悟，然後能事理圓融，體用通透。因此，雖同名為悟，而悟之層次實因各人根機而有深淺之不同。或當時以為悟了，事過卻又覺得不是。蘧伯玉行年五十而知四十九之非，正是這個道理，而莊子說話往往「隨說隨掃」，正是他最高智慧的表現。南懷瑾先生在《禪海蠡測》書中說：「古德禪師，雖有於言下頓悟者，但在未悟之前，固皆用功有年；或悟之後，又依止宗師，水邊林下，保任涵養多年，方能透徹。」實為確論。因此，在見聞覺知的理悟之後，繼之以漸修工夫，修中又有所悟，悟後又能起而修持，就像滾雪球一樣，越滾越大，越積越厚，而世間一切學問藝業之修習與人品德業之淬礪，都有無限的可能，含深遠的意義。

老子《道德經》說：「合抱之木，生於毫末；九層之臺，起於累土；千里之行，始於足下。」一粒小小的樹種，埋置土中，幾經雨露之滋潤，陽光之照射，日夜滋長，終至條達暢茂而成棟梁之材；綿亙數千里的長城，是由多少人力將一塊塊泥土石塊堆疊而成。再長遠的路程，都是靠人們一步步地走出來的。老子又說：「為學日益，為道日損。」無論是知識技能的追求，或是情識執著的刮磨，在在都賴於日積月累的實踐工夫去完成。

就我們人身來說，當初生之時，膚髮稚嫩，毫無抵抗能力，禁不起任何傷害，故「三年不能免於父母之懷」。及至孩提時代，筋骨漸趨強固，肌膚也漸結實。到了青年時期，血氣逐漸旺盛，身強體健，有如生龍活虎，充滿蓬勃朝氣。過了中年，而造化密移，一切生理機能漸漸下衰，體氣也不如青年時期之矯健。當年韓愈嘗自謂「年未四十，而視茫茫，而髮蒼蒼，而齒牙動搖」，文人的話雖未必皆實，而人過中年，體氣轉衰，則為自然的生理現象。待到老年，血氣枯羸，髮白面皺，形容漸失潤澤，甚至百病叢生，亦往往而然。凡此種種，有時在一年之內，便有很大的變化，乃至月月移化，日日流遷。若依佛家的說法，連剎那剎那的一念之間，都在不停地變化著！試問誰人能夠不經幼稚期，一變（突變）而為成人？當然也不可能不經由青年、中年而猝變為老人，除非像小說家所描述「生而鬚髮俱白」的老子！

人間萬事萬物，莫不由於積日累久而後成其功，所謂「盈科而後進，成章而後達」。故為學既久，則道業可成而聖賢可至；為治既久，則移風易俗而教化可行，一切都由積漸而成。縱觀吾華聖賢學術，遠自堯、舜、禹、湯、文、武、周公，以至孔、老、孟、荀以下，至於近代之孫文，聖聖相傳，無不歸本於躬行踐履。我輩後生，如果不想自甘暴棄，不向歷史交白卷，而想要如張橫渠所說「為天地立心，為生民立命，為往聖繼絕學，為萬世開太平」的話，那就該師法我先代聖哲所奉行不渝的力行實踐精神，站穩腳跟，豎起脊樑，做個頂天立地的偉丈夫，各盡其身為知識分子的責任，共同為中華文化之傳承與發揚而奮鬥。

（《慧炬》獎學金受獎論文，臺灣師範大學國文系刊《文風》三十五期，一九七九年六月）

有什麼，吃什麼

我出生在二次大戰結束後不久，少小時期，正值物質極端匱乏的年代。當時家裡很窮，經常三餐不繼，只要有得吃就算大幸，哪有挑食的餘地！

我結婚較晚，三胎四個孩子都出生在臺灣經濟奇蹟已出現的民國七十年代。就個人經濟來說，也算得上是小康家庭了。然而孩子們為了吃的問題——特別是早餐，卻常令身為父母的我們感到頭痛。往往是家有饅頭，他們想吃三明治；家有三明治，他們卻要吃飯糰。家有鮮奶，他們要喝豆漿；家有豆漿，他們又吵著要喝奶茶。更可惡的是，這個要吃這，那個要吃那。一不如意，就使性子耍脾氣。為了幫助他們去除這種自己苦惱而又困擾別人的執著，我提出了「有什麼，吃什麼」的口號，並大略解說了這句話的內涵意義。

所謂「君子愛人以德，不愛人以姑息」，由於我嚴格執行的意志力，遠超過孩子們對於挑食的堅持，幾個孩子在六、七歲以前，幾乎都如寒天飲冰水般，能深深體認到凡是過度執著，必遭嚴厲懲罰，所以漸能由「他律」而入於「自律」。到如今，「有什麼，吃什麼」，無形中已成了我們的家訓。

這一句話，看來雖似卑之無甚高論，但它直接關係到人類心靈生命理境——「無住無著」的陶鍊。要讓一個心智未開的孩童學習去調適節制自己的欲望，的確不是一件簡單的事。

大抵人生之痛苦煩惱，往往由於對現實物質世界之欲望或觀念的過度偏執所致。所謂「最初的，就是最後的」，當一個人在孩提時代能夠漸漸習慣於「有什麼，吃什麼」的無著生活態度時，不論其往後的人生際遇如何，他應可比其他的人更能坦然受之而無怨尤。佛經有言：「一切唯心造。」此心既能安於「有什麼，吃什麼」，擴而充之，觸類引申，自然也有可能做到「有什麼，穿什麼」、「有什麼，住什麼」，乃至「有什麼，用什麼」，一切任運而行，無不隨緣歡喜，歡喜隨緣。人，唯有在物質生活上安份隨緣，才有可能在精神領域不斷地自我超越。誠能如此，豈不與古聖先賢所揭櫫、教導我們的「無住生心」、「素位而行」等人格生命的最高理想境界相趨近了嗎？

（一九九三年）

記「久旱聞祈雨」詩

近來得暇，喜讀古人詩集，晨間偶然詩思甚濃，適近日臺島為旱災肆虐，主政者憫念蒼生而有祈雨之舉，因作〈久旱聞祈雨有感〉一首，詩曰：

農田多龜裂，池塘見魚殭。大地久燋旱，舉國心惶惶。民愁飲食水，汲井意倉皇。
官懼歲成沴，設壇祈雨忙。屢祈皆未應，天行信難量。堯來祈不至，桀來祈或滂。
憂勤正其誼，時至雨自決。氣和沖融生，物阜民亦康。

翌日，往謁李嘉有（猷）師，將此詩稿奉呈請益，承評為「淵淵有金石之聲」，並為改詩中首句「多」字為「見」；次句「見」字為「有」；五句「民愁飲食水」為「百姓愁飲水」；十句「行」為「道」；末句「亦」為「始」。並將題末「有感」二字刪去。點鐵成金，信為師匠。末句「始」字改得特好，著此一字，頓覺意趣活絡許多，全詩主旨顯豁，堪稱妙手回春。師並一再稱許我有文字學基礎，謂余詩情趣與清人莫友芝頗神似。余實不識莫氏詩為何如味，師云：「汝或不覺，亦不須覺。往後但當多作，大膽寫去，自能有成。」余謹謝之。過去作詩，多為應付功課，此回所作，是真卝裡有話要說，算是首次經驗。既蒙李師如此青睞，今後自當加意為之。師將此詩鈔存，云將拿去發表，不知將在何刊物上登載？余甚自疑。師云：「絕對端得出去。」余敬謝而退。

三日後，余往謁王子中（愷和）師，以所作詩稿請益，師覽畢，云「立意甚佳」，囑可多作。並云：「詩中某些話為他人所不敢道者。」余對曰：「何以云然？」師曰：「會得罪人。」余曰：「蓋言我所欲言、所當言耳。」師曰：「二十年後，便不作如是想。」余對曰：「東坡翁便不如此，白居易、陶淵明亦然。」曰：「此古今來能有幾人？」余對曰：「生雖不敏，甚願學焉。」師云：「大不易，大不易也。」余默然而退，不敢復言。蓋此事當以真實生命去踐履，非可以口舌爭也。

（一九九三年九月）

老實與頑皮

「老實」與「頑皮」，這兩種表現在事為上的人格特質，原本就同時內在於人性中。因此，它不僅是對孩童行為的印象式表詮，即使是人生閱歷豐富的成年人，其所展現的一切生命情采，仍不離此一表詮範疇。

人，不能不老實。不老實，便掌握不到事物的內在理則，而生命精蘊的傳達與開展，就不易圓滿實現。但過分的老實，就要被欺負，被誰欺負？被傳統、權威、偶像，乃至被一切現成的形式與規範所欺蔽，而致失去洞穿事物表象的本能，無形中也助長了惰性與奴性。

人，不能不頑皮。不頑皮，便缺少冒險犯難的歷練，展現不出個人生命中獨特的丰采。但一味無節制的頑皮，往往會導致盲動躁進，欠缺對生命應有的虔誠與尊重，易於掉落極端虛無主義的坑坎中。

頑皮，使人痛快；老實，使人沉著。頑皮，使人向前衝創；老實，使人衝得平穩。頑皮與老實，就如同人的左右腳，必須交互前進，生命才會條達暢茂。稍有偏廢，便會有僵仆之虞，難以達到人盡其才的理想。

對於這種中道式的人生理境，中國儒家用「從心所欲，不踰矩」來加以描述；印度佛家則用「非法，非非法」來加以表詮。「從心所欲」和「非法」，說的是自由創造，脫離法度規律的形式之束縛，強調的是頑皮、開創的一面；「不踰矩」和「非非法」，說的是對內涵美感法則之掌握，不違離人心所同然的理則，強調的是老實、傳承的一面。對於此一辯證統一的生命理境，其是否能夠平情而深刻地加以體認與把握，大大地關係到吾人天賦才質的開發與實現的程度。難怪孔子在社會變動劇烈的當時，要提出「朝聞道，夕死可矣」的呼籲了。實則，聞道之後，還有行道與成道的問題，仍大有事在。中道之難如此，而藝術與人生的真正困境也正在於此。

今天，我們的社會生態，正處在一個文化斷裂的商品化氛圍中，現實利害的考量左右著一切。人生價值淆混，社會上普遍呈現著一種缺乏對自我內在生命的反省與超越，以及對於理想生命的追求與堅持的失落景觀，充斥在各階層的，不是墨守複製，了無新意的庸俗可鄙之「老實」，便是譁眾取寵，缺乏真懇沉潛的矯偽膚淺之「頑皮」。即使是以創作為生命依歸，站在文化工作最前線的藝術界，也不能免俗。這不能不說是當代人的一大墮落。

（《自立晚報・社論》，一九九三年十一月二日）

破繭說

吾聞夫蠶之生理也，凡經三化而後成。其卵既孵化而為蟻蠶，日食桑以長。及為成蠶，乃始吐絲作繭，繭成而藏身乎其中，蛻皮而化為蛹。蛹復羽化為蛾，牝牡既交，則產卵而殉焉。時至，卵又化為蟻蠶。如是周而復始，以時遷化，生生不已，此荀子所謂屢化如神者也。

世人或見其吐絲作繭有似自縛者，而心生悲憫焉。實則蠶之吐絲作繭者，非欲以自戕害也，蓋生命化成之機，其勢有不能自已者而然也。

唯或食桑之不精不勤，則所吐之絲既無甚光澤，繭亦未必可成，而脫胎換骨之事遂為畫餅，了無實義焉。其作繭既成，時日至，則隨以化蛹化蛾，乃至破繭而出，斯皆應化以行，無所資其狡獪於其間者。且前化未成，則後化不生。不經此一作繭自縛之歷程，則生命化成之機乃滯而不全。而蛹之生化既不可能，其化蛾而衝飛之日，亦絕無可期者矣。然則蠶之作繭而自縛者，迺所以順化而自成者亦明矣。

噫！天地之間，事相雖殊，理趣無二，非達乎此生命化成之理，未易與言藝術創作也。而世人不察，或慑於為繭所縛，遂避忌而不敢面對此一看似黏滯之作繭歷程，甚至鄙夷之為迂曲而不知變通者，其然乎？豈其然乎？未嘗入乎其中，便欲出乎其外，豈理也哉？

且蠶之三化，固為以天合天；至於藝術創作，端賴於人之自覺與彊勉工夫，須至以人合天乃妙。而由人至天，其間尚須經過千百層之轉化蛻變，乃克竟其功。

夫蠶之為物，小物耳。猶能委順遷化，自強不息，以盡其為物之性。人為萬物之靈，獨不能法之以盡其為人之性乎？

（《中華書道學會會刊》四期，一九九四年三月）

一首小詩的故事

年輕時，讀胡適之詩，有「不作無益事，一日是三日。人活五十年，我活百五十。」感覺詩意甚妙，很自然就記住了。

後來，讀蘇東坡詩集，有「無事此靜坐，一日是兩日。若活七十年，便是百四十。」方知胡詩原有所本，但已脫胎換骨，只是在玩著乘法的數字遊戲而已。

更後來，讀了王文誥《蘇文忠公詩編注集成總案》，又明白這原本是坡翁的弟弟蘇子由（轍）的意思，而蘇東坡用五言絕句詩的形式，將它記錄了下來。

可見這兩首詩都出於集體創作，蘇子由是內涵義理的原創者，他的兄長蘇東坡是文字符號的表現者，而胡適之則是模仿效法的活用者。

其實，即使對於這些故事的背景資訊全無所悉，只要讀了其中任何一首詩，受其詩意啟發而會心一笑，也就夠了。所有的考據工夫，充其量也只能提示我們「別少見多怪」罷了。

（一九九六年）

關於是否「上吊自殺」的驗證

今年十月二十四日，藝人于楓被發現在住處上吊自殺。案發後，死者家屬根據法醫驗屍報告，于楓後頸部有傷痕，與上吊情形不同；並且于楓的大腿與膝蓋部分也有瘀血，因而懷疑于楓上吊另有隱情，要求檢察官徹查死因。

大家知道，判決這個案子的第一關鍵，先得查明于楓「上吊」到底是自殺還是他殺？這一步確實解決了，其餘問題方有解決的可能。關於「上吊自殺」的驗證問題，筆者往年閱讀新出土戰國晚期《睡虎地秦簡》，見其中〈治獄程式〉（或稱〈封診式〉）有關審判案例的簡文中，對於是否「經死」（即自縊而死）的判斷重點，有極詳盡的描述記載。茲節錄於此，藉供日後承辦此類案件之司法人員參考。（簡文原為文言，此處只引編輯小組之譯文，括弧內文字為筆者所加。）

「檢驗時，必須首先觀察（頸部受傷）痕跡，應獨（親）自到達屍體所在點，觀察繫繩的地方，繫繩處是否有繩套的痕跡？然後看舌是否吐出？頭腳離繫繩處及地面有多遠？有沒有流出屎尿？然後解下繩索，看（繩索解開時）口鼻有無嘆氣的樣子？（據此可以斷定，死者斷氣是在套上繩子之前，還是之後）並看繩索痕跡瘀血的情況。試驗屍體的頭能否從繫在頸上的繩中脫出；

如能脫出，便剝下衣服，徹底驗看屍體全身、頭髮內及會陰部。舌不吐出；口鼻沒有嘆息的樣子；繩的痕跡不瘀血；繩索緊繫頸上，不能把頭脫出；就不能確定是自縊。如果死去已久，口鼻也有不能像嘆息樣子的，自殺的人必先有原因，要詢問他的同居，使他們回答其原因。」

我們相信，這些老祖宗所遺留下來的寶貴經驗結晶，對於兩千多年後的現代辦案人員而言，應仍具有不容忽視的參考價值。我們也由衷期待，所有法務人員都能秉持良知的照察，將其不斷吸收學習到的一切知識與技能，轉化為智慧與慈悲，毋枉毋縱地為這個人心陷溺已深的人間多護持幾分公理與正義。

（一九九六年十一月）

面對現實，困知勉行

我生長在一個寒微的家庭，親族都是目不識丁的農人。家父一生為賭所害，並不是一個負責任的男人，家計幾乎全由家母一人操持，含辛茹苦，賴以不墜。

記得小學二年級暑假，一日午後，奉母命獨自到離家約三公里外的園裡採甘薯。去時猶是艷陽高照，工作之際，忽地烏雲密布，繼而雷雨交加，傾盆而下。曠邈的原野，一霎間變成白茫茫的雨幕。既然無處躲避，索性放下工作，就地站立，讓雨盡情地拍打沖洗，想到平日種作的辛勞，卻連起碼的溫飽也得不到；想到自己的前程，就如同目下迷濛的景象一般；想到……。頓時百感交集，悲從中來，不覺振臂仰天高呼：「我將來絕對不種田。」徹天徹地，似乎只剩我一人，一點回應都沒有。

初中畢業，僥倖考取「免錢」（公費）的臺中師專，這是我當時唯一進路的一線希望。也因此得遇恩師呂佛庭先生，有緣學習國畫。為了落款題字，自覺字醜而買碑帖練字。在此之前，只知道有「大小楷」，不知道有「書法」。這是我正式學書之始，也是我一生能由拿鋤頭、斧頭、鐵鈀子改變為拿毛筆的轉捩點。

師專畢業，我如願分發到臺北市南港區舊莊國小服務，一個月後便奉召入伍。入伍前夕，火車因颱風誤點，在彰化縣田中站附近閒逛，被一位擅長北碑書法的命相家梅文翰先生偶然間批了命，當時筆記中記了十七點，其中關於過去的事，大致都還滿準的，唯有一點說我「沒有讀大學的命」，我始終懷疑。當時師專畢業證書上，還加蓋有「先依照規定服務，俟取得服務期滿證明書，方可升學或從事其他工作」字樣，一時還真是升學無望呢！後來，我是在軍中以少尉考選預備軍官身分，參加隨營補習檢定考試，取得「高中同等學力證書」，才得以參加大專聯考。如今，我不僅在師大國文系畢業，民國七十六年（時已四十歲）還揮別妻兒，自費赴日本國立筑波大學留學，三年後取得藝術學碩士學位返國，應邀在母系任教。並在八十一年夏天，考入母校國文研究所繼續進修，現在還是博士班四年級的老學生呢！

屈指算來，我當學生的歲月，早已超過了四十個年頭。有人說我好學精神可嘉，其實他們並不了解，我只不過是面對生命的現實，困知勉行而已。在前一個階段未踏穩前，我也只能黽勉戮力，老實面對。而一旦在前一階段站穩了腳步，我的下一步卻又不由自主地要向前跨出去。或許，這就是所謂的「自我實現」或「自我完成」吧！

（《藝術家》二五一期，藝術家雜誌社，一九九六年四月）

把握「當下」，就把握得一生

我們日常應事接物之間的所有言行作為，隨其發用的中節與否，其最後發展結果，有吉有凶，有福有禍。而這一切福、禍、吉、凶不一的種種果報，無非來自我們內在心靈主體與外在境緣交會「當下」，一念之間的清明或蒙昧罷了。

念頭的起滅，既飄忽又快速，每一個念頭的生起，都在剎那之間，都是一個「當下」。積若干剎那，便成一秒鐘；積六十秒鐘，便成一分鐘；積六十分鐘，便成一小時；積二十四小時，便成一日；積三十日，便成一個月；積十二個月，便成一年；積若干年，便成一生。試問，人生能有幾十個年頭呢？

福由己求，禍自己招。倘若我們能夠把握得住心、境交接的每一個「當下」，讓清明的良知做得主人，不令一切利害昧卻了本心，就能保證此一身心性命的安寧與幸福，我們便能把握這一生。

（《聯合副刊・全民寫作》，一九九六年十一月二十八日）

筆情墨韻，關懷弱勢

——唐氏症基金會籌募成立基金義賣展專輯自序

此回義賣展出，主要目的有二：一是為唐氏症關愛者協會基金會的籌設，略盡綿薄之力；一是將這個亟待各界伸出援手的弱勢團體介紹給社會大眾。由於個人已多年沒有辦展，此回雖名為「義賣展」，實際上鄙人卻是以辦個展的心情，用獅子搏兔的精神來籌劃進行的。

我的第二個孩子懷之，生於民國七十二年九月。頭胎的姐姐杜沛（就學金華國中自學班，免試直升北一女中）大他兩歲，雖不敢說是多麼優秀，但一切都很正常。因為是第二胎，內人懷他時才二十九歲，也算不上是什麼高齡產婦，並未引致婦產科醫師的提醒；再說，雙方家族也從未有類似的遺傳，我們不疑有它，從未想到要去做如羊膜穿刺等必要的預防檢驗。直待孩子出生後，才被醫生告知我們的這位新寵是「唐氏症者」。前此，我們只知有所謂「蒙古症」，從未聽過「唐氏症者」這個醫學名詞，後來才知道，兩個名詞原來同指一事（第21對染色體異常）。當初，聽到這個晴天霹靂的宣告，起先是錯愕，怎麼可能呢？這種低機率的事（當時以為如此，後來方知其機率約為八百分之一。換句話說，臺灣地區平均每天便有一個家庭會成為唐氏症者家庭，比例已算相當高了），怎麼會降臨到我們頭上來呢？之後，由錯愕而徬徨；經諮詢、尋思而漸次了解，以至於坦然接受；其間委實經歷了幾番折騰與煎熬。這或許是上蒼在冥冥之中，刻意安排給我們的一項嚴酷的生命考驗吧！

當我們都清楚而深刻體認到，這是無所逃於天地之間的鐵的事實，必須一切承擔下來時，夫妻倆開始學習如何在忙亂中，重新調整我們的作息與腳步，並盡可能避免一些無謂的應酬。生活步調更加緊湊，更加繁忙，也更加艱辛。可是，內心卻似乎反而有一種更加踏實，更加積極，甚至更加豐盈的感覺。除遵照醫師指示，每天定時給他服用強心劑外，日常生活上的養衛、照料與呵護，也倍蓰於常兒，我們並沒有放棄他。儘管他不定時常會給我們惹來意外的麻煩，但也常會帶給我們一些意想不到的喜悅與啟示，這卻是我們從一般所謂「正常」或「聰明」的孩子身上所不容易獲得的。就這樣我們陪著他一路跌跌撞撞地走過來，轉瞬間，他也十五歲，已經是啟智學校的國二學生了。

為了能夠妥善照料懷兒，我們前後閱讀了不少相關資料，也從一些專家學者朋友以及同是唐氏症兒家長口中，獲得一些寶貴的養育知識。深深覺得，照顧這樣的唐寶寶，很需要專業知識的指導，有待大家群策群力，發揮最大的悲心與智慧，共同來關懷面對它。單靠唐氏症兒家長獨力去摸索，不僅唐寶寶們不易真正獲得妥善的協助，徒然浪費社會成本。而且，就唐氏症兒的家人而言，在人生路上，是否能在這艱難困厄的環境中健康而順利地走出來，也很成問題。這已經不單是唐氏症兒家庭個別的問題，而是攸關整個國家社會競爭力的問題了。

基於前述的一點體認，十年前，關愛者家長聯誼會成立時，鄙人即熱切表示支持，也曾動念發願想為這個剛在學步中的社團辦一場義賣展。唯當時鄙人正在日本筑波大學留學中，終以因緣未熟而作罷。其後，由於聯誼會成員們的熱心參與，默默地舉辦了不少活動。不只是唐寶寶們直接受惠，身為唐氏症兒的家長們，也無不間接獲益，與唐寶寶們一齊在成長著。三年後，聯誼會獲得內政部核可成立為正式的人民團體（中華民國唐氏症關愛者協會），參與的層面加大，會員們本著自助人助的精神，在歷任理事長的帶領下，大家出錢出力，會務蒸蒸日上。所辦活動也逐漸從量的擴充，不斷轉進而為質的提升，屢經內政部、教育部及其他相關政府機構頒獎表揚為績優社團。目前正在積極籌募成立基金會，以便進一步推展唐氏症者全生涯照顧服務計畫。我們期望藉著基金會的成立，廣為宣傳，讓國人普遍對於唐氏症都能有所認識，使已婚者能及早留意檢查，知所防範。並協助家有唐氏症兒的國人，能夠在最短時間之內，以最少的社會成本，便能獲得相關的養育、管教與醫療資訊，使所有唐氏症者均能獲得專業的完善照顧。如此，不但可以避免家有唐氏症兒的國人無謂之人力浪費，進而可以讓他們安心地在各自的工作崗位上盡量發揮，對這個國家社會做出最大的回饋與貢獻。憶起十年前鄙人的發心，就個人的心路歷程而言，這回的義賣展，也只不過是一場還願的活動罷了。相信鄙人的這一點信念，應能獲得社會各界有心人士的認同與響應。

自從民國八十三年初，在臺中省立美術館辦過「省展免審作家系列」個展後，這是三年半以來鄙人再度辦展。這回展出，十之八九是今年春間以來的新作，只有一小部分是舊作。為了籌備義賣作品，我從五、六月開始密集創作，尤其在七、八兩個月裡，除了少數特定的活動不能不出門外，幾乎每天都是早上九點左右到工作室，直到晚間十一、二點才回家，中餐、晚餐多勞煩內人或孩子送飯。其間，周明聰、廖阿雲、楊萌智等多位賢友，還經常主動前來幫忙拉紙、磨墨、清理工作室，充當義工。在此，我也毋須隱晦地老實承認，這是本人歷次個展中，平均水平最高的一次展出。其中有不少較具實驗性及幅面較大的作品，都經多次書寫才拿出來送裱的。也許做得並不能盡如人意，但我確已盡心竭力。不為別的，心中只有一個念頭，希望讓前來捧場的親朋師友們，都能夠感受到幾分鄙人此回發心義賣的誠意，而心生歡喜地共襄盛舉。

這回的義賣展出，可以說是聚集眾緣和合而成。除了來自協會的大力佽助外，籌備初期，廣潞公司負責人吳明發先生的熱心奔走聯絡；何創時書法館負責人何國慶先生概然破例免費提供展場及活動相關的一切配合與付出；福益實業公司董事長蘇天財先生對於義賣專輯的助印；廖文姿女士對於請柬、海報等廣告文宣費用的贊助；由王志賢、宋文煌、楊士樑、吳榮峰、蕭文杰五位先生合力對裱褙費用的贊助；乃至寶文堂鍾先生、雅文軒游先生及洪順興先生三人均表示將樂於以成本價酌收裱費；義賣專輯負責拍攝的陳俊穎先生與負責印刷的博創公司楊世德先生，也都以最優惠的價格收取費用。凡此種種善緣，在在令人感佩，謹致上由衷的謝忱。此回義賣所得，將全數捐給中華民國唐氏症關愛者協會。如果說，這次的義賣展出活動會有什麼功德的話，那就謹以此精誠，回向給所有殘障患者與其家人，以及參與此次義賣活動的有關人士。祝禱大家早證菩提，究竟解脫，法喜充滿，福壽無量。

（《杜忠誥書法義賣展專輯》前言，一九九七年九月）

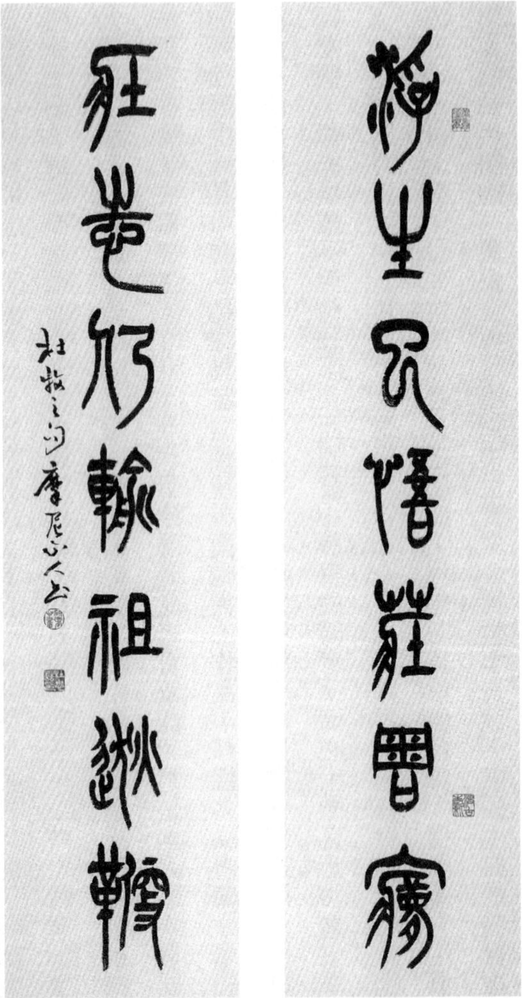

「浮生・壯志」篆書七言聯　杜忠誥作　1997

浮生已悟莊周夢，壯志仍輸祖逖鞭。

此件用小篆筆法，略參大篆結體寫成。上聯說「空」，以破執著；下聯說「有」，以警頑空。空、有不二，方顯真智。聯語原係南唐張泌詩聯，誤記為杜牧句；上聯末字原本作「蝶」，亦誤書作「夢」。讀書不精，只有慚愧。

關於「神通」

日前在聯合報社所舉辦的「宗教信仰與世俗規範的互動與沉思」座談會上，瞿海源教授曾經呼籲社會大眾，要「離靈異，就理性，就正信的宗教」。並且說：「神通不重要，正信的宗教沒有神通，有『光』的就是假的。」針對此一問題，昭慧法師說：「宗教界當然會認為有神通存在，否則世界上只要有美學就夠了，還要宗教幹嘛？」通過昭慧法師「當然會認為有」（神通存在）的這種表述方式，很容易讓人產生一種「想當然耳」的思維反應。對於缺乏宗教知識的社會大眾來說，問題仍然沒有獲得解答。筆者以為，對於這個問題，不應只當作是兩造的仁智之見看待，宜以實事求是的精神來加以探討辨正。

那麼，實際上到底有沒有「神通」的存在呢？如果有的話，「神通」的真象究竟如何呢？

根據筆者粗淺的認識，「神通」是絕對存在的。所謂「神通」，可以有廣、狹二義，就廣義上說，「神」是識神，指的是那與生俱來的覺受感知能力；「通」，是指由刺激而生起反應的自然感應功能。依此以論，且別說修行工夫深至的人會有精微神通，就是一般凡庸之人，也都具足此種感應本能。乃至飛禽走獸，魚鳥昆蟲，一切含靈，也全皆有之。試想，平日看到蟑螂蚊蟲，當我們一旦動念要加以捕殺之時，一被發覺，牠們便逃之夭夭，這又何嘗不是神識感通本能之發用呢？不過，這到底只是「神通」之小焉者而已。至於我們人類，根器機用遠較其他任何動物為利為靈，不但具有此種神識感應本能，並且還能將這個本能自覺地加以開發利用。能構思，能謀劃，能實踐，能檢討，能轉化，更能創造，而展現為一切人文化成，所謂「過化存神」，此為「神通」之較大者。這是廣義上的「神通」。至於狹義上的「神通」，便是一般社會大眾心目中的「神通」，專指某些異乎常人所有的超自然能力而言。

就生命科學上說，人體原是一個精（電）、氣（熱）、神（光）三位一體的能量場，人類的生命現象，正是由體內能量的生成與發散之轉換作用所引生的。同時，人體是肉體與性靈和合而成的一個既密閉又開放的小宇宙，活像一個自動發電廠。它一方面在發電，但也不停地在消耗流失，以致難有蓄積。根據佛家的說法，人類的一切身心活動，主要有「身」（含五官四肢身體動作）、「口」（飲食、言語）、「意」（意識思維）三個部分，這任何一個部分有所活動，都會耗費電能（精氣），而其活動之耗電量則各各不同。當一個人靜坐時，能收視反聽，就如同關閉了可能由眼根及耳根流失的電能之門；雙腿交盤，兩手結成手印，則氣沉丹田，讓原本可能由肢體輻射發散出去的能源減少耗失，並回流到自身體內；空其心慮，讓一向奔流不息的意識活動得以減緩，乃至止息。如此一來，生命的能源便由耗散轉為斂藏，而人體氣機鼓動的電能，則依然不停地在翕闢生發著。蓄積既久，當體內能量達到某一飽和狀態，身心必起變化，乃至產生種種不知其然而然的

「特異」現象與功能。如同在水壺下加熱，持續久之，火候一到便起沸騰一樣的自然。倘不執著，其現象功能可至無窮無盡。《楞嚴經》云：「靜極光通達，寂照含虛空」，一旦定靜集虛的工夫到家，則結習解脫，心地開朗，所謂「靈光獨耀，迥脫根塵」，二祖且以「神光」為號，怎麼可以說「有光的就是假的」呢？「我未見日，不能阻人說日」，學人須是具備這個情操，才真正符合「實事求是」的科學精神啊！

依佛家的說法，一般修習禪定得力的菩薩，有所謂身如意通、天眼通、天耳通、他心通、宿命通等種種神通。這些不可思議，超乎自然的特異神蹟，不僅出現在東方的佛經中，西方的《聖經》中也有所記載。此外，還有一種斷盡三界見惑與思惑而證得根本智的「漏盡通」，則唯有負面習氣消磨淨盡，精滿、氣盈、神全，三者圓足無漏，修證成道的聖者（成佛）可得。這才是神通的最高境界。這些特異功能，都屬於一般世俗所認定的狹義上的「神通」。

至聖先師孔子一向是「不語怪力亂神」的，但在《易．繫辭上傳》中，卻說「易，無思也，無為也。寂然不動，感而遂『通』天下之故。非天下之至『神』，其孰能與於此？」這應是儒家對於所謂「神」「通」現象的基本看法。「怪力亂神」似乎並沒有因為聖人平日不講而便不存在。生存時代比孔子稍早，深為孔子所讚嘆的管仲，在《管子．內業》篇中說得更加深切著明，他說：「思之思之，又重思之。思之而不通，鬼『神』將『通』之。非鬼神之力也，精氣之極也。」管子的這一段話，明確指出人類一切「神」「通」，只不過是門頭方法對了，再加上恆毅工夫，由於精氣完足所導致的心電感應之異常現象而已。莊子也說：「用志不紛，乃凝於神。」這些話正是先秦諸子中，針對「神通」現象所作出的最為簡切，合乎科學精神，也最能令人信服的詮釋了。

神通，就如同世間一切學識、技藝、錢財、名位、權勢等，都是有修有證的「有為法」，其本身原是中性的，無所謂正，也無所謂邪。如同一把利刀，握在善心的手術醫生手上，便能成其「正」用；握在歹徒手中，則成其「邪」用。所謂「正人用邪法，邪法亦成正；邪人用正法，正法亦成邪」，便是這個意思。如前所述，「神通」只是一個人心氣專一凝定到某種程度所逼發引生的功能現象。這只能說是一種難得的修行境界，離真正究竟解脫上的菩提大道尚隔數重關。故雖難能，卻未必可貴。真正難能可貴的是，擁有了神通而又能隨時保有一顆「靈明不昧」的正定之心。佛法戒、定、慧三無漏學的最高成就，是慧悟力的開發，所謂「慧眼觀空」，倘能深切體悟「緣起性空」的世界起滅之理，自能無住無著。《金剛經》說：「一切賢聖皆以無為法而有差別。」《楞嚴經》也說：「若有聖境，不作聖解。若作聖解，即受群邪。」故一般修行有成的正信宗教師，絕對不屑假借神通以招徠信徒，博取名聞利養，更何況「無而為有」呢？故凡是不能教導信眾真誠反省，改過遷善而老實修行，卻過度強調偶像崇拜，一味標榜神通特異功能的宗教師，就跟那些全無真情，單憑口水騙取選票而獲取權勢的民粹政客毫無差別，即使不是什麼邪教，也絕非正信宗教。

最近社會上接二連三爆發了與「神通」有關的宗教問題，事實證明，事件主角幾乎都是無神通而假冒為有神通的。可見神通本身並不是問題，那些假借神通者與迷信神通者的心靈失落才是問題，這卻關乎整個教育體制與文化生態。今天，有人假借神通而進行著損人利己，危害社會的勾當；同時，安知又有多少人也正假借其所擁有的名位、權勢、錢財、學問、技藝等「特異」條件，而進行著未為人知的傷天害理的勾當呢！宗教神通事件，也只不過是社會人心敗壞的冰山之一角而已。

長期以來，我們的教育體制，給的只是知識、技能與邏輯思維，對於內在身心性命安頓的依據，並不能提供適切的指引。整個所謂「社會菁英」展現出來的生命形態，只能教會人去拚命贏過別人，教人熱中追求卓越成功，卻沒有教人怎麼做才能戰勝自己，才能適度節制非分的欲望，而保證那些已經追求到手的「卓越」與「成功」，可以提昇自己生命的品味境界，增進人生的實質幸福。

今天，我們政府領導階層或許有鑑及此，不但在大談「教育改革」，而且信誓旦旦要進行「心靈改造」。方向似乎正確，唯在政策的制定與落實上，如果不能就本質內涵上考量，而只是在現象形式上著眼的話，猶恐將事倍功半，甚至徒勞無功。筆者深信，以彰顯人的「明德」（良知）、「覺（佛）性」，教人精誠不二，致虛守靜，追求內在心靈主體自覺為宗旨的儒、釋、道傳統修養工夫，可望為這個短視近利，眾生顛倒，是非無正的躁熱狂亂社會，提供一劑起死回生的良方。總之，這是值得舉國上下有心人士共同省思的一個迫切問題。

（一九九六年十月初稿，二〇一三年十月再修潤定稿）

政治人與文化人的角色混淆

——徹底打破「官高學問大」之政治迷思

政治原也是廣義的文化活動，而政治上講究的是現實利害之折衝協調，文化上則基本追求一種非功利性的精神性靈之超越與升揚。兩者雖同是人格生命的發顯，但落到現實面上，卻也隱含著一定的矛盾與衝突。故政治人與文化人的角色扮演，在人格特質上有其根本性的差異。

臺灣由於長期在殖民政權的更迭統治下，文化呈多元發展，向來缺乏明確的文化政策。相關文化部門，也多由技術官僚兼管，甚或視為政治之酬庸，因而導致政治人與文化人之間的角色錯亂。斲喪文化生機，莫此為甚。

當大陸文化大革命正如火如荼進行之際，最具文化象徵的「中華文化復興委員會」之成立，在文化建設上確實有其正面的提撕意義。其後，由於主政者或耽溺於「官高學問大」之迷思，該會成員泰半改由黨政要員充任，至其文化素養如何，則非所聞問。加上宦海升沉與案牘勞形等種種牽掣，往往徒具虛銜，無補實務。在官方心目中象徵告朔餼羊的「中華文化」，就在這個單位「有若無」的態勢下，隨著後來「本土化」口號的高揚而接近全面崩盤。今天社會人心日趨庸俗，弊病叢生，政治人與文化人的嚴重角色混淆，應是重要癥結之一。

早先主政者多為戎武出身，學歷不高，對待知識分子的文化人尚知禮敬。近二十餘年來，政府重要部會首長，本身多半是碩士以上的學者專家。一旦應緣由知識分子搖身一變而為政治人，在權力與知識的雙重傲慢下，即使面對的是一代宗師或哲人，也不免要視之為藐不足道了。當知識分子不斷向現實靠攏後，文化人就更加的不值一文錢了。

過去在阿扁主政的臺北市，也曾上演過強逼國學大師錢穆遷離其半生安居的「素書樓」之鬧劇，以致未幾而錢先生鬱悶以終；又曾執意拆除揚名中外的元老大書家于右任銅像，令其一度流離失所。最後，才在書法文化界幾位熱心人士的奔走協贊下，將它安置在國父紀念館西邊園區內。這種以某一特定意識形態，運用政治力強烈介入文化性事務的行徑，以及對文化界巨人的恣意踐踏，固然是政治人物對權勢過度膨脹的反映，同時也凸顯出政治人胸襟狹小，文化意識嚴重不足的一面。政治人物對現有價值體系不加甄別的顛覆，都將只會助長人心的迷失與墮落而已，值得國人省思。

此外，選前即曾提出「文化輪替」的重要性遠大於「政黨輪替」睿見的許朱配，也在其文化政策白皮書中，明確表示將邀林懷民「擔任文化部長，並兼任行政院副院長」。其思維模式正跟李敖先生在《聯合報》「誰是文化總統？」系列專訪中所提出「我反對成立文化部，除非由我李敖總統來兼任文化部長」的說法，如出一轍，也都陷在「政治人」與「文化人」角色混淆不清的糾葛中。不同的只是：一方是藝術家，一方是文學家罷了。這種幾乎已被視為理所當然的思維迷障不予破除，未來國家文化建設終難復其生機而發榮滋長。

鄙意以為，未來的文化部長最好能在文化人中訪求，絕對不能把它當作政治酬庸看待。當然，由文學家或藝術家出任文化部長，雖無不可，但在面對轄下多元發展的各個領域，其是否能夠跳脫專業修養的本位主觀肯認，而具備一種整全觀照的平情悲懷，無疑也是極為重要的考量點。

（《聯合報・文化版》，二〇〇〇年三月二十九日）

《說文篆文訛形釋例》自序

此書是筆者去夏完成的博士論文，原名《說文篆文譌形研究》。今乘正式出版之際，謹從口試委員蔡信發先生之建議，改為今名，似覺較原名更為切合實際。「譌」與「訛」為同字異體，戰國時代已互用無別。如〈中山王方壺〉用「訛」字，〈郭店楚簡〉則「訛」、「譌」兩形並見。就字義上推勘，从言、化之「訛」應係本字，「譌」為借字，古「化」、「為」音同，故相通假。本論文初成之際，題簽時以審美角度，姑取「譌」字。後知一般電腦字模都只用「訛」字，不收「譌」字，為免困擾，今並改作通用之本字「訛」。內文部分，由於依原論文照像製版之故，一時間不及一併校改，以致書中兩形互見，未能統一，謹向讀者致歉。

筆者自一九八七年春赴日本筑波大學留學，由於接觸到大量新出土戰國、秦、漢間的簡牘帛書文字，被那些字體介於篆、隸之間，筆趣鮮活，體勢多變的筆寫墨跡資料所感動，因而對於漢字「形體學」產生了莫大的鑽研興趣，直覺這是一門值得深入探索的新領域；三年下來，也累積了不少心得。儘管在後來撰成的《睡虎地秦簡研究》碩士論文中，已略發端緒，由於時間短暫，兼以用青澀的日文撰寫，雖經潤飾，仍頗有語焉不詳、辭不達意之憾。

歸國以後，一則為了鞭策自己繼續深入探討，一則也想藉著修學期限的外在壓力，強迫自己早些將個人在漢字形體學方面的一些研究心得撰寫成書，因而決定繼續攻讀博士學位。事實上，博士課程的規定學分，早在頭兩年就已修滿，之所以會延遲到九年方才畢業，除了因循痼習及俗冗牽纏外，健康問題也是一個重要因素。賤體自從二十多年前在臺大醫院住院做膀胱鏡檢查時，為某腎科醫師所誤，傷及要害，始則出血，繼而流精，命如懸絲。後因勤練南師懷瑾先生所教道家五禽戲之鳥伸（固精），並服用南師所賜丸藥，又經王學長振德教授介紹認識新加坡留臺學人陳平福先生，蒙渠每週兩次免費為我作針灸治療，幾經調救，得以不死。然自此元氣大為斲喪，體氣轉弱，稍稍用功，便覺氣餒神憊，心力無法持久集中，長期處在虛羸病懨的狀態中。論文方向早經確定，資料蒐集也從未間斷，且已大致就緒，可就是提不起勁來凝聚構築。當心緒極端低落時節，也嘗興起乾脆放棄拿學位的念頭，心想，總不能用實質的健康去換取虛假的文憑！總之，經此煎熬，方才印證了〈學記〉所謂「時過然後學，則勤苦而難成」的說法之真切。

直到前年農曆春節期間，得有機緣在首愚法師之指引下，到新竹峨嵋的十方禪林，專修「準提神咒」法，老老實實地打了兩個七。在氣機連續發動後，全身體質起了極大的變化，二十多年來的虛羸陰霾霍然而除。十四個月後，就在規定期限內順利把博士論文撰寫完成並提交出去，免去了險些「胎死腹中」的尷尬，說來也真是不可思議的奇妙際遇呢！

在修學期間，相關研究圖籍的出版，以及地下新資料不斷湧現，固然提供了不少研究上的便利，也增加了很多論據上的新材料。但牽一髮而動全身，有時只為了不肯放棄某一條關鍵性的新例證，字表必須重新製作，論文也得局部修改，甚至有少數幾節還被迫不得不整篇改寫。再說，漢字訛別多，其間冤抑也多，且多屬懸疑千百年以上的舊案，文字形體學的研究，正是為漢字別白沉冤。譬猶包公辦案，既要當檢察官，廣事蒐證；又要當法官，根據字例證據，作出平情之論斷；有時還得權充律師，為兩造辯護；最後更要當書記官，將這些推索論證辯解與判決經過寫成文案。故每考釋一個字，就形同接手一件訟案，工作量極為繁劇。研究過程儘管艱辛，卻樂趣無窮，一旦洞中窾竅，歡快何似！

其實，對於這個論文題目，原本準備討論的有一、兩百個字，相關資料都已大致蒐齊。等到實際動筆以後，發現工程實在太過浩大，在現階段作全面論述，時間實不允許。只好暫時就論文架構所需，依《說文》篆文的各類訛形，姑舉數例以進行析論，先完成學位再說。算一算也不過才討論了五、六十個字，其餘的就只好等日後再隨緣而寫了。如此這般貪多務得的痼癖，也是論文遲遲不能完成的原因之一。

而今，懸宕多年的博士論文既已殺青，猶如擺落心頭上一塊沉重的石頭，其解脫暢快之感，自非筆墨所能形容。仔細回想起來，這篇論文終竟能夠順利如期完成，實際上是集合眾緣相助的結果，在在令我感念。

除了前述「準提法」的特殊因緣外，首先要感謝的是我的母系師大國文研究所。我留學日本，取得的是藝術研究所碩士學位，以不合母系國文研究所博士班列舉式報考資格而不得報考。所裡知情後，還為此開會議決，特別在第二年的報考資格欄內，增加「藝術研究所」一條，為我開了方便之門，使我能有機會在隔年如願考取母校國研所博士班，在諸師長的循循誘導下，繼續深造，方有此書之出版。飲水思源，恩不可忘。

其次，我的家人應是我的最大助緣了。從事古文字學研究工作，原本是極為繁瑣的行當。從資料的影印、剪裁，到字表的製作、黏貼，士弘、士宜等幾個孩子都給我以極大的協助。特別是在最後半年多，除了接到白帖子須上殯儀館以外，我幾乎謝絕了一切酬應。最後連電話都不接聽，就在工作室的書房「閉關」，三餐也多半由雙胞胎的小兒女負責送飯。而大女兒小沛，不僅承擔了全部文稿二十多萬字的打字及版面設計工作，以她那每分鐘七十多字近乎專業的打字速度，隨時機動配合這個老爹的文字生產與修改，替我解決了打字行員最感棘手的古文字學稿件之打字問題。遇到一般字模所無，且為數不少的古怪字形，還得應用她從季旭昇老師那兒學來的造字技能另行造字。而內人張翠鳳女士身為職業婦女，長期以來，為這個家庭無保留地付出與奉獻，為我營造了一個可以專心研學的情境，也常負責代為校對文稿，既協助又涵容，其辛苦可想而知，已非「感恩」二字所能了事。甚至連我那唐氏症的懷兒，在最後階段，竟然也會操控電梯，獨力為我送飯（我工作室所在的大樓離家約有八百公尺）的本事，令人驚喜萬分。因此，若說為了撰寫本書，全家總動員，實在一點也不誇張。至於因我長時期的求學歷程，以致疏忽或耽誤了不少起碼的家庭休閒生活，長久以來，雖也獲得家中妻兒們同情的諒解與包容，但撫躬自省，常懷歉疚。

此外，我的指導教授許師錟輝先生，在百忙中審閱了我的論文初稿，逐章逐節為我訂正錯漏，殷切指導，頗受啟益。更常賜借圖書資料，至深銘感。而口考委員周師一田、蔡教授信發、鍾教授柏生、季教授旭昇諸位先生以及陳師伯元先生，也都先後個別提供不少寶貴意見或參考資料，使我能夠據以改進，減少謬誤，謹致上由衷之謝忱。當此書決定付梓，又承蒙許師錟輝、周師一田、陳師伯元三位恩師在百忙中賜撰序文，拙著為之增彩，銘感何似！尤其周師序文乃抱病完成，更是令我既感且慚。今後，也唯有秉志持恆，精進不懈，庶幾能報諸師長殷殷期勉之雅意於萬一。其他得自諸多師友的種種關懷鼓勵與熱心協助之處尚多，未能一一縷記，併此致謝。

筆者質性駑緩，學殖疏陋，兼以撰寫倉促，雖經多次校改，書中罣漏錯謬處恐仍不少。倘蒙學界先進不吝指正，則感激不盡。

（《說文篆文訛形釋例》自序，文史哲出版社，二〇〇二年三月）

得訣歸來好用功
——我的學佛因緣

一、童真歲月與觀世音菩薩名號

猶記得讀小學的時候，假日或放學回家，經常得到田園協助農務種作，並且多半做到天黑方才收工。我家住在臺灣中部彰化縣埤頭鄉的十號村，家有兩區田園卻座落在相鄰的九號村。兩村之間，隔著一條水深及腹，約一百公尺寬的深溪。每回走過三、四公里長，兩旁竹樹叢生的漆黑鄉路，心裡不免生起種種莫名的恐懼。長年吃早齋的阿母知情後，教我一心高聲念誦「南無觀世音菩薩」的名號。之後，不僅是夜渡這條溪水，凡遇黑暗無助，心生怖畏之時，便依阿母所教，猛念觀世音菩薩的名號。果真都有效驗，安然無事度過童真歲月。這算是我受益於佛法，最原始的粗略印象了。

二、初步接觸佛學的機緣

民國六十五年秋間，我擔任小學教師服務五年期滿，經由保送進入師大國文系二年級就讀。

當時南老師原本在《青年戰士報》上連載的「論語別裁」，正好印成專書發行，我被書中深入淺出，逸趣橫生的內容所感動，而發心向日、夜間部同學大力推介。反應之熱烈出人意表，據說也曾令人文世界雜誌社（即老古出版社前身）的同仁們忙亂了好一陣子，因此結識了當時承命接洽此事的業務經理古國治先生。

後來，國治兄前來結清尾款時，南老師託他帶了兩件禮物送我，一件是《南師懷瑾近作詩詞拾零》；另一件是略帶淺藍色極華貴的西裝料一套（這件料子，我先前已婉拒過兩次）。前者我欣然接受，後者則固辭不受。國治兄看我意甚堅決，乃不相強，還邀我去玩。他轉述南老師的話：「此人能在短短半個多月之內，獨力銷出三、四百部，必極有才幹，又極富號召力。」說很想看看我。我說：「其實，真正的號召力是能將儒家孔門的悅樂精神，詮釋得如此活靈活現的這部書啊！書寫得好，大家又都有此需要，才容易引起共鳴。要說『號召力』，那真正有號召力的，是這部書的作者南先生啊！就因為他寫的書撼動了我的心弦，才讓我心甘情願，義無反顧地幫著去推銷。就如同有人吃過某種佳餚異味，不忍獨享，忍不住想跟大家分享的一點心意罷了！南先生過獎了，真是愧不敢當。不過，我對南先生心儀已久，正苦於識荊無門，若有機會還真想前去拜見請益呢！」國治兄說：「若想去見他，要趁早，最近他即將退隱。」我問為什麼？「因為南老師近來覺得所花心血不少，卻並未教出什麼好學生，以為不值得，故萌退志。」我問大約在幾時？「大約在過年以後。」於是，我決定在寒假期間前往拜見。

期末考試最後一科終於在六十六年二月六日上午考完，我依約在午前十一點準時到達信義路的雜誌社辦公處。南先生把該社同仁（多半是他的學生）逐一介紹給我認識，很快的大家便都打成了一片，氣氛至為融洽。我看大夥兒都稱南先生為「南老師」，我也自然改口跟著大家稱「南老師」了。我們天南地北談得不少，我問南老師：「好久以來就想研讀佛書，可有一本較為精要的佛經推薦給我？」南師一面回說「有」，一面轉頭吩咐國治兄到書房拿出一本原文的《楞嚴經》來，並在封面上寫下「自從一讀《楞嚴》後，不看人間糟粕書」兩行字，令我印象深刻。吃過午飯，臨別前，南老師還送給我不少書，包括他老人家已出版的整套著作（手頭已有的不拿），及《法苑珠林》、《淵鑑類函》兩套私人藏書，真是喜出望外。我既是個愛書人，以個人當時的條件，又實在也買不起這麼多好書，自然也就老實不客氣地照單全收了，因而滿載而歸，害我回來還得搭計程車呢！其中如《禪海蠡測》、《習禪錄影》、《楞嚴經》、《楞嚴大義今釋》、《楞伽大義今釋》、《法苑珠林》等書，都是談論佛法的專門書。這既是我與南老師的初次會面，也是我正式接觸佛經之始。

三、首度禪修的重大收穫

民國六十八年春節期間，我與邱（後歸宗改姓王）財貴兄承蒙南師特別恩准，以全無禪修經驗的菜鳥身分，參加了南師在臺北市辛亥路國際青年活動中心所主持的禪七。由於基礎太過薄弱，功效自然有限。整天幾乎都只是在跟自己酸麻的雙腿戰鬥，哪談得上什麼悟道不悟道的。禪堂既與外界隔絕，依規定不得散心雜話，又不准作筆記。一個七期下來，每天盤腿靜坐，儘管妄念紛飛，臨流不止，然而在宛似倒帶觀看自己過往所言所行的錄影之餘，卻也為自己提供了一個自照反省的機會。

在此之前，我跟已經交往多年，相約一起到師大國文系進修，也曾論及婚嫁的女友分了手。分手理由是，彼此性情不合，經常吵架，乃有「合則兩傷，分則雙美」之歪論。事實上，按這位女友的表現，要打個分數的話，應有九十分，可惜我這狗眼卻只看到她不滿一百分的那十分，每回見面總不免要帶著有色眼鏡挑剔一番，以致經常弄得不歡而散。卻從不曾自我掂掇一下，原來自己也只不過是五十九點四分，四捨五入都還不及格的人，卻恬不知羞地要求對方要十全十美呢！

在我們分手以後，我試圖要尋覓一位具有原先女友所不足的那十分的女孩，後來也果真被我找到了！交往一陣之後，方才發現，這位新女友固然具有前女友所不足的那十分，但前女友身上所具足的那九十分部分，這新女友卻遠不及她。加、減、乘、除，算盤一撥，我又迷糊了。不禁自問，我到底要的是什麼？此外，前女友對於我這個「有恆心而無恆產」，赤手空拳的書獃子，不顧其家人的勸誡，似乎也從未介意過；而這位新女友，當其家人在得悉我的家境情況而極力反對時，她的反應態度卻顯得六神無主，搖擺不定。就在這個進退徬徨之際，我參加了南老師所主持的禪七，也照見了自家齷齪鄙陋的一面，悲痛萬分，深為過往種種無知的行徑而愧悔不已。

解七回來後，為了解決情感問題，我寫了兩封信，一封寄給新女友，表明「不合則去」的心情；另一封長信則寄給前女友，一方面向她述說初次打七的心得，同時也向她表白我的懺悔之意。長函付郵之後，有如石沉大海，未蒙理睬。但那也是意料中事，換成是我，也必然如此。你把我看成是什麼東西！豈有揮之即去，招之即來之理？我因此打定主意，除非她先嫁人，否則我一定繼續努力追求，不再另交其他女友。直到後來，她大概也發覺我這個傢伙似乎是真的有所悔悟的樣子，才慢慢假我以顏色，給我以補過贖罪的機會。至於那位新女友方面，當她接到信函，知道我以坦泰的心情決定跟她分手時，才放心地告訴我說，她原本就有分手的打算，只是怕我想不開而不便表態罷了！如今大家坦然說開了，彼此退回到普通朋友關係，也算圓滿地分道揚鑣而去。

民國六十九年，在師大畢業的隔年夏間，我跟前女友，也就是我現在的妻子張翠鳳女士正式結婚，婚後育有二男二女，備極辛勞。七年後，我以不惑之年，隻身遠赴東瀛留學三年，她是我的最佳後勤人員。回國後的第三年，我考入師大國文研究所博士班，一讀又是九年，她始終無怨無悔地為我倆所構築的這個家，做出毫無保留的犧牲與付出，讓我無後顧之憂，得以潛心讀書和寫字。回首前塵，除了生育顧復我的父母以外，今生幫助我最多，恩情最深最大的，便是這位我差一點就失之交臂的愛妻。沒有她，我的這二十年絕不可能過得這麼平穩順利，是她成全了我。飲水思源，南老師無形中扮演了我們的間接媒人。這首度的禪修，竟成了我後半生命運的一個重大轉捩點。

四、初嚐法味

我少小經常參與農務耕作，也曾跟著家父練過一些土拳，身體一向硬朗。但自從民國六十五年的七、八月間，為了血尿（尿中有紅血球）而住進臺大醫院進行膀胱鏡檢查，被粗心的檢查醫師傷到了輸精管。起初流血，後則流精。嚴重時，脈搏只剩四、五十下。住院檢查，原本是為了要抓鬼，哪知想抓的鬼沒抓到，無端卻又塞進了一隻大鬼來，形成往後二十多年來揮不掉的夢魘。

半年後，有幸得南老師（囑古國治兄）教我練習五禽戲的鳥伸功法（據云此法專治男人遺精）。每天早晚各做三十六下，前後勤練約三個月，因而精關漸固。一個月後，又經王振德兄介紹新加坡留學生陳平福先生免費為我針灸。猶記當時每日或隔日必前往針治一次，並配合處方服食四君子湯。平福兄甚至發出豪語說，在他兩個月後返回新加坡之前，將使我康復如初。這一來表明了他對鄙人病症的治癒信心，二來希望我能跟他密切合作。我既然死馬當活馬醫，自是格外聽話。後來也大致如他所料，四月中旬，量脈搏五十八下，五月中則六十幾下，到了六月中旬，脈搏果然也恢復了正常的七十二下。然而，經此傷害，元氣虧損，丹田力轉弱，體重也由原本的六十八公斤，一下減為五十七公斤上下。我這一向執迷於毛筆與書本的賤骨頭，身體經此非常之破壞後，並未相應做出非常之建設，在脈搏恢復正常跳動之後，便放棄了本該乘勝追擊的練功活動，竟又成天耽溺到搦筆弄翰及書本堆中入海算沙去了。

十年後，在留學的日本筑波大學附屬醫院作檢查治療時，根據檢驗報告，還曾被該院醫生判定為「再過五至十年，須用人工腎臟」。正當我在為此沮喪發愁之際，又結識了由上海前去筑波大學，精通各種氣功功法的客座教授溫中申先生。他教我各式氣功，我教他書法，兩人交換教學，因此得以安然逃過此一劫關。

民國七十九年春、夏之交，我從日本留學歸國以前，除了花費不少心力撰寫碩士論文外，還經由日本名書家今井凌雪和谷村義雄兩先生的聯合推薦，在東京銀座的鳩居堂畫廊舉辦了一場書法個展，把身上的能源都用到底層的警戒線下了。後來，人雖然回到臺北，身子卻疲憊不堪，欲振乏力，什麼事都懶得做。當時還曾得到正在澳洲弘法的懺雲法師特許，前往南投縣水里蓮因寺住廟十天，體氣才稍見康復。次年四月，得紫微斗數名家慧心齋主馬榮義居士之引介，到臺北縣萬里靈泉寺，在惟覺老和尚的主導下打了一次禪七。對於老和尚所傳揚的中道實相禪觀法門，甚相契合，獲益不少。由於上山前曾將南老師的《禪海蠡測》及《習禪錄影》再度翻讀一遍，大致抓住了「此是選佛場，心空及第歸」的修行方向，放下諸緣，全心修習。故從第三天的下午起，便常有很好的定境出現，也初次真正體會到禪定之喜樂。這算是繼十一年前，參加南師主持禪七以來的第二度正式禪修。四年後，我也曾在老和尚的特許下，慫恿內人張翠鳳女士上山，參加了她平生的第一次禪七修習。

之後，靈泉寺遷往埔里，擴建為中臺禪寺，我也曾兩度前往參加禪七活動。其中一回，坐到第四天的第五支香，背後由頸椎下方，有一股強大的氣流向下流動，隨即通身清涼，身心一片空靈。經於小參時向老和尚報告請示，是否與所謂任督二脈之通暢有關，老和尚說「超過這個」。並且告訴我：「就如同養蚌生珠，珠子雖然還小，倘能善加保任涵養，久而久之，珠子就會越來越大，越來越圓明。」歸來以後，特別取了一個別號「小珠山人」，作為紀念。山人，用來表示我個人生長鄉間的野逸性格。

後來，也曾報名前往高雄大樹鄉參加過葛印卡老師（只聽錄音，未見其人）的十日禪觀之修學，體會到另一種與中土迥異的禪風。十天下來，自覺與此法不甚相應，遠不及南師與惟覺老和尚所傳授法門之契合我心，因而去了一回，便未再參加，這或許跟時節因緣未能契應有關。

在此之前，諸如《楞嚴經》、《六祖壇經》、《金剛經》、《維摩詰經》、《圓覺經》、《阿彌陀經》、《妙法蓮華經》以及《指月錄》、《永嘉禪宗集》、《圓覺經直解》、《禪宗直指・大事因緣》（後收入《參學旨要》一書中）、《頓悟入道要門論》等大乘佛教經論，也還讀了一些。但由於欠缺實際修證，充其量也只是懂得一些空泛的知見，對於真正的佛法，乃至連念佛、誦咒，都沒能真正老實用心的修習過，因此也就無法真實獲益。然而，對於白居易所說「但受過去報，不結將來因」的警語，卻經常縈迴腦際。

曾經幾度聽南師說過，倘若修學佛法得力，色身氣質沒有不轉化的。以此自我勘驗，長久以來，我的色身始終處在虛羸邊緣，當該是學佛不得力之故。有此警悟，因而生起打佛七或修習準提法的念頭。

直到八十九年春節期間，有緣得首愚和尚的指引，在新竹峨嵋的十方禪林，修習準提法門。將過去習得的知識見解，全皆拋開。一切依照南老師所傳授的儀軌，從幼稚園學起，老老實實地打了兩個七。在氣機連續發動後，全身氣脈與體質產生極大的變化。二十多年來的羸病陰霾霍然掃除，神氣轉旺，方才深切體悟到「身」、「口」、「意」三密的神奇效驗。過去，我雖然斷斷續續有在打坐禪修，卻從未經受過如此深刻的體驗。從此，像打了一針強心劑，睡眠時間明顯減少，卻仍有足夠的精神從事寫作。十四個月後，終能在緊要關頭如期把博士論文提交出去。因而對於修習此法，深具信心。

當然，這個準提神咒的修行法門，原本是南老師在民國七十四年離臺赴美前慈悲傳授的。臺諺所謂「食果籽，拜樹頭」，除了感激主七的師父首愚和尚外，更加感謝傳法的南老師。因此，禪修回來不久，我就專程跑去香港向南老師拜謝兼請益。南師見我法喜充滿，說我這是「初嚐法味」。並且問我：「山上修法時的境界，現在還在嗎？」

我略一沉吟，說：「似乎已經不在了。」

老師接著說：「修了就有，不修就沒有，那是生滅法，不是菩提道。凡是有生有滅的，都是不究竟的。要修，就要證到那個「不生不滅」的。『諸行無常，是生滅法。生滅滅已，寂滅為樂。』真要學佛，去看佛經，知見不正，盲目念咒是沒有用的。」又說：「學佛要有成就，見地、工夫和行願，一樣都少不得。」

老師既知我跟這個法門相應，怕我盲修瞎練走冤枉路，還囑咐宏忍師進去拿了一本道殿法師《顯密圓通成佛心要集》送給我。此書字數不多，回來後不久就看完了。既知咒語是成就無上正覺的種子，又知準提神咒是真言之母，神咒之王，實含攝其他諸咒語。一心持誦此咒，具有除罪消障，成就一切功德的不思議妙用。也意外發現這位唐代五臺山金河寺傳法師道殿和尚，他的俗家還跟我有同宗之誼呢！後來，又閱讀了首愚和尚送給我的《準提法彙》（藍吉富教授編），對於這個法門，才漸漸有了概略的認識。

五、從「低級的」修起

去（二〇〇一）年十一月，我專程到香港探望南老師，乘間請教，問了一個早就該問而始終未問，極為切身的問題：「怎樣才能迅速補充能源，而減少能量的耗費呢？」

「你要高級的？還是低級的？」

「高級的怎樣？低級的怎樣？」

「你不能什麼都想要，到底要高級的還是低級的？」

「那麼，我要高級的。」

「要高級的，那還不簡單！放空一念，便什麼都有，什麼都到了。」

老師見我一臉茫然，煞時楞在那兒。便又說道：「你看！高級的又不懂，那就學低級的吧！要學低級的，請宏忍師教你九節佛風和寶瓶氣。看看宏忍師願不願意教你？」

宏忍師點頭說「願意」。南師又說：「既然如此，那就好好地教他，詳細地教他。」說罷，又以嚴肅的語氣，對著我說：「回去以後，每天早晚一定要做。」

事實上，早在一年前，我跟周勳男、侯秋東兩位學兄在東西精華學會，為老古出版社的國學讀物編選教材的討論會後，素美姐已經教過我，並為我示範了相關動作。由於本身慧力不夠，未能持恆多做，以致效果不彰。如今，聽到南師如此強調，不覺心頭為之一震，深知這可是南老師的一個寶貝法門，因即應聲答道：「一定依教奉行，再不敢偷懶。」

隨後，宏忍師不厭其煩地為我邊示範邊解說，在九節佛風中，比素美姐教我的還多了一道觀想；在寶瓶氣裡，則多了一個閉氣時默誦心經的節目之啟示。我也跟著一邊聽一邊學著做。練過以後，身子果然變得暖熱而有輕微發汗現象，使我更加深切認識到這個法門對我的重要性。回到臺北以後，不管事情多忙，這九節佛風與寶瓶氣成了我每天基本必修的早晚課。

由於兩年前初步修習準提法，身體氣脈起了極大變化，嚐到了甜頭。故在去年六、七月間，博士學位論文相關事務告一段落之後，便決意找機會再度上山潛心修學。今年農曆正月初五，我又上峨嵋十方禪林參加由首愚和尚主持的冬安居準提七。在兩年前的連續兩個七期中，一切與氣機發動、身體旋轉、電流充布的種種如幻覺受，以及心氣合一時，大哭、大笑等悲感反應，幾乎全屬瞎貓碰到死老鼠的誤打誤撞，完全不明其所以然。首愚和尚對此雖不免也有呵責，但他知道我這是初次氣機發動，又見我並無太大偏差，也就任我玩去！相對的，我自己當時也只有聽之任之的分，絲毫作不得主。

後來，重讀《習禪錄影》，發現書中記錄了某回七期，有某位法師在禪坐時氣機發動了，南師告誡他「不要隨氣轉」，於是法師的身體就真的頓歸於靜止。我這才恍然悟知，氣機發動不僅可以控制，並且是應該加以控制的。後來，在錄音帶裡，又聽到南老師曾嚴重警告在場修習的僧俗二眾，若有氣機發動現象，務必立刻離場，不得妨礙大家習靜。更加令我全身發汗，無地自容。這雖只是一點小小的訊息，但對於我的下一步修行而言，卻具有關鍵性的突破意義。

這回修學準提法，遇到氣機發動時，我便嘗試以鼻孔猛吸一口氣，氣沉丹田，然後閉住。嘿！果然有效，身體便因此不再搖動。甚至有一回，大家在行香時，突然間一念想笑，頭部上下左右地快速搖擺，整個身子就如乩童般地跳躍起來。才覺即轉，猛然吸氣，如法而試，屢試不爽，內心暗自歡喜。不過，日前向南師報告此事時，老師卻糾正我說：吸進來不對，要呼出去才對。

但不管如何，能控制得了氣機的發動，總是好事。過去，氣機發動了，就讓他發動，難得產生的一點動能，就在發動中被耗費掉了。因而修了老半天，卻沒有多少盈餘的儲蓄。道家所謂「煉精化氣，煉氣化神，煉神還虛」的種種修行過程，便成了畫餅的空想。這回既學會了能自主地控制氣機之發動，才使得氣脈有了歸元蘊積的機會。

在兩年前的初次準提法修學中，有一回，我幾支香連著坐下來。午間趁著大家小靜時段，獨自在空蕩蕩的禪堂，繼續用功。由二十九字的咒語，改為念「唵折隸主隸準提莎婆訶」十個字的正咒。再將這十個字的正咒，由慢而快地轉變成快速念誦。不料，這些原本如同沿著月輪邊緣排列的音聲，在這快速旋轉念誦之下，聽來宛似只剩「唵」字這個主音了。我對於這種奇妙的音聲深感好奇，從未玩過，覺得好玩。於是，就這麼「唵」、「唵」、「唵」地接著開地念誦下去。沒過多久，氣機竟然發動了。從此以後，經過多次實驗，發現這個「唵」字，似乎是引起丹田氣，進而讓氣機發動的簡便法門呢！因而悟知這二十九字和十字的準提咒語，其實都是「唵」字的演繹鋪展。它的原始本咒，似乎就是「唵」字。

禪修的第六天，我在一個偶然的側臥修行機緣中，還因此半自覺地摸索出一些可以引起丹田氣的方法，進而令全身靜電感通，並在無人指授的狀況下，運用「唵」、「阿」、「吽」三個音聲，將身子分成上、中、下三段，輪流各別用所引生出來的強烈電流電過，直到自覺清涼，然後換段電過。如此周流反覆，直到自覺全身氣血通暢快適為止。就這樣在粗厚的大棉被裡，像爐鼎內，從上午十一點到午後三點多，足足把自己在所引發的強烈靜電中熬了大約四個小時。所流的汗，怕不止一、兩公升以上，把上下棉被都弄得濕漉漉的。原本是直中微曲的軀體，每電過一段，身子便向前拳曲一些。直到最後，全身鬆軟，雙膝觸及鼻尖，感覺如同在母體子宮內自我環抱的胎兒形狀。下床後，喝了一杯杏仁牛奶，吃了幾片芝麻餅乾，精神清爽無比。這真是一次難以名狀，不可思議的禪修經歷啊！

上山前，我還跟孩子們半開玩笑地說，老爸這回的修習重點之一，是「不生氣法」。過去長期以來，對於兒女或學生晚輩不肯上進學好，不別是非，或犯過不肯悔改等，常會動氣，甚至厲聲斥責，毫不假借，事後常感慚愧懊悔。雖然極意對治，卻始終自覺進步有限，這是我的一大病痛。這次上山，單就對治怒氣而言，是大有進境的！往常由於體氣虛羸，說話時必須費很大的勁去壓縮丹田，才能勉強擠出一點兒氣（能）來運轉舌根，因而幾乎長期都處在一種元氣不足的透支狀態中。氣不足則浮，說話就不得不大聲，自然容易動氣。經過這一次修法，丹田氣整個恢復，說話時氣隨意轉，不再像以前那麼費力氣。甚至連近來寫毛筆字，運筆速度也自覺比以前放得慢，點畫線條在轉彎抹角之間，似乎也變得比以前柔和。如今要生氣，反而好像得費較大的勁。以前，人一勞累，就如同處在一種燥熱的邊緣，要發火動氣，似乎容易多了！這是此次修法前後，自覺較為顯著的一個進步現象。

六、勇猛精進成懈怠

十方禪林的七期尚未結束，我因事提前在元宵前一天返家。回來後的第三天，我從早晨四點半上座，雙盤直坐到下午三點，運用和山上側臥修行時同樣的方法，以坐姿將身子分成三節，又足足電了十個多小時，再度經歷了一場前所未有的體驗。想來也還真是好玩呢！

也不知道是什麼時候，我的上半身整個向前俯貼在地面的塾氈上，感覺上連臉部都像肌肉整個銷溶似地平貼著，只依靠結著準提手印，置於鼻口下方兩隻手掌間的空隙與外界在通氣。我深深感受到四大分解了的強烈痛苦，我清楚的告訴自己，這是千載難逢的機緣，我必須堅持修下去，不能輕易放棄。於是我施用前法，繼續修習。當我碰到困難的關卡，不知道怎麼辦時，便放空一切，運用南老師多年前教我的「看光法」（當時尚不知此法名稱），始終保持意識的清醒。

不知道經過多久，我又讓上身恢復原來的挺直。最後，甚至把幾十年來始終卡在喉頭，過去每回唱歌時用力咳都咳不掉，微帶絲狀的暗紅血塊都吐了出來。

事實上，那天上午十點，我跟友人原本約好在工作室見面的，怎知我卻一路誤闖叢林，跨入了只能前進無法後退的不可知境地！我根本無法下座，只有失約了。直到午後三時，內人提前下班回家，我才下座。

下座以後，感覺丹田有力，恢復到了前所未有的充實狀態。一時之間，全身也沒有什麼太大的異樣感覺，但覺左腳有嚴重麻木現象，姜居士與內人都忙著幫我做按摩與推拿。後來也陸續請教了一些師友，首愚和尚除了教我多休息外，還幫我介紹了一位陳大夫，蒙陳大夫教我先泡熱水澡，內加些許鹽巴，若未見好轉，再前來就診。到了晚間九點半，麻木情況不僅未見改善，甚至還似乎有愈來愈緊的感覺，情勢不妙，這才開始有點兒緊張起來。心想會不會因為雹得太久，傷了筋肉或神經。若沒能善加對應，稍有閃失而導致殘廢，那可就麻煩了。於是，我想到向南老師求援，打電話過去，老師正在講課，接電話的沙彌知道情況緊急，只好硬著頭皮打斷老師上課。只聽得電話那頭，傳來南老師拋出的一句話：「教他去找那位發地藏王菩薩願的醫師治療。」

後來我找到了這位林大夫。經過他將近三個鐘頭的細心治療，包括氣功、針灸與推拿。更令人感動訝異的是，他幾乎在為我的全身骨架做整形。下了病床，腳部麻木情況十分已痊癒了九分，全身頓覺輕快無比，歡喜無量。

後來，斷斷續續又接受他的幾次治療，每回都有一定的療效，早已恢復能夠雙盤打坐了。原本輕鬆愉快就能雙盤的兩條腿，在這次坐傷以後，筋肉感覺不如先前的鬆柔。起先連單盤也有困難，一切都得重新來過。事過約莫半個月，我的腿部痊復情況良好，向老師稟報接受治療結果。在電話中還被老師罵說是「活該」！

我出身寒微，一向剛健自強慣了，對於認定想做的事，往往不顧一切的全力以赴。然而，用力不夠勇猛，固然難有成就；用力太過勇猛，卻又往往造成欲速不達的反效果。誌公禪師說得好：「勇猛精進成懈怠」（〈十二時頌〉），這話令我感觸良深，看來今後我得更加「減速慢行」才好。這次打坐傷腿的慘痛教訓，著實讓我體會到「為道日損」在修行上的重要性，這跟一般世間法強調要「為學日益」，側重點是截然不同的。

今年四月的香港之行，談到腿傷的問題，南老師說：「你這個腿傷，實際上是肌束受了障礙，都是你自己搞出來的。為什麼非要雙盤那麼搞不可呢？那要內行在旁邊指導才行。即使你雙盤都走通了，又有什麼用呢？不過在腿上玩而已。」

老師還舉例說，前一陣子有個韓國和尚來到香港，在他那裡，針對南師身邊幾位頗有禪修工夫的弟子進行一場實驗，讓他（她）們以雙盤打坐，並用布繩將他們整個身子綑綁固定起來，規定打坐三個小時。現場不僅有韓國和尚監護，還有各種醫護人員陪著護法，隨時視各人反應狀況，給予適當的對治與協助，更何況還有老師在場坐鎮。三個小時下來，效果很好，「人家都沒有出問題，你卻出了問題」。我聽過之後，已然深知南師說我「活該」的真意所在。不禁為自己前此在幾乎無人護法的情況下雙盤坐了十個多小時，跡近玩命的冒險行徑捏了一把冷汗。當時幸賴諸佛菩薩加被庇佑，終能逢凶化吉，有驚無險。否則，後果真是不堪設想呢！也因而想到修行這條路，不只需要具備圓熟的正知正見，還得經常有賴真正過來人的明師及時指點才行。不然的話，僅憑一己的血氣之勇盲修瞎練，到頭來，恐怕還是殉道者多而成道者寡！言念及此，頗為自己此回誤闖地雷區，卻只是肌束之傷，又能日漸痊復而暗自慶幸了。

七、空諸所有，一切不著

今年四月中旬，我赴香港參加海峽兩岸四地書畫篆刻的八人聯展開幕儀式，主要還是想利用這個機會，針對今年春節期間山上山下禪修時所衍生的有關身心問題，親自向南老師叩問請益。老師為了幫我解答問題，在我即將離開香港的十四日那一天，百忙中把一整個下午的時間都撥給了我。在提問之前，我先將兩年前及今年春節這前後兩次的準提法修行概況作了簡報，因為假若少了修行狀況的背景說明，某些問題的提出，便會成為無的放矢。故儘管不談境界，只談重點工夫問題，由於修行過程中的節目變化實在太過繁複，連同提問竟然還是洋洋灑灑，口沫橫飛地講了一個多小時，早已不是「簡」報而變成了繁冗的敘述了。幸虧老師還是始終耐著性子，聽完我的全部報告與提問。心想，我這兩回修法，如此勇猛精進地修煉，身心氣脈起了這麼大的變化，理應得到老師的一些肯定與嘉勉。豈料老師在我講完之後，先是溫和安詳地說：「你上面說了一大堆，我都一字不漏地聽進去了。」突然間，雙眉一揚，表情嚴肅地對著我說：

「杜忠誥！你搞了半天，都在玩弄精神啊！」

「是。」我答。

「為什麼『是』？」老師如打蛇隨棍上地追問。

「因為我自覺色身不好，氣都提不起來，非先把色身搞好不行。」色身搞不好，色蘊便空不了。人空證不到，法空便成煮沙求飯了。我心裡這樣想著。

「你色身好得很啊！」

「你農家出身，吃了很多苦頭。自己站起來，賺錢讀書，還讀到博士，到日本留學。你身體到現在精神百倍，講起這些來，你剛才講了一個多鐘頭的話，精神好得很，你色身哪裡差呢？」

老師接著又說。

「那是因為現在丹田氣復原的關係。」我答。

「總歸一句話，你現在精神好得很啊！你色身都很好，為什麼要擔心你的色身呢！可是你卻不相信。什麼是丹田？你認為肚臍下這裡是丹田。實際上，在解剖學，這裡（手指肚臍下方）除了腸子以外，什麼都沒有，什麼叫丹田？這是道家的話。還有上丹田、中丹田、下丹田呢！道家有這個名稱。你是知識分子，不是一般人，你不要自己鬧笑話。你認為丹田元氣空虛，沒有啊！你很好。」

老師略一沉吟，接著問：「你沒有遺精吧？」

「以前年輕的時候有，不但遺精，而且很嚴重。」我答。

「結婚以後，慢慢好了吧！」

「不，因為曾經被臺大醫院的某醫生在做膀胱鏡檢查時傷了輸精管，開始流血，後來流精。最後還是練了道家五禽戲的鳥伸功法，並接受針灸，才慢慢好轉的。」

「好！好！醫生為什麼傷了輸精管，讓你起了煩惱？這個中間你沒有告訴我。」

「我都跟老師報告過，老師才會告訴我這個專治男人遺精的方法。」

「喔！是這樣！那你現在覺得丹田好了，因為你認為這裡是丹田。」

「是的，是這回第二度潛心修法之後，才感覺到整個變好的。因為丹田這裡很有力了，講話時，聲音好像都從這裡發出來。」

「所謂丹田，是全體身體，這個生命就是一個丹田，全體。這個部分中醫叫做三焦，就是現在西醫講的賀爾蒙系統。賀爾蒙是一種液體，有一、兩百種，也就是內分泌。你的口水，就是賀爾蒙的一種，它是由腦下垂體分泌過來的，屬於上焦；至於中焦，是胸上腺的賀爾蒙，女人年輕時兩個乳房膨大，是這部分的賀爾蒙；橫隔膜以下，到下面男性生殖器、女性生殖器，一直到下部，屬於下焦，是腎上腺、性腺的賀爾蒙。部位不同，內分泌的作用是一樣的。所以道家中醫講丹田乾涸，是指人到了更年期，內分泌不夠了，這個叫作元氣衰弱。你五十幾歲了，一切都很好嘛！至於說房事性行為，不像年輕人那樣，那是當然的，誰都免不了。所以我說你現在身體都很健康嘛！」

儘管我也深知老師費了這麼多口舌，為我解說「丹田」，主要是想打破我長久以來對「色身」感受上的種種迷執，但我還是忍不住答腔說道：「是修了準提法才轉好的。」

「過去也是那麼好，不過在感覺上身體痛苦、難過而已。你現在也一樣覺得難過啊！並沒有比過去好多少啊！是不是這樣？」

「感覺好多了。」

「好多了，是你自己講的，自己在那裡幻想。一個生命活到，沒有一個人不覺到身子在難受的。所有修行人都不免受陰的感覺，包括釋迦牟尼，包括我們，有哪一天覺到真的身體沒有障礙，身體完全舒服，有沒有聽到過？沒有嘛！都是一樣的！你講打起坐來、通電啊！這些什麼感受啊！

都是你講的，『通電』是你用的。通電，氣功叫作磁場，密宗叫作拙火。你拙火都發動過，不是發燒嗎？不是流汗嗎？什麼身體彎曲啊！搞了半天，都是你講的！至於你做工夫修行打坐，這些生理上的變化，都沒有問題，你已經很好了。你所有經過，像你這些經過，我幾十年不曉得接觸過多少人，都是這一套。」

「不要再玩弄色身了。包括釋迦牟尼佛，他成佛了，也照樣生病啊！也請他的弟子醫王開藥方吃啊！他也沒有逃過這個（病）。也一樣生老病死，結果他也走了！昨天看到《成吉思汗》劇中的丘長春也走了，我將來也走了，你也走了，不會永恆留到，那個不生不死的，不是這個東西。你如果要追求佛法，你看《楞嚴經》去！你現在所講的，通通是外道的話。你講了半天，都是唯物主義的生理存在的變化，加上自己的意思，認為這個對那個不對，這樣好那樣好，都在騙自己。什麼是第一義？什麼是形而上？影子都沒有。至於這個身體總會死的，怎麼修煉都會死的！那個什麼氣脈通啦，都在騙自己，我這話講了，你不相信，去考察考察。不要搞這一套。你要真正學佛，你剛才有句大話，想即身成就，我勸你看《楞嚴經》去，什麼人的話都不要聽，連我的話也不要聽，看《楞嚴經》、《楞伽經》的原文去。」

八、悲欣交集認路頭

民國八十七年三月，我為南老師的新著《大學微言》打字稿進行最後校對。對於南老師將舊說《大學》「三綱八目」改為「四綱、七證、八目」中的四綱部分，義有未安，以為有待商榷。因而前後修書兩通，申述鄙意。隔了不久，南師回覆了一封傳真函：

「此事一言可盡，但亦一言難盡。倘能因此南來，面言其詳，或當可釋於懷也。」

我心知南師好意，自己也覺得久違師教，茅塞已深，有必要去讓老師用他那超高倍數的照妖鏡照一照，以便對治改進。於是就摒擋瑣務，準備到香港去了。南師得悉我決定赴港的來回日程，隔天便差人送來兩張往返機票，受之有愧，卻之不恭，內心著實感動不已。

到港當晚，在大夥兒用餐時，老師還半開玩笑地說：「忠誥這回來香港，是來跟我吵架的。」到了第三天午後，老師喚我到他的辦公室去，單獨與我面談時，南師卻說他知道我修行不得力，特地藉著這個機會，「騙」我到香港來玩玩。「什麼問題不問題，都是妄念，都是次要的。修行上路了，一切問題自然會迎刃而解。」

回到臺北以後，在一個偶然的機緣裡，見到南師昔日用毛筆所書清朝詩人吳梅村的一首詩：「飽食終何用，難全不朽名。秦灰遭鼠盜，魯壁竄鼬生。刀筆偏無害，神仙豈易成？故留殘缺處，付與豎儒爭。」一時恍然若失，方知南師所說「一言可盡，但亦一言難盡」的真意。不過，這已是後話了。

且說老師那天，還傳授給我一個修行法門。要我兩眼向前平視，不要用力，向前盯著，把眼神向後回收，就這樣張著眼睛像木雞般的看著前面。並要我有問題就問，如果沒有問題就這麼坐下去。我記得當時只問了一個問題：「這跟莊子所說『以神遇，不以目視』，是不是一樣？」南師答說：「差不多！接近。」我一直誤以為，「盯著」就是盯住一個東西，於是我也就這麼「差不多」地張著眼睛坐了下去。我第一次知道，原來打坐也可以不闔上眼皮呢！

在習坐中，老師跟我談了很多話，也給了我不少開示。當南師說到：「趁我還在，可以為你帶帶路。我走了，誰帶你路啊！」我宛如迷途知返的羔羊，頓時淚如雨下，悲愴不已。嗣後，也著實依法用了一大段工夫。由於定慧力之不足，當時自認為沒有什麼問題，沒能多問。然而，插頭似乎插得不太準確，再加上日常俗務的牽纏，以致漸漸走失，工夫又無甚長進了。

這回來香港，老師聽了我報告中的引述，發現他教給我的「看光法」，被我誤解了，狠狠地數落了我一頓：「我上次告訴你的，你什麼要點都沒有抓到，白跑一趟。總的問題，在你不懂佛學。」要我重新來過，他老人家則不厭其煩地重新現場指導。

老師為了破除我對於「雙盤打坐比較有效」的執著，還刻意要我把原本雙盤坐著的兩腿鬆開，就以小腿與大腿垂直的姿勢，兩眼向前平視地正襟危坐在沙發前沿上。

「意識要忘掉，看的注意力拿掉，也不管眼睛了。眼珠不動，眼皮慢慢閉攏起來，眼珠還是前面，難就是眼珠子不是盯著前面。眼皮慢慢閉攏，自然一片光明中嘛！是不是？是，你不答覆我。不是，再問。這一回再不要搞錯了。自然一片光明中，看的觀念拿掉，注意力拿掉！眼珠子還是盯住的！對不對？這個時候輕鬆吧！不對，你問喔！放開！不要守在頭裡頭，沒有眼睛嘛！

連身體也沒有。無眼、耳、鼻、舌、身、意，一切都沒有，注意力也沒有。你就利用這個物理世界自然光跟自己合一，身心內外，一片光明，就完了嘛！也沒有身體感覺，也不要理。當時告訴你這個吔！沒有眼睛，眼珠子還是對住前面，最後忘了眼珠子。眼不要注意去看，自然在一片光中。如果夜裡，黑色黑光，白色白光，光色變化，都是境界，不理，你自然與虛空合一了嘛！這是有相的虛空喔！先跟有相的虛空合一。這一下你輕鬆愉快吧！比什麼都好。什麼氣脈，什麼拙火？那些狗屁話，一概不理，都在其中了！不一定盤腿。你這樣一定，三天五天，幾個鐘頭，你身心整個的起大變化，不要管他好不好，那就好得不得了了。」

「跟虛空合一，跟光明合一。光就是我，我就是光。外面形體的肉體四大都放掉，與虛空合一，虛空與光明合一。光，物理上，現代自然科學也知道，它是不生不滅的。不要看了，看的意識拿掉。它黑色來的黑光，白色白光，都是色相的變化。所以色即是空，空即是色。色不異空，空不異色。你就懂了嘛！就悟進去了嘛！色不異空，空不異色，光色是空的嘛！你有個空的境界，抓住了，這一點是根本。色即是空，空即是色，這不是清清楚楚嗎？」

「好！你信得過，你明天走，認確實一點。不然你回去又變了，不罵你又不行了，又變出來，又走冤枉路了！什麼準提法，一切最後圓滿次第都證入了！所有來的問題，要問的，都是妄念，都丟掉就好了。這個時候，管他咒不咒，佛不佛呢！」

「再來，你剛才動（念）了一下，不行了！重新張開，不要慌！等於利用眼球為插頭，定住。

不看。注意力拿掉，把眼識這個習氣拿掉，然後證入一片自然光中，就好了。你就這麼定下去。就這樣，話也不要跟你多講了。忘掉，身體忘掉，連腦袋也忘掉，眼睛也忘掉。都丟，念頭更要丟，丟得越徹底，丟得，唉呀！也沒有什麼『徹底』，都是形容詞。都丟完了嘛！禪宗說『放下』，放下就是丟嘛！」

「這不是定嗎？盤個什麼屁的腿啊？連眼睛、頭腦都不要了，還管什麼樣的腿？」

「你跟虛空合一，跟光明合一。我就是我，我就是光。連基督教你翻開《新約全書》都說：『神就是光，光就是神。』連他都懂，你們學佛的反而不懂。放開！愈大愈好。也沒有故意去作什麼大小的分別，這個言語的方便的話，不能聽。像我的書也不能看，連我的語言也不要聽。到了這個時候，一切皆空，還聽個屁啊！」

不知怎的，忽於此際生起一念，感覺雙手散放著（未結手印），疑有未安。輕輕叩問：「手？」

「咄！又來了！什麼手啊？啐！那麼無智！你不是講四大皆空嗎？還有個『手』？真的那麼笨啊？都會，都懂。四大皆空了，還有個『手』!?唉喲！還我的眼我的頭呢！教你注意一片光明，與虛空合一。」

「咄！你現在還有一個問題，你拚命抓住眼睛眼珠子了！還在那裡搞，又笨了！一證入，那個情況一來就知道了嘛！還抓這個幹嘛？又來了！你的問題就在這裡，這就是你杜忠誥要命的習氣。」

老師眼明手快，一針見血。我不自覺地冒出了兩句：「正是！正是！」

「你趕快丟！眼球也不是看的。眼珠子同照相機一樣，是照著的。那個能夠知道是什麼的，那個心的第六意識分別，這個拿掉！」

「你開著眼睛也可以啊！與一片自然光合一。忘記了身體，忘記眼睛，與光合一。光是不生不死的，在自然科學裡頭，光是不生不滅的。不過，你現在看到的光，還是光色，不要著色。所以叫阿彌陀佛，是無量壽光。無量壽，壽就是壽命，它不生不死，所以無量壽，無量光。也沒有邊際，不在內、外、中間，一片光明中。這樣懂了嗎？懂了，就不要講話了。夜裡黑色黑光，白色白光，慢慢你曉得光色，就不管了。光能同你的性能一樣，你只要不起分別，它就自然如如不動了嘛！所以叫『如如不動』，『如如』，兩個形容詞，還有個什麼叫『如如』啊？好像好像沒有動了。這一回你再弄不清楚，你下一次來，一進門就打屁股。」

「不敢來了。」我的名言習氣又發作了。

「那也隨便你囉！」老師沉吟半晌，只好這麼說。

「再弄不對，不敢來了。」我不得不再補上一句。

「這一下你弄對了沒有？」

「嗯。」語氣篤定。

「你還真有妄念，還講話呢！連這個都丟掉，趕快丟！你的問題就出在這裡。你不是看過《六祖壇經》嗎？『不思善，不思惡』，好的也丟，壞的也丟。都丟光，就住在與虛空光明合一中。這懂了吧！不思善，不思惡，你還有個分別呢！一下跟人家辯論起來了，毛病！善惡都不思，善惡兩頭都不思！這一下你舒服啊？你不要答覆我，還是這個話，不對再問。」

「還要放！無我了嘛。無人相，無我相，不是理論。只是一放，你就到了。無人相，無我相，無眾生相，無壽者相，就完了。過去心不可得，一個念頭來，過去了嘛！未來心不可得，念頭沒有起，當然不可得。現在心不可得，當下就空了，聽過了就完了嘛！就好了嘛！好了，不給你多講了。費力氣！你再拿不到，你就完蛋了。」

「吔——，又來了！丟！喜怒哀樂都丟。你《中庸》忘記了？『喜怒哀樂之未發，謂之中；發而皆中節，謂之和』，怎麼中節呢？起來就把它空掉了。『致中和，天地位焉，萬物育焉。』《中庸》都給你講完了。不要給情緒動了！『天命之謂性，率性之謂道，修道之謂教。道也者，不可須與離也。可離，非道也。』你管它悲歡喜樂來，都是一掃而光。一個《中庸》，一個《大學》，就完了嘛！這幾句話，就完了嘛！『夫婦之愚，可以與知焉。及其至也，雖聖人亦有所不知焉。』你都會呀！你師大畢業的。」

正在這身心與虛空光明合而為一的當兒，忽然感到悲欣交集，眼淚不自覺地滑滾了下來。這時候，老師又說：

「吔！這下你又被悲感困住了！丟掉！看光去。不是看，體會光去。悲感怎麼來的呢？有人問過佛陀，有些人明白了，大哭，有些大笑。佛說那些墮落短的菩薩，過去修行，已經知道了，現在迷住了，墮落了。一下子明白了，會大哭。為什麼？覺得我怎麼那麼笨啊！把自己的東西丟掉。那墮落久了的菩薩，明白了，哈哈大笑。這些都是情緒。《中庸》說：『喜怒哀樂之未發，謂之中；發而皆中節，謂之和』。中節，要節制，要把它停掉。『致中和，天地位焉，萬物育焉。』跟虛空合一。《中庸》都講了，就那麼簡單，比佛法還要明白。懂了佛法，儒家這才懂了。現在我背《中庸》給你聽，你懂了吧！懂了就信得過。一信就拉倒，一路下去了。」

「至於生理上變化，什麼流汗啊！光明啊！你愛去玩弄，這多呢！一個男的，一個女的，兩個插進去，還快樂得要死！等一下沒有了，這就叫性交。三秒鐘都沒有，就完了。諸行無常一切空，可是眾生都迷在那個裡頭。那不是工夫嗎？也是工夫啊！一個男的一個女的，拚命做勞動。打坐時，你搞氣脈，什麼『唵』、『阿』、『吽』的，把呼吸閉住，一個人在那裡做勞動而已，沒有什麼兩樣。」

「還有一點吩咐你，什麼『吸一口氣，閉住』，那是笨辦法，不對的。出世法是什麼？你碰到那個不對的，呼一口氣，鼻子呼出來了，切斷了，不呼也不吸，那個是對的。你看！現在我跟你講，你在境界中，不呼也不吸，這個是對的。不是吸進來，不對的，有呼吸就不對了。念頭動了，呼吸就動；念頭不動，呼吸也不動。」

「現在你體會一下，放空！念空了，呼吸也不動，這個是對的。呼吸是生滅法，有來有去都不是。不要努力在看光！名稱叫看光，不是去看。不要分別去看了。眉毛展開，笑！嘿——，假笑，慢慢真笑了，彌勒菩薩都在笑中。搞清楚了吧！再不要迷途了。」

「這樣你懂了吧！你就定住。還早呢！能夠定住一個鐘頭更好。現在唯一的事，記住！在一片光中，這個境界裡頭，光沒有了，一片空。抓住。然後記住一個偈子，六祖的師兄的偈子：『身是菩提樹，心如明鏡臺。時時勤拂拭』，一切都掃光，『勿使惹塵埃』就對了，就那麼簡單！『身是菩提樹』，你這樣坐，身是菩提樹。『心如明鏡臺』，有雜念來，善念惡念，一切皆掃。『時時勤拂拭，勿使惹塵埃』。到了究竟，就是六祖那個偈子：『菩提本無樹，明鏡亦非臺。本來無一物，何處惹塵埃？』不要掃它，它也空。念頭不要你去空它的，它來空你的，沒有一個感覺，沒有一個知覺可以停留的，都是無常。是它來空你的，不是你去空它。你去空它，已經是個妄念了。這樣懂了吧！你空個屁啊？它本空，它來空你的，它不停留的。你就明白了嘛！」

「準提法是修功德，修福德資糧，你可以念，可以修。你多去看看，我們老古印的《參學旨要》這本書，有劉洙源的《佛法要領》、《禪修法要》、《永嘉證道歌》、《永嘉禪宗集》，你走這條路是正路。你這個年齡，把老古出版的《參學旨要》好好抱到。把劉洙源初步的可以丟開了，你也可以看，一時就證入了。這樣懂了沒有？費了我很多的口舌。不過，也是空的。嘿——，都沒有事的。『本來無一物，何處惹塵埃？』它來空你的，不是你去空它的。」

「生滅法一切無常，能夠知道的這個，不在身體內，也不在外面、中間。這個沒有變動，你年輕知道，也是這個；現在老了知道，也是這個。沒有寫字以前也是這個，寫字以後也是這個。」

老師就這樣不惜眉毛掃地，苦口婆心，開示了這麼多，這麼詳盡。晚飯後，我終於帶著得無所得的行囊，拜別南老師，離開了香港，回到臺北。我告訴自己，若再因循放逸，簡直對不起天地鬼神了！所謂「枯木崖前岔路多，行人到此盡蹉跎」，老師的這些話，固然是針對我個人的修行問題而發，但那天同堂聽講的，除了宏忍師以外，還有其他很多人。如今我不避繁冗，將南師的殷切開示寫實記出。希望有緣讀到此文的朋友們，也能一樣同霑法益。

《我是怎樣學起佛來》，老古出版社，二〇〇二年八月）

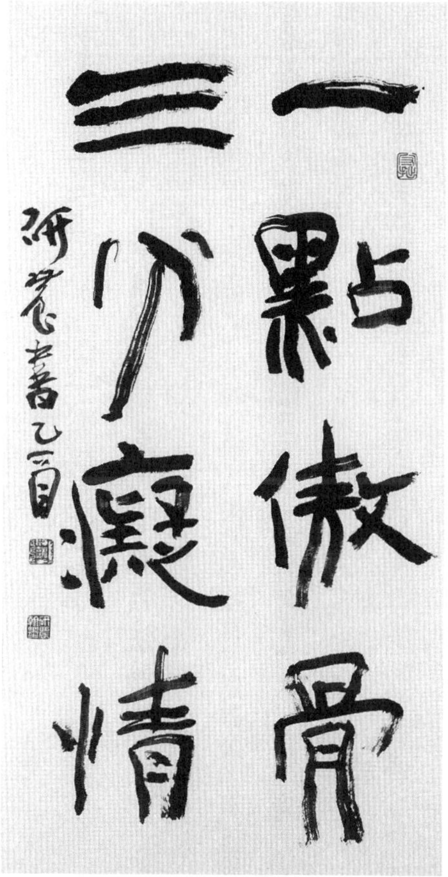

一點傲骨，三分癡情　杜忠誥作　2005

此件以西漢古隸簡牘帛書體寫成，略帶行書筆意。人不能沒有傲骨，但也只能有一點，多了便容易流為傲氣；人也不能不帶幾分癡情，所謂「情近乎癡始真」，做人沒有幾分癡情，便不像人。但也只能三分為宜，如果癡情太重，既苦了自己，還耽誤別人，總是不免纏縛。

上無道揆，則下無法守

——維護學術尊嚴，唯有崇法務實

本校新任校長黃光彩先生的任用資格遭到各界強烈質疑，事發至今，教育部與遴選委員會還在互踢皮球，推託諉過，讓人感受不到一點教育家面對問題，實事求是的反省之真誠，使得問題益發顯得撲朔迷離。

根據筆者採訪所知，本校送交教育部圈聘的三名校長候選人，係經兩個回合的波折才產生的：第一回合，只選出李大偉先生一人；第二回合，再增選出黃光彩及楊深坑兩先生。其中，黃光彩先生是唯一由遴委會主動徵召，經理學院推薦參選而入選者。

遴選委員會的七大疏失

此回遴選過程中，至少存在如下七大疏失：一、收件時，證件不齊，卻仍接受其報名參選，不能說全無程序上之瑕疵；二、候選者參選證件猶付闕如，卻仍同意其參選，不能無放水掩護之嫌；三、後來既已補有傳真說明信函，何不直接影印發給與會委員參閱，卻只選擇口頭宣讀方式，而必等待正式投票表決後，方才影印傳發？是否有偏袒徇私，刻意護航情事？四、遴委會既不能承擔資格查證工作，理當立即發函請求教育部協助查證確認後，方才進行投票。如何在應選「資格」尚未務實「審查」確認之前，竟可逕付投票表決？五、正式報部之前，既有委員發現補送證件資料與履歷表所填資料不符而提出質疑，遴委會卻置之不理，是否有違法失職之嫌？六、遴委會既無查證能力，在提呈教育部時，又未能據實稟報。致讓教育部蒙在鼓裡，而未能針對傳真信函內容與履歷表上資料不符處進行重點查證，是否有蒙蔽欺上之嫌？七、遴委會召集人與理當居於監督角色的「校務會議常設委員會」召集人，乃至「各級主管選舉監督小組」召集人，都同由一人擔任，難免球員兼裁判之嫌。臺師大內部行政組織結構如此不健全，幾乎完全喪失監督制衡功能，欲求無弊也難。換句話說，現任臺師大校長幾乎是在完全未經資格審查的情況下，就被遴選委員會護送上教育部圈選名單之列的。

以上七大疏失，還都只是在第二回合中所發生的。而第二回合之所以會有這些疏失，則又肇因於第一回合之未盡從法務實。關於此點，筆者早在去年春間，便已有風風雨雨之耳聞。至於第一回合是否尚有其他疏失，則有待進一步將前此十幾次會議記錄及錄音帶詳加檢察，方可知曉。若說這樣的遴選過程能嚴守公正之中立原則，未曾產生偏斜，說是「無瑕疵」，這是很難令人信服的。不管是基於何種動機或理由，這些疏失的發生，若非大部分遴選委員含糊，就是召集人含糊。大學遴聘新校長，原是學校的喜事，之所以會演變成今天這樣「沒有一個是贏家」的窩囊結果，遴委會諸公難逃遴選不力之責。其有負重託，不肯崇法務實，沒有在「資格審查」上嚴格把關，遂使違規事件得以不被糾舉而橫打直過，如入無人之境，應是問題的癥結所在。遴委會應向臺師大全體師生及校友謝罪。

維護學術尊嚴，人人有責

遴委會成員泰半都是校內外各領域的俊英與人望，上舉諸多疏失，委員們不應全無察覺。可惜大家都在顧惜情面，多不肯講話，都怕得罪人，以致未能據理力爭。世人心目中最客觀最理性的大學殿堂，卻到處充斥著庸俗不堪的鄉愿氣息。今日政治之所以齷齪，社會之所以混亂，主要肇因於學術風氣之敗壞；而學風之敗壞，則又是知識分子集體無明與自甘墮落的共同業果。作為真理堡壘之學術板塊一旦全盤崩塌，這個社會便再也不容易見到天光和希望了。因此，維護學術尊嚴，護持大學校園之純淨，已是全國上下有心人的共同責任，絕對不只是臺師大的家務事而已。

崇法務實是解決問題的唯一途徑

事情發展至此，儘管木已成舟，為了維護學術尊嚴，教育部與臺師大遴委會都應認清隻手難以遮天的事勢發展，以虛心省察之態度，坦然回歸法律與制度面，重新檢視整個遴選過程，看是否確有如各方所質疑指責的疏失或違法之處，實事求是，以謀補救，才是正途。

教育部本應成立一個「臺師大校長遴選特案調查委員會」，邀請社會公正人士，針對各界質疑的諸多問題，作進一步深入且具公信力之查證與釐清，以收風動草偃之效。真金不怕火煉，凡是刻意推託或阻撓真相之追求者，只有更加讓人對其背後動機增多疑慮而已。所謂「無徵不信，不信則民不從」，此中應有公是公非在，只要執事者真能秉持大公無私之理性態度，還給學術界一個清明公道並不困難。如此，必可讓此一事件早日圓滿落幕，以免繼續騰笑國際視聽，將傷害減至最小。豈奈掌管全國最高教育機關的主事者卻不肯實事求是，一再將錯就錯，試圖以就地合法的和稀泥心態來搪塞應付，做出了最壞的示範，辦教育不應該是這個樣子的。

究竟誰在損毀臺師大校譽

有人說「黃光彩事件就是校內權力鬥爭，落選者惡鬥新任校長，毀損了校譽。」這種不辨是非，模糊焦點的說法和做法，真是教人啼笑皆非。大家知道，臺師大的校訓是「誠」、「正」、「勤」、「樸」。「誠」，就是真實無偽，不自欺欺人；「正」，就是嚴守正道，不阿諛，不曲附，不觀風向，一切依理而行；「勤」，就是盡其本分，行所當行，不推託，不躲懶；「樸」，就是守質抱樸，不務浮華，不文過飾非，更不希冀僥倖。凡我臺師大人，上自校長，下至工友，包括已退休未退休的教師及已畢業未畢業的校友學生，誰能夠信受「誠」、「正」、「勤」、「樸」這四個訓詞而奉行踐履，誰就是校譽的護持者。相反的，誰的言行背離了這四個訓詞，誰就是臺師大校譽的真正破壞損毀者。若謂質疑揭弊者便是校譽的損毀者，那就如同不准看見校門失火者喊救，必待整個學校門面燒毀殆盡方才痛快。這種鴕鳥式自欺欺人的荒謬邏輯，令人難以苟同。

上無道揆，則下無法守

所謂上無道揆，則下無法守。身為教育工作及領導統御者，如果不能處處以身作則，一切依法而行，依理而行，依道而行；則作為學生下屬的，便無所措手足了。知識分子一旦靈府失其清明，一切只問利害而不問是非，既難有拒絕被工具化的道德勇氣，便只好任由政治人物去擺布了。這是讀書人最大的悲哀，也是當前文化教育界的最大危機與隱憂。而今，教育部及臺師大遴委會對於臺師大校長遴選的違法失職情事，既然都無坦然面對並採取必要救濟手段的誠意與擔當，也唯有期待監察院之糾彈澄清，以激勵屢遭摧剝的士氣。

真正愛臺灣，應為臺灣留正氣。

（二〇〇四年十一月三日於臺師大校務會議現場分發，後登載《鵝湖》三五四期「鵝湖論壇」，鵝湖月刊出版社，二〇〇四年十二月）

「只教知識不教人」的當前教育方針之省思

──從「文化基本教材」由「必修」改為「選修」談起

教育部完全無視於專家學者們的強力反對，執意從九十五學年度起，將目前高中國文課程中的「文化基本教材」，由原本的「必修」改為「選修」，漠視儒家孔孟學說對於人性自覺的啟迪功能，令人扼腕！

「文化基本教材」是目前高中整個教育學程中，唯一具有「人格生命」與「倫理道德」教育內涵傾向的課程。儘管有少數國文教師或許未必都能有此體認，而將它們視同一般詞章，只做文詞字義上的講解，未能在「德性」義理上多所闡發。但它的存在，至少讓我們下一代的學子，能有機會接受古聖先賢偉大崇高人格典型之陶冶，心田還能保持一點「彷彿若有光」的內在主體心靈自覺希望的火種。它是人性通向正大光明之所繫，既跟以知識技能為傳授重點的其他課程不同，也跟一般「國文」課文迥別。

所謂「選修」，就是可以修，也可以不修。學生年少，他們很難明白「修」與「不修」，或「選修」與「必修」之間的真正差別。能不修，幹嘛還去修呢？當「不修」的人愈來愈多，發展的結果就是「免修」。從此，學子們都可以不用再學習怎樣去待人接物，而只要懂得應付考試，擁有一些專業知識技能就行了。還管他什麼設身處地，什麼「君子」、「小人」，乃至什麼「公理」、「正義」的！這種本末倒置的文化政策，嚴重違背「全人」的教育原理，絕對不能看作是一件小事。

當代語言學家把人類的「語言」分為三類：一是「科學語言」，二是「情感語言」，三是「啟發語言」。目前國內各級教育的教材中，「科學語言」所占比例最重，其次是「情感語言」，最受冷落的則是「啟發語言」。「科學語言」，以科學理性的邏輯思維為主，如數學、物理、化學、歷史、地理、政治、經濟、法律等；「情感語言」，以文學藝術的形象思維為主，如散文、詩歌、小說、戲曲、音樂、舞蹈及美術等；而「啟發語言」，注重的則是內在主體心靈的感悟、體證與朗現，如《四書》、《老子》、《莊子》、佛經、《聖經》等。這三種「語言」，都依靠人類的知覺而開展。前兩種運用的是外發的「順覺式」本能之發動，屬於知識層面的「見聞之知」；後一種運用的則是內省的「逆覺式」照察之工夫，屬於心靈層面的「德性之知」。由於心性的本體是無形無相，看不見摸不著的，故往往有賴先知先覺者的「語言」來啟發呼喚，才能有猛醒覺悟的機會。如今，由於我們教育主事者的短視近利，只看到「科學語言」對於實用的急迫性，而嚴重誤解，甚至刻意抹殺「啟發語言」對於人性中道德感的啟導功能。不僅不知改弦更張，亟謀補救，眼睜睜看著我們下一代子弟的「德性智慧」繼續昏睡，不去喚醒他們也就罷了，竟還忍心將開啟智慧鎖鑰的「文化基本教材」打入冷宮，真是其心可誅！這哪裡是在辦教育？簡直是在戕賊我們下一代的學子！這樣違背學術良知的事都做得出來，還有什麼事做不出來呢？

西方心理學家認為，成功的人生，至多只有20%是依賴他的專業知識技能，其餘的80%，依賴的則是一種自我認知及人際溝通智能。前者是“IQ”問題，關乎專業知識技能的高下程度；後者是所謂“EQ”問題，關乎運用這些專業知識技能的一種「心靈」與「態度」。長期以來，我們的教育當局普遍強調知識技能的“IQ”訓練，對於這個不可「量化」，難以「評比」的“EQ”智能嚴重忽視，以致不少學子都被教成了只會關心分數與名次，但知與人評比，稍遇挫折，就不知所措，一點抗壓力都沒有的「聰明」木雞！此種「只教知識不教做人」的偏頗教育方針，倘若不盡速設法加以導正，則臺灣未來的任何教育「改革」，都將只會是一場「換湯不換藥」的空頭遊戲罷了。

關於生命道德教育，西方有宗教承擔，每個星期做一次禮拜，進行心靈的洗禮與淨化。我們華族古代有儒教（佛、道兩家固不用說），且看《論語》、《孟子》、《大學》、《中庸》等儒家經典所言，無一不是針對「人性的自覺」與「群性的智慧」所進行的開示與點化，幾乎全都是所謂“EQ”的訓練。先哲有言：「天不生仲尼，萬古如長夜」。如今儒教不彰，而碩果僅存如告朔餼羊的「文化基本教材」，又即將面臨被邊緣化的命運，我們國家未來的政治與社會之紛擾與弊竇，真不知將要伊於胡底？

事實上，「中華文化」的三大精核內涵，不論是儒家、道家或佛家，其論學宗旨，基本都指向人格生命與倫理道德教育的「改過」與「遷善」，其終極目標都是為了淨化人心，提升「人」的品質，把每個人都教育成為「有感覺的人」。它不僅不等同於「中華人民共和國」的文化，更是全人類的「智慧文化財」。除非我們喪心病狂，自甘與「禽獸」同倫，不想再做「人」，或不願意讓我們的下一代學習做「人」，否則，對於以儒家四書為主的「文化基本教材」，絕對沒有任何漠視甚或加以擯斥的理由。

把「中華文化」列為「去中國化」的重要內容，嚴重傷害全臺灣讀書人的文化心靈，是當今執政者的最大債負；而為了政治之酬庸及縱橫捭闔，任用一些「意識形態」色彩濃烈的人，去充當一個最忌諱「意識形態」的部會（文化教育）之長官，將列祖列宗及長久以來千萬教師們苦口婆心所宣講的有關人情義理之教導予以顛覆，是非無正，價值錯亂，且將禍延子孫，則是執政的民進黨自其秉政以來，所做最對不起臺灣人民的一件荒謬事。「以其昏昏，不能使人昭昭」，一個不解心靈慧命為何物的領導者，只會將轄下的子民帶往更加陰暗的幽谷，難以見到光明。

英國歷史哲學家湯恩比博士說：「解決二十一世紀的問題，唯有用東方的孔孟學說和大乘佛法。」當代西方智者的這個洞察之語，值得最高教育當局的主事諸公反思借鏡。

有關臺灣的狹義「意識形態」或許是執政者藉以贏得政權的一時利器，但它絕非「萬靈丹」。漢代謀士陸賈說得好：「於馬上得天下，焉能於馬上治之？」想要消除當前亂象，治理好臺灣人，藥方只有一帖，路子只有一條，那就是宏揚儒教，設法回歸人性的基本面，誠信做人。曾經當過宋朝宰相的趙普，說過這樣一句話：「半部《論語》，可以治天下。」這話在社會失序，倫常乖錯，人心普遍呈現焦躁不安的此刻想來，尤具深味，值得朝野人士再三咀嚼！

只教知識不教人，是當前臺灣教育的最大危機。刻意漠視「文化基本教材」，無異「宣布放棄」甚至剝奪下一代少年學子的人格道德教育之受教權。將「文化基本教材」由「必修」改成「選修」，絕對會是臺灣未來的災難！真正愛臺灣的話，不但不應將「文化基本教材」改為「選修」，還應當進一步全面鼓勵臺灣人民，上自總統，下至於鄉間百姓，不論老少，教大家一同都來閱讀《四書》，共同來「讀經」，共同來接受儒教中優質文化的洗禮與薰陶，好讓臺灣子民個個都把心燈來點亮，人人都能擁有更高的"EQ"，大家活得和諧自在，歡喜又帶勁！

臺灣人什麼都不缺，只是缺少一部《論語》罷了！

（《鵝湖》三六八期「鵝湖論壇」，二〇〇六年二月）

研農詩稿

感懷

加五將成知命年，目昏齒落漸華顛。詩書酷愛真前定，翰墨狂耽豈宿緣？
到岸離船已識路，徇知感惠但從權。聲華富貴雲煙耳，榮悴無心自樂天。

（一九九三年）

讀《論語》

朝聞夕死斯可矣，此語吾聞出仲尼。智及還須仁守得，纔聞便死亦堪悲。

（一九九三年）

久旱聞祈雨

農田見龜裂，池塘有魚殭。大地久爐旱，舉國心惶惶。百姓愁飲水，汲井意倉皇（基隆自來水廠乏水，居民漏夜汲井水以備飲食）。官懼歲成沴，設壇祈雨忙。屢祈皆未應，天道信難量。堯來祈不至，桀來祈或滂。憂勤正其誼，時至雨自泱。氣和沖融生，物阜民始康。

（一九九三年）

觀小女士宜所作畫

幼女曰士宜，生性喜塗抹。中宵不肯寐，興來忘饑渴。日來成一畫，筆意頗圓活。中有連株樹，枝葉相覆沒。旁立長頸鹿，延頸齧其枿。蛺蝶逐蜻蜓，穿叢一葩發。孤煙屋角直，兀峰白雲遏。雄兔與雌兔，牽手隨跳脫。觸處皆成趣，詩思波瀾闊。嗟此好景光，童稚斯能撮。借問勞生客，此趣何可奪？

（一九九三年）

端午節懷屈原

含忠志莫明，抱節祇自悲。曲高和終寡，水清魚不羈。稻稗原難辨，肺肝豈易知？比干竟見剖，箕子成狂癡。悠悠千古意，事殊理不歧。呢呰復喔咿，其病逾夏畦。賢良多遭嫉，為之一惻悽。天欲令名高，蹭蹬安可逃？丹心質蒼天，委身付波濤。守真存吾志，富貴何足豪？

（一九九三年）

感事

相知猶按劍，三日鬱難開。君自設障拒，莫言我不來。

（二〇〇二年）

晨起偶作

每尋高士傳，常愛白雲閒。青鳥頻探望，銀魚總刁頑。
古今真一揆，天道任迴環。風雨連朝至，時雞有好顏。

（二〇〇三年）

漢字形體學

字因人寫形多訛，約定以訛豈奈何？
遞嬗究明真實際，正訛不二隨緣過。

（二〇〇六年）

太湖大學堂丁亥暑期專修有作

其一

忍為止基，止乃定始。不出不入，息止知止。

觀身不淨，枯骨雪如。盈科而進，唯有老實。

寡言守中，動定曷害？饑食渴飲，業習斯汰。

不依他起，名大自在。因循永斷，真無罣礙。

其二

迢迢萬里行，欲覓家歸處。真人未離家，常在故鄉住。

迷頭認緣影，是以恆不悟。空卻有為功，無為還自度。

息見守本心，師親指歸路。

其三

修止兼調飲食，原期截斷眾流。無用恰似有用，河流轉作海流。

（二〇〇七年八月）

日記三則

之一

晨間，讀幼稚園的雙胞胎男孩士弘一起床，豆子（孩子的媽讀女師專時的同學暱稱）好意告訴他有三明治吃。他卻不爽地說：「我不喜歡吃三明治。」似有欲哭鬧之勢。我在餐桌邊聽到了，高聲對豆子說：「他不吃三明治就算了，反正家裡也沒別的可吃，不必勉強他，就讓他喝個牛奶或開水好了。」只聽他道：「我也不喝牛奶。」我隔空拉高嗓門說：「太好了！什麼都不用吃，那爸爸就省錢了。」

不一會兒，他出現在浴室門口，以半調皮的手勢向我作出要進去刷牙的動作，我說：「算你聰明！」

刷過牙後，穿好了襪子，他自個兒躺在客廳地板上等著上學（地板涼快），斜眼看著我和士宜在吃早點。我問他：「要不要喝一口冰牛奶？」他答：「我已刷過牙了。」我說：「可以再漱口呀！冰牛奶喝了涼快。」他心動了！

上得桌來，喝了幾口。我問士宣：「三明治好吃嗎？」「嗯！很好吃。」我說：「最好多喝些牛奶，才不會太乾了吞不下去。」士弘終於忍不住望著內人替他準備而未開封的三明治，說：「我想吃一口。」我說：「你只要『吃一口』的話，那就吃阿妹仔的吧！」士宣隨即遞到他口邊，士弘張開大嘴咬了下去，阿妹仔見勢態不妙，嘟著嘴忙說：「怎麼咬那麼多？」士弘說：「我喜歡吃三明治嘛！」我說：「要吃就整個打開來，好好地享受吧！」他終於眉開眼笑地吃將起來。

這一幕，豆子在房間裡都聽見了！待孩子出門上學，我對豆子說：「今早教子，還有那麼一點兒禪風——逆來者順受之。」

（一九九三年九月二十日）

之二

上午，偕豆子一同去探望朱滙森老校長（臺中師專），把承命書寫的「積善之家，必有餘慶」古隸體小中堂裱妥呈上。在上回趨謁時，見老人喜愛作字，只是所用紙張及印泥都不甚佳，故特地攜帶手頭適用宣紙一刀及西泠出品美麗牌印泥一盒奉贈。老人甚為歡喜，說近來不知是否健康因素，竟然不喜動筆，今有此佳紙及好印泥，應可再動筆。

談話中，老人轉述過去蔣經國總統在位時，他擔任教育部長，應邀與經國先生同往成功嶺參加開訓典禮。經國先生講完話後，指名老人也說幾句。老人於是起身走向講臺，說道：「不敢說有什麼話講（依禮，在總統講過之後，任何人都不宜多講，免令總統成了聽訓者），不過，我不久前讀了書，就簡單提出我的一點讀書報告吧！」接著他說：

一個人有了學問，是一個「0」；有技能，是一個「0」；有財富，是一個「0」；有權位，也是一個「0」。凡所有任何條件，都佔一個「0」。但如果不能夠將這些條件拿來貢獻給別人，不管再多的「0」排列在一起，仍然只是「0」，那就毫無價值可言了。如果你能將這些拿來貢獻給別人，有這個助人之心，便是「1」。此「1」放在一個「0」之前，是「十」；放在兩個「0」之前，是「一百」；放在三個「0」之前，便是「一千」……。依此類推，你的「0」（條件、能力）越多，你的生命、能量與價值就越大。

在同機回臺北途中，經國先生對老人說：「你剛才說的話很好。人生的價值是哲學問題，一般人不容易理解；但數學的問題，大家容易明白。」誠然！過去也曾聽過類似的說法，但只聽說「二」是健康，有了健康，一切能力、條件對你才具有意義。相對於老人引述的這個說法，先前的說法雖好，境界卻相對狹隘得多。前者是就個體上說；老人所述，乃就個體與群體之關係上說。人類個體生命的存在意義，就在群體對應之中顯現，到底人是不能離群而索居的啊！

（一九九九年三月二十八日）

之三

上午，師大「豬事大吉」迎春活動在大禮堂舉行，我也應邀參加春聯揮毫節目。

有客囑書「圓滿自能歡喜」，我直覺認為此語不妥，若必待「圓滿」而後「歡喜」，則歡喜必少。天地間的圓滿，原本都極為短暫，如人們所見的月相，真正的圓滿，唯在一剎那間，前此或後此都不圓滿。又，此句倒果為因，倘若改為「歡喜自圓滿」，則可以當下便圓滿，並且無時不圓滿。此乃是不以結果的「圓滿」為目的，而以過程的「歡喜」為目的。果能真曉此意，即便結果未甚圓滿，也不致影響心境之「歡喜」。故與其寫「圓滿自能歡喜」，不如寫「歡喜自圓滿」。

客以為然。於是，我也「歡喜」地為她濡墨揮寫，用供有緣目擊者參究。

（二〇〇七年二月六日）

受業師與得法師

禪宗公案中，關於得道高僧之經歷，時見有「受業於某法師而得法於某禪師」的記述。法師重講經說法，擬議說出，說的往往是「他者」傳承之成法；禪師重當機點化，和盤托出，傳的多是「自家」體踐之心法。

法師未必是禪師，禪師則必可兼法師。若將法師比作是豪傑，禪師便是聖賢。所謂「豪傑而非聖賢者有之矣，未有聖賢而不豪傑者」，是矣。因文詞以得文義，是為「受業」；因文義而得文心，方得名為「得法」。兩者雖一而二，亦可二而一。

受業者得益於師處，淺顯而普遍；得法者受益於師處，精深而獨特。故受業而認師，是重情義；得法而不認師，是沒心肝。於此可覘學者人品之高下。學道如此，學藝也不例外。

（二〇〇七年）

以人合天，至誠通神的玄空道長

——《行天之道——玄空師父傳》序

多年以來，筆者有幸為關帝廟行天宮書寫三宮建宮、行天宮附設圖書館、玄空道長事略等碑文，除了書寫外，承蒙黃董事長忠臣居士及董監事諸委員不棄，也參與碑文內容的修訂與撰述，因此得以深入拜讀創始人玄空道長黃欉居士一生的文獻資料，從中獲得不少寶貴的啟發。歡喜讚嘆之餘，除了對道長的高尚人格無限景仰外，對他在開創事業上的閎規遠圖，也留下深刻印象；至於道長席不暇暖所宣講的種種親切義理，更是他傳道立言的最佳見證。《春秋左傳》所謂的立德、立功、立言三不朽，道長可說一應俱全；筆者僅能略述所感，聊表對前輩道長的欽慕之情，實不足以彰顯道長之德業於萬一。

玄空道長宅心仁厚，儘管自小家境窮困，但他人窮志不窮，總是謙卑自牧，事事感恩，處處與人方便，故能廣結善緣，到處有貴人相助。在接觸到關聖帝君的聖訓寶典後，道長拿來跟自己幾十年的人間歷練體悟相檢證，憬然發現，原來「天神之道」就在「人倫之道」中朗現，「人道」與「天道」竟是如此的契合為一。自從得此印證，在喜樂之餘，他那純良的稟性和深厚的善根，就如同久埋地中的種子頓然遭逢春雨，迅速獲得滋潤而蓬勃生發；又像似渟蓄蘊伏在地表下的清澈潛流，一經抉破，便汩汩湧出，溥博有如淵泉。所謂「一燈能除千年暗」，他在現實生活的智識技能之外，覓著了身心性命的安頓歸依處，因而與關聖帝君結下了不可思議的千古道緣。這不僅為他那「人飢己飢，人溺己溺」的曠古悲懷與無窮願力找到了發揮的著力點，也為他的後半生寫下了極不尋常的生命樂章。

當道長在事業有成，一切發展順利時，不只絲毫沒有驕矜之氣，反而對於境遇不好的人心生悲憫，經常想要濟度並饒益他們。他甚至把一切事業上的成就，都歸功於受到關聖帝君的啟示與護佑，為了報謝天恩，他不僅隨緣廣作「財布施」，還力行「法布施」，以礦場為道場，將數十年守道修德、自助天助的心得分享給員工，使他們在安居樂業之外，也能增長智慧，自利利人。道長大力倡導的「五倫八德」與「三觀」（修德禮神的敬神觀、修德造命的命運觀、修德持家的家庭觀），均扣緊了人倫道德教化的核心，重點拈提了個人敦倫盡分與家庭社會興衰的因果關係，更愷切指明了「福由心造、禍在己為」、「改過遷善」等改運造命的南針，這些都是道長畢生奉以安身立命的實踐心得，更是他一生宣導的法音諦旨所在。後來，因緣漸熟而有行天宮的建廟計畫，這一方面是他一生修德行道的嚴峻試煉，同時也是他博施濟眾的根據地。行天宮三宮建成後，在道長督導下所訂立的種種宮規及管理規則，都令人耳目一新，既是人類宗教本質的回歸，具有移風易俗的醒世功能，堪為正信宗教之典範；也為行天宮相關志業之推展，確立穩固的基磐，在在顯示了道長的真知灼見與高瞻遠矚。

筆者深信，任何人讀完這本傳記，都會為玄空道長一生傳奇性的曲折際遇而動容，而在傳記主人波瀾迭起、曲折變化的事相背後，一定也看到他始終不變的「存心」，那至誠無欺的存心，那有情有義的存心，這正是道長感人動人的力量來源。俗話說「獨留情義落江湖」，情是道的開端，人若無情，便無「道」可言；義是道的完成，人若無義，世道便淪落成為空架子。關聖帝君被後世稱頌不已者在此，玄空道長畢生所體現的情操也在此。而貫串這情與義的，正是一個「誠」字，人能以「誠」存心，則人道的情與義盡在其中圓成。這個存心之「誠」，才是真正的人道之本源；一念真誠，便是道德；念念真誠，就是聖哲。道長更明確指出：唯有道德，才是真正的萬能！

邵康節〈推誠吟〉說：「天雖不語人能語，心可欺時天可欺。天人相去不相遠，只在人心人不知。人心先天天弗違，人身後天奉天時。身心相去不相遠，只在人誠人不推。」由此可知，天心即人心，這當下一念靈明覺知的心，便是天心。離開人心，便無天心可說。只這人心的一念之誠，便可直與天心感通。所謂至誠如神，這不僅是玄空道長一生人格事業順利成功的無上祕鑰，也是他之所以能與關聖帝君感應道交的唯一通路。

而今玄空道長為報天恩，普度十方眾生的大願力，在其哲嗣忠臣居士及眾門生的無私效勞奉獻之下，隨著行天宮五大志業的順利開展，已漸次底趨於成，而玄空道長的潛德幽光，也漸漸為世人所知。相信有緣讀到這本書的人，必能領受到他的精神感格，時時以誠存心，常常「讀好書、說好話、行好事、做好人」，我們所生存的這個世間將會更加美好，更加和諧。

（《行天之道——玄空師父傳》序，臺北行天宮，二〇〇八年七月）

走一條臨老不嘆的人生路

人生在世，有兩件事非面對不可：一是知識藝能的訓練，二是心靈生命的安頓。前者跟謀生技能的養成有關，屬於物質生活層次；後者跟自家性命的圓成有關，屬於精神生命層次。國內的教育體制，長久以來多偏重客體知識技能，而嚴重忽略學生的主體人格性命，各級學校幾乎成了「知識交易場」。至於人之所以異於禽獸的一點「幾希」靈光，卻很少向我們的下一代點撥提示。讓國人只知一味向外馳求，追求勝過別人的外在「卓越」成就，而懵然不知尚有戰勝自己的內在「安寧」工夫。莊子說：「大惑終身不解。」誰來幫我們解惑呢？

關於身心性命的安頓，也有兩個法則不能不明白：一個是必然（因果）法則，亦即「種瓜得瓜，種豆得豆」的必然律。種瓜不會得豆，這是天地間萬物發展的鐵律；另一個是變動（因緣）法則，亦即宇宙萬象及人間一切成就或毀敗，都不外是內在主觀因素加上外在客觀境緣錯綜作用的結果。任何主、客觀條件的更改變動，其引生的結果（現象）都有無窮變化的可能性。這兩個法則，是人間一切正智的基礎。明白了動機（因）與結果（果）之間的必然法則，可以讓人戒慎恐懼，知所節制，不敢過於放縱自己的情欲而多行不義；明白了主、客觀因素交互錯綜的變動法則，則對現實人生一切勝負得失，便不致於太過執著。勝了固然不致驕矜自滿，敗了也不會灰心喪志，自能不卑不亢地坦然面對，把自己給擺平了。

人唯有擺平自己，遇事方能平心靜氣，也才能在適當的時機，做正確的事。這樣的心靈狀態最為明覺，才稱得上是創造性的生命進路。東坡詩云：「欲令詩句妙，不厭空且靜。靜故了群動，空故納萬境。」雖係就詩文發議，其中的理趣，實可通於人間萬事。可惜世人往往只圖贏過別人，而不肯學習「空且靜」的放下工夫，設法擺平自己。

筆者曾經歸納出一條簡易的「養生方」：「心平者，氣和；氣和者，體柔；體柔者，血暢；血暢者，身健；身健者，病苦少；病苦少者，煩惱少；煩惱少者，歡喜多；歡喜多者，好事近。」理明則心平，所謂心靈福至，福至心靈，這其實是一條再簡明不過的必然律，可惜真曉者不多。

《易經．繫辭下傳》說：「善不積，不足以成名；惡不積，不足以滅身。」人，總是在對於必然法則及變動法則的交錯關係有了深刻體會，甚至遭受慘痛教訓時，才有可能看破一切，才肯死心踏地回歸自性，老實修行。《大學》說：「自天子以至於庶人，壹是皆以修身為本。」姑且不論你從事的是哪種行業，也不管位階高低如何，究極言之，人生只有一條路，那就是「修行」——知病去病，不斷在自我起心動念的「修」正涵養中前「行」。古德說得好：「但自懷中解垢衣，誰能向外誇精進？」當身上的負面習氣抖落一分，內在心靈主機——性體的圓明就增加一分，同時自家無盡的正智便開顯一分。總而言之，修要自修，證要自證。自己的習氣須得自己去刮磨，即便再慈悲的父母或師長，也幫不上忙。

明儒王陽明有個弟子，名叫羅近溪，幼年時期曾跟他的堂兄向一位親族長輩探病。這位親長身份地位都不錯，家境富有，凡事如意。當時已病得很重，見到這兩位同族晚輩，卻頻頻嘆氣。歸途中，羅近溪納悶地問堂兄說：「我們這位族長平生享盡榮華，富貴如意，為何還要不斷嘆氣？堂哥您且說說看，像我們弟兄這樣讀書用功，將來科舉及第從政做官，甚至當到宰相，臨到老時，還會像族長這樣嘆氣嗎？」族兄答道：「恐怕難免吧！」羅近溪說：「如果是這樣的話，我輩須尋個不嘆氣的事做。」羅當時年紀雖輕，志向就此立定了。後來，也果然成了一代大儒。（事見《盱壇直詮》）我們到底該怎麼走這一條人生路，才能獲得平安喜樂，做到臨老而能不嘆氣呢？這是每個人一生的大課題。

此書口述作者周易之先生，讀書善於會通，知見端正。對於生命存在的意義與價值，剖析入微，條理完密。且達古通今，所引中外事例，皆深具啟示性，大有助於人心之開解；遊雲先生負責文字整理，亦清通暢達。凡對於自家生命存在意義及價值上有所疑慮，有心一解生命迷惑者，倘能平心靜氣閱讀此書，應可從中獲得正面的啟示。

（《開顯生命的無盡藏》序，紮根教育永續會，二〇〇九年）

人文叢書

◎綠窗寄語

謝冰瑩　著

本書是謝冰瑩女士最受歡迎的散文集之一，收錄了她與讀者、朋友間交流的書信：有的是指引青年的公開信；有的是給女性朋友的私房話；有的是文學創作的經驗談；有的是解決情感問題的獨到見解。在內容五花八門的讀者來信中，謝女士像個朋友般，用她豐富的閱歷與淺近的文字，親切地回答每個疑問，使內容既實用且溫暖，而全書以書信體的形式呈現，也讓人讀來倍感溫馨。

◎遲開的茉莉

鍾梅音　著

嘗盡苦痛靈魂的才是最美的靈魂——《遲開的茉莉》是一部恬淡細緻，文詞優美的短篇小說集。鍾梅音女士認為小說的靈魂在於人物的創造，此書成功實踐了她的創作理念。那些經歷人生苦澀磨難的角色們，有其傷痛有其脆弱，但最終仍迸發出燦爛的人性光輝，感動無數讀者，而這也是作者自身秉持不移的美好信念。不論時空如何遞嬗，這種溫暖的文學力量，總能透過閱讀，串連起每個世代，慰藉你我的心靈。

◎雪樓小品

洛夫　著

雪樓內有文、有詩、有書畫，是洛夫探索文藝、既自由且愜意的理想天地。多彩爛漫的文人氣息，與窗外雪落無聲的寂靜，形成強烈的對比。洛夫在溫哥華期間，不忘讀書、不忘創作，更不忘品味新生活，本書即為洛夫讀書的感悟與生活的感受。沒有政治或敏感議題，篇幅簡短，雋永有味。讀者可以與洛夫一同讀情詩、詠古人，與洛夫在後院種花蒔草，享受收成的快樂，與洛夫閒話酒茶。透過本書與洛夫促膝長談，重新發掘您所忽略的生活情趣。

人文叢書

◎我與文學

張秀亞 著

「美文大師」張秀亞女士以美善的心靈、細膩的情思、優美的文字寫成這本《我與文學》。它將開啟你的心靈，讓你以新的眼光來看待身邊的一切，進而體會英國詩人華茨華斯所說：「即使是一朵最平凡的小花，也會使人感動得流下淚。」我有一個時期，曾企圖自室內走到戶外，如今，我才發現在戶外停留得太久了，我要回到屋簷下，回到心靈的內室裡來，諦聽他人以及自己靈魂的微語——那才是人類真正的聲音。